BESTSELLER

Biblioteca

ISAAC ASIMOV

Bóvedas de acero

Traducción de
Luis G. Prado

DEBOLS!LLO

Papel certificado por el Forest Stewardship Council®

MIXTO
Papel procedente de
fuentes responsables
FSC® C117695
www.fsc.org

Penguin
Random House
Grupo Editorial

Título original: *The Caves of Steel*

Primera edición con esta cubierta: abril de 2023

© 1953, 1954, Isaac Asimov
Publicado por acuerdo con Doubleday, una división de Random House, Inc.
© 2005, Penguin Random House Grupo Editorial, S. A. U.
Travessera de Gràcia, 47-49. 08021 Barcelona
© 2003, Luis G. Prado, por la traducción, cedida por Bibliópolis
Diseño de la cubierta: Mike Topping para © HarperCollinsPublishers Ltd 2018
Imagen de la cubierta: © Shutterstock.com

Printed in Spain – Impreso en España

ISBN: 978-84-9793-730-6
Depósito legal: B-2.843-2023

Compuesto en Comptex & Ass., S. L.
Impreso en Liberdúplex
Sant Llorenç d'Hortons (Barcelona)

P 8 3 7 3 0 E

1

Conversación con un comisario

Lije Baley acababa de sentarse a su mesa cuando se dio cuenta de que R. Sammy lo estaba mirando con expectación.

Las severas facciones de su rostro alargado se endurecieron.

—¿Qué quieres?

—El jefe quiere verte, Lije. Ya mismo. Tan pronto como entres.

—De acuerdo.

R. Sammy se lo quedó mirando inexpresivamente.

—He dicho que de acuerdo —dijo Baley—. ¡Vete de aquí!

R. Sammy dio media vuelta y se fue para continuar con sus deberes. Baley se preguntó, irritado, por qué esos deberes no podían ser realizados por un hombre.

Hizo una pausa para examinar el contenido de su bolsita de tabaco y hacer un cálculo mental. A dos pipas diarias, podía estirarlo hasta el día de la siguiente cuota.

Luego salió de detrás de su barandilla (había conseguido la cualificación para obtener una esquina rodeada por una baranda dos años antes) y caminó de un lado a otro de la sala común.

Simpson levantó la vista de un archivo de tanque de mercurio cuando pasó.

—El jefe quiere verte, Lije.

—Lo sé. R. Sammy me lo ha dicho.

Una cinta repleta de código salió de las tripas del tanque de mercurio, mientras el pequeño instrumento analizaba su «memoria» buscando la información deseada, almacenada en la minúscula pauta de vibraciones de la resplandeciente superficie de mercurio de su interior.

—Le daría una buena patada en el trasero a R. Sammy si no fuera porque podría romperme una pierna —dijo Simpson—. Vi a Vince Barrett el otro día.

—¿Ah, sí?

—Estaba intentando recuperar su empleo. O cualquier otro empleo en el Departamento. El pobre chico está desesperado, pero ¿qué le iba a decir? R. Sammy está haciendo su trabajo, y así están las cosas. Ahora el chico tiene que trabajar de recadero en las granjas de levadura. Y además era un chico listo. Le gustaba a todo el mundo.

Baley se encogió de hombros.

—Es algo por lo que todos tenemos que pasar —dijo de forma más dura de lo que pretendía o sentía.

El jefe estaba cualificado para tener un despacho privado. Sobre el cristal esmerilado decía JULIUS ENDERBY. Bonitas letras. Grabadas con precisión en el propio cristal. Debajo, decía COMISARIO DE POLICÍA, CIUDAD DE NUEVA YORK.

Baley entró y dijo:

—¿Quería usted verme, comisario?

Enderby levantó la vista. Llevaba gafas porque tenía los ojos sensibles y no podía soportar las lentes de contacto habituales. Sólo cuando uno se había acostumbrado a verlas se fijaba en el resto de la cara, que prácticamente carecía de rasgos notables. Baley creía firmemente que el comisario valoraba sus gafas por la personalidad que le proporcionaban, y sospechaba que sus globos oculares no eran realmente tan sensibles.

El comisario parecía claramente nervioso. Se colocó bien los puños de la camisa, se dejó caer sobre el respaldo de su silla, y dijo con demasiada cordialidad:

—Siéntate, Lije. Siéntate.

Baley se sentó rígidamente y esperó.

—¿Cómo está Jessie? —dijo Enderby—. ¿Y el niño?

—Bien —dijo Baley sordamente—. Muy bien. ¿Y su familia?

—Bien —lo imitó Enderby—. Muy bien.

Había sido un mal comienzo.

Baley pensó: Hay algo raro en su cara. En voz alta, dijo:

—Comisario, le rogaría que no mandase a R. Sammy a buscarme.

—Bueno, ya sabes cuáles son mis sentimientos al respecto, Lije. Pero nos lo han colocado aquí y tengo que darle algún uso.

—Es incómodo, comisario. Me dice que usted quiere verme y luego se queda ahí parado. Ya sabe a lo que me refiero. Tengo que decirle que se vaya o se limita a quedarse ahí quieto.

—Oh, eso es culpa mía, Lije. Le di el mensaje que debía transmitir, y se me olvidó decirle específicamente que volviera a su trabajo cuando lo hubiera hecho.

Baley suspiró. Las pequeñas arrugas en torno a sus ojos intensamente castaños se acentuaron.

—En todo caso, usted quería verme.

—Sí, Lije —dijo el comisario—, pero no para nada fácil.

Se levantó, se dio la vuelta y se acercó a la pared que había tras su mesa. Tocó un interruptor disimulado y una parte de la pared se volvió transparente.

Baley parpadeó ante la entrada inesperada de luz grisácea. El comisario sonrió.

—Hice que me instalaran esto el año pasado, Lije. Creo que no lo habías visto antes. Acércate y echa un vistazo. En los viejos tiempos, todas las habitaciones tenían cosas como ésta. Se llamaban «ventanas». ¿Lo sabías?

Baley lo sabía muy bien, pues había visto muchas novelas históricas.

—Había oído hablar de ellas —dijo.

—Ven aquí.

Baley se estremeció, pero hizo lo que le pedía. Había algo indecente en la exposición de la privacidad de una habitación al mundo exterior. A veces el comisario llevaba su afición al medievalismo a extremos un poco ridículos.

Como con sus gafas, pensó Baley.

¡Eso era! ¡Eso era lo que parecía raro!

—Perdóneme, comisario —dijo Baley—, pero lleva usted gafas nuevas, ¿verdad?

El comisario se lo quedó mirando con ligera sorpresa, se quitó las gafas, las miró y luego a Baley. Sin gafas, su cara redonda parecía más redonda y su barbilla un poquito más marcada. Parecía también más indefinido, pues sus ojos no podían enfocar bien.

—Sí —dijo. Volvió a ponerse las gafas, y luego añadió con auténtica ira—: Las viejas se rompieron hace tres días. Entre una cosa y otra no pude sustituirlas hasta esta mañana. Lije, esos tres días fueron un infierno.

—¿Por culpa de las gafas?

—Y de otras cosas también. Quería hablarte de ello.

Se volvió hacia la ventana y Baley hizo lo mismo. Con una ligera impresión, Baley se dio cuenta de que estaba lloviendo. Durante un momento, se abstrajo en el espectáculo del agua que caía del cielo, mientras que el comisario mostraba una especie de orgullo, como si el fenómeno hubiera sido dispuesto por él mismo.

—Es la tercera vez este mes que veo llover. Impresionante, ¿no te parece?

Contra su voluntad, Baley tuvo que confesarse que era impresionante. En sus cuarenta y dos años raramente había visto llover, o cualquier otro fenómeno natural.

—Siempre parece una pena que toda esa agua caiga sobre la ciudad —dijo—. Debería limitarse a los depósitos.

—Lije —dijo el comisario—, eres un modernista. Ése es tu

problema. En tiempos medievales, la gente vivía a cielo abierto. Y no me refiero sólo a las granjas. Me refiero a las ciudades también. Incluso en Nueva York. Cuando llovía, no lo consideraban una pena. Se regocijaban en ello. Vivían más cerca de la naturaleza. Es algo más saludable, mejor. Los problemas de la vida moderna vienen del divorcio de la naturaleza. Cuando tengas tiempo, lee sobre el Siglo del Carbón.

Baley ya lo había hecho. Había oído a mucha gente quejarse por la invención de la pila atómica. Él mismo se quejaba sobre ello cuando las cosas iban mal o se sentía cansado. Ese tipo de queja era una faceta intrínseca de la naturaleza humana. En el Siglo del Carbón, la gente se quejaba de la invención del motor de vapor. En una de las obras de Shakespeare, un personaje se quejaba de la invención de la pólvora. Mil años en el futuro, la gente se quejaría de la invención del cerebro positrónico.

Al cuerno con todo.

—Mira, Julius —dijo sombríamente. No era su costumbre tutear al comisario en horario de oficina, por mucho que el comisario insistiera en tratarle de «Lije», pero la situación parecía requerir un tratamiento especial—. Mira, Julius, estás hablando de cualquier cosa excepto de la razón por la que estoy aquí, y empiezo a preocuparme. ¿De qué se trata?

—Quiero hablarte de ello, Lije —dijo el comisario—. Déjame hacerlo a mi manera. Es... es un problema.

—Claro. ¿Qué no lo es, en este planeta? ¿Más problemas con los Rs?

—En cierta forma, sí. Lije, estoy aquí pensando cuántos problemas más puede soportar el viejo mundo. Cuando hice instalar esta ventana, no me limité a dejar entrar el cielo de vez en cuando. Dejé entrar a la Ciudad. La miro y me pregunto qué será de ella dentro de un siglo.

Baley se sintió incómodo por el sentimentalismo del otro, pero se encontró mirando al exterior con fascinación. Incluso semioculta por el clima, la Ciudad era una visión tremenda. El

Departamento de Policía estaba en los niveles superiores del Ayuntamiento, y el Ayuntamiento se elevaba muy alto. Desde la ventana del comisario, las torres vecinas parecían empequeñecidas y mostraban sus azoteas. Eran como otros tantos dedos, tanteando el cielo. Sus paredes carecían de signos distintivos. Eran las cubiertas exteriores de las colmenas humanas.

—En cierta forma —dijo el comisario—, siento que esté lloviendo. No podemos ver el Enclave Espacial.

Baley miró hacia el oeste, pero era como decía el comisario. El horizonte estaba próximo. Las torres de Nueva York se hacían borrosas y se perdían en una blancura indistinta.

—Sé cómo es el Enclave Espacial —dijo Baley.

—Me gusta la vista desde aquí —dijo el comisario—. Se puede distinguir apenas en el hueco entre los dos Sectores de Brunswick. Unas cúpulas bajas y dispersas. Es la diferencia entre nosotros y los espaciales. Nosotros construimos a lo alto y nos reunimos en poco espacio. En su caso, cada familia tiene una cúpula para ella sola. Una familia: una casa. Y con terreno entre cada cúpula. ¿Has hablado alguna vez con un espacial, Lije?

—Con varios. Hace cosa de un mes hablé con uno aquí mismo por su intercom —dijo Baley pacientemente.

—Sí, ya recuerdo. Pero bueno, sólo me estoy poniendo filosófico. Nosotros y ellos. Diferentes modos de vida.

El estómago de Baley estaba empezando a encogerse un poco. Cuanto más tortuosos fueran los preámbulos del comisario, más terrible pensaba que podía ser la conclusión.

—De acuerdo —dijo—. Pero ¿qué le resulta tan sorprendente? No se pueden repartir ocho mil millones de personas sobre la Tierra en pequeñas cúpulas. Ellos tienen espacio en sus mundos, así que dejémosles que vivan a su manera.

El comisario volvió hasta su sillón y se sentó. Sus ojos miraban sin parpadear a Baley, un poco empequeñecidos por las lentes cóncavas de sus gafas.

—No todo el mundo es tan tolerante respecto a las diferencias culturales —dijo—. Ni entre nosotros ni entre los espaciales.

—De acuerdo. ¿Y qué?

—Y hace tres días, un espacial murió.

Ya llegaba. Las comisuras de los finos labios de Baley se alzaron un poco, pero el efecto sobre su rostro alargado y triste fue imperceptible.

—Qué pena —dijo—. Algo contagioso, supongo. Un virus. Quizá un resfriado.

El comisario pareció sobresaltarse.

—¿De qué estás hablando?

Baley no tenía intención de explicárselo. La precisión con la que los espaciales habían eliminado las enfermedades de su sociedad era conocida. El cuidado con el que evitaban, hasta donde era posible, el contacto con los terrícolas cargados de enfermedades era aún más conocido. Pero claro, el sarcasmo no servía de nada con el comisario.

—Sólo estoy hablando —dijo Baley—. ¿De qué murió? —Volvió a girarse hacia la ventana.

—Murió de falta de torso —dijo el comisario—. Alguien le disparó con un desintegrador.

La espalda de Baley se puso rígida.

—¿De qué está hablando? —dijo, sin darse la vuelta.

—Estoy hablando de asesinato —dijo suavemente el comisario—. Eres un detective. Sabes lo que es un asesinato.

Y ahora Baley se dio la vuelta.

—¡Pero un espacial! ¿Hace tres días?

—Sí.

—Pero ¿quién lo hizo? ¿Cómo?

—Los espaciales dicen que fue un terrícola.

—No puede ser.

—¿Por qué no? A ti no te gustan los espaciales. A mí tampoco. ¿A quién le gustan en toda la Tierra? Hubo alguien a quien no le gustaban un poco de más, eso es todo.

—Claro, pero...

—Acuérdate del incendio de las fábricas de Los Ángeles. De la destrucción de Rs en Berlín. De las revueltas en Shanghai.

—De acuerdo.

—Todo apunta a un descontento creciente. Quizá a alguna clase de organización.

—Comisario, no acabo de entenderlo —dijo Baley—. ¿Me está poniendo a prueba por alguna razón?

—¿Qué? —El comisario parecía sinceramente perplejo. Baley se lo quedó mirando.

—Hace tres días un espacial fue asesinado y los espaciales piensan que el asesino es un terrícola. Hasta ahora —dijo, y dio unos golpecitos con el dedo sobre la mesa—, nada ha trascendido. ¿No es así? Comisario, eso es imposible de creer. Jehoshaphat, comisario, una cosa como ésa borraría a Nueva York de la faz del planeta si realmente hubiera sucedido.

El comisario negó con la cabeza.

—No es tan sencillo como eso. Mira, Lije, he estado fuera tres días. He estado departiendo con el alcalde. He estado en el Enclave Espacial. He ido a Washington, a hablar con la Oficina Terrestre de Investigación.

—¿Ah, sí? ¿Y qué tienen que decir los terrícolas?

—Dicen que es asunto nuestro. Se ha producido dentro de los límites de la ciudad. El Enclave Espacial está bajo la jurisdicción de Nueva York.

—Pero con estatus extraterritorial.

—Lo sé. Ahora quería referirme a eso. —Los ojos del comisario se apartaron de la pétrea mirada de Baley.

Parecía considerarse súbitamente degradado por debajo de la categoría de Baley, y Baley se comportaba como si aceptase ese hecho.

—Los espaciales pueden encargarse del asunto —dijo Baley.

—Espera un momento, Lije —rogó el comisario—. No me hagas apresurar. Estoy intentando hablar a fondo de esto, de hombre a hombre. Quiero que conozcas mi posición. Yo estaba allí cuando se supo la noticia. Tenía una cita con él, con Roj Nemennuh Sarton.

—¿La víctima?

—La víctima. —El comisario gruñó—. Cinco minutos más y yo mismo habría descubierto el cadáver. Qué impresión habría causado. En todo caso, fue brutal, brutal. Se me acercaron y me lo dijeron. Así comenzó una pesadilla de tres días, Lije. Eso además de verlo todo borroso y no tener tiempo de encontrar otras gafas durante días. Por lo menos eso no volverá a pasar. He mandado hacer tres pares.

Baley reflexionó sobre la imagen que se hacía de los hechos. Podía ver las figuras altas y rubias de los espaciales acercarse al comisario y darle la noticia de aquella forma suya fría y sin tapujos. Julius se habría quitado las gafas para limpiarlas. Inevitablemente, bajo el impacto de aquel hecho, se le habrían caído, y luego se habría quedado mirando los restos rotos con un temblor de sus labios suaves y regordetes. Baley estaba bastante seguro de que, al menos durante cinco minutos, el comisario se habría sentido mucho más perturbado por sus gafas que por el asesinato.

—Es una posición diabólica —estaba diciendo el comisario—. Como dices, los espaciales tienen estatus extraterritorial. Pueden insistir en llevar a cabo su propia investigación, y realizar el informe que quieran para sus gobiernos. Los Mundos Exteriores podrían usar esto como excusa para abrumarnos con peticiones de indemnización. Sabes cómo sentaría eso entre la población.

—Sería un suicidio político si la Casa Blanca se mostrase dispuesta a pagar.

—Y otro tipo de suicidio si no pagase.

—No me diga más —dijo Baley.

Había sido un niño pequeño cuando los brillantes cruceros del espacio exterior enviaron por última vez a sus soldados a Washington, Nueva York y Moscú para exigir lo que reclamaban como suyo.

—Entonces lo entiendes. Paguen o no, habrá problemas. La única salida es encontrar por nuestra cuenta al asesino y entregarlo a los espaciales. El asunto está en nuestras manos.

—¿Por qué no dejarlo en manos de la OTI? Incluso si es nuestra jurisdicción, desde un punto de vista estrictamente legal, está el tema de las relaciones interestelares...

—La OTI no quiere ni tocarlo. Es un embrollo, y es cosa nuestra. —Durante un momento, levantó la vista y miró vivamente a su subordinado—. Y es un mal asunto, Lije. Todos corremos el riesgo de encontrarnos sin empleo.

—¿Sustituirnos a todos? —dijo Baley—. Tonterías. No existen los hombres preparados para hacerlo.

—Los Rs —dijo el comisario—. Ellos sí que existen.

—¿Qué?

—R. Sammy es sólo el principio. Hace recados. Otros pueden patrullar las autopistas. Maldita sea, hombre, conozco a los espaciales mejor que tú, y sé lo que están haciendo. Hay Rs que pueden hacer tu trabajo y el mío. Podemos perder la cualificación. No creas que no. Y a nuestra edad, volver al paro...

—De acuerdo —dijo Baley ceñudamente.

—Lo siento, Lije. —El comisario parecía avergonzado.

Baley asintió e intentó no pensar en su padre. El comisario conocía la historia, por supuesto.

—¿Cuándo comenzó este asunto de la sustitución? —dijo Baley.

—Oye, Lije, estás siendo ingenuo. Lleva tiempo sucediendo. Lleva sucediendo veinticinco años, desde que llegaron los espaciales. Ya lo sabes. Sólo que ahora empieza a llegar más arriba, eso es todo. Si fastidiamos este caso, estaremos muy cerca del punto en el que podemos empezar a recibir los paquetes de vales de nuestra pensión. Por otra parte, Lije, si llevamos el asunto adecuadamente, puede hacer que ese momento quede muy lejos en el futuro. Y sería particularmente beneficioso para ti.

—¿Para mí? —dijo Baley.

—Serás el agente al cargo, Lije.

—No tengo cualificación, comisario. Sólo soy un C-5.

—Quieres una cualificación de C-6, ¿verdad?

¿La quería? Baley conocía los privilegios que acarreaba una cualificación de C-6. Un asiento en la autopista en hora punta, y no sólo de diez a cuatro. Un puesto más arriba en la lista de elecciones en las cocinas de la sección. Incluso quizá la posibilidad de conseguir un apartamento mejor y un vale para los niveles de solarium para Jessie.

—La quiero —dijo—. Claro. ¿Por qué no debería? Pero ¿qué pasará si no consigo resolver el caso?

—¿Y por qué no ibas a resolverlo, Lije? —le halagó el comisario—. Eres bueno. Uno de los mejores.

—Pero hay media docena de hombres con cualificaciones superiores a la mía en mi sección del departamento. ¿Por qué pasar por encima de ellos?

Baley no dijo en voz alta, aunque su aire lo sugería claramente, que el comisario no se salía del protocolo de esa manera salvo en casos de extrema emergencia.

El comisario cruzó los brazos.

—Por dos razones. Para mí no eres sólo un detective más, Lije. También somos amigos. No olvido que estuvimos juntos en la universidad. Puede que a veces parezca que lo he olvidado, pero eso es a causa de las cualificaciones. Soy comisario, y sabes lo que eso significa. Pero sigo siendo tu amigo y ésta es una oportunidad excelente para la persona adecuada. Quiero que seas tú.

—Ésa es una razón —dijo Baley, sin afecto.

—La segunda razón es que creo que eres mi amigo. Necesito un favor.

—¿Qué tipo de favor?

—Quiero que aceptes un compañero espacial en este caso. Ésa fue la condición que pusieron los espaciales. Han aceptado no informar del asesinato; han aceptado dejar la investigación en nuestras manos. A cambio, insisten en que uno de sus propios agentes participe en todo el caso.

—Parece que no acaban de confiar en nosotros.

—No es difícil ver por qué. Si esto sale mal, algunos de ellos se encontrarán en problemas ante sus propios gobiernos. Les concederé el beneficio de la duda, Lije. Estoy dispuesto a creer en sus buenas intenciones.

—Seguro que las tienen, comisario. Ése es el problema.

El comisario respondió a eso con una mirada inexpresiva, pero siguió hablando:

—¿Estás dispuesto a aceptar a un compañero espacial, Lije?

—¿Me lo pide como un favor?

—Sí, te estoy pidiendo que aceptes el trabajo con todas las condiciones que los espaciales han impuesto.

—Aceptaré al compañero espacial, comisario.

—Gracias, Lije. Tendrá que vivir contigo.

—Eh, espere un momento.

—Lo sé. Lo sé. Pero tienes un apartamento grande, Lije. Tres habitaciones. Un solo hijo. Puedes acogerlo. No dará problemas. Ninguno en absoluto. Y es necesario.

—A Jessie no le gustará. Eso seguro.

—Dile a Jessie... —El comisario hablaba seriamente, tanto que sus ojos parecían taladrar los discos de cristal que se interponían ante su vista—. Dile que si me haces este favor, haré lo que pueda cuando todo esto haya terminado para hacerte saltar un nivel. C-7, Lije. ¡C-7!

—De acuerdo, comisario, trato hecho.

Baley empezó a levantarse de la silla, notó la mirada de Enderby y volvió a sentarse.

—¿Hay algo más?

Lentamente, el comisario asintió.

—Una cosa más.

—¿Y es...?

—El nombre de tu compañero.

—¿Qué importancia tiene?

—Los espaciales —dijo el comisario— tienen costumbres peculiares. El compañero que te van a asignar no es... no es...

Los ojos de Baley se abrieron como platos.

—¡Un momento!

—Tienes que aceptarlo, Lije. Tienes que hacerlo. No hay otra salida.

—¿En mi apartamento? ¿Una cosa como ésa?

—Te lo pido como amigo. ¡Por favor!

—No. ¡No!

—Lije, no puedo confiar en nadie más. ¿Tengo que decírtelo todo? Debemos trabajar con los espaciales. Debemos tener éxito, si es que no queremos que las naves vuelvan a la Tierra buscando indemnizaciones. Pero no podemos conseguirlo de cualquier forma. Se te asignará uno de sus Rs. Si él resuelve el caso, si puede informar de que somos incompetentes, estamos perdidos. Nosotros, como departamento. Lo ves, ¿verdad? Tienes un trabajo delicado entre manos. Tienes que trabajar con él, pero procurando ser tú quien resuelva el caso y no él. ¿Entendido?

—¿Quiere decir que tengo que cooperar con él al cien por cien, salvo que debo ponerle la zancadilla? ¿Darle palmaditas en la espalda con un cuchillo en la mano?

—¿Qué otra cosa podemos hacer? No hay alternativa.

Lije seguía sin estar convencido.

—No sé lo que dirá Jessie.

—Yo hablaré con ella, si quieres que lo haga.

—No, comisario. —Aspiró profundamente y suspiró—. ¿Cuál es el nombre de mi compañero?

—R. Daneel Olivaw.

—No es momento para eufemismos, comisario —dijo Baley con tristeza—. Acepto el trabajo, así que usemos su nombre completo. Robot Daneel Olivaw.

2

Viaje de ida y vuelta por la autopista

En la autopista había la multitud habitual y completamente normal: los que iban de pie en el nivel inferior y los que tenían el privilegio de un asiento en el superior. Una corriente continua de humanidad salía de la autopista, atravesando las pistas de deceleración hasta las pistas locales o hasta las estacionarias que llevaban por debajo de los arcos o sobre los puentes a los infinitos laberintos de las Secciones de la Ciudad. Otra corriente, igualmente continua, entraba desde el otro lado, atravesaba las pistas de aceleración y desembocaba en la autopista.

Había infinitas luces: las paredes y los techos luminosos que parecían exudar una fosforescencia fría y homogénea; los anuncios parpadeantes que reclamaban la atención; el brillo duro y constante de los neones que indicaban POR AQUÍ A LAS SECCIONES DE JERSEY, SIGA LA FLECHA PARA EL TRANSBORDADOR DE EAST RIVER, NIVEL SUPERIOR PARA TODAS LAS DIRECCIONES DE LAS SECCIONES DE LONG ISLAND.

Sobre todo había un ruido que era inseparable de la vida: el sonido de millones de personas hablando, riendo, tosiendo, llamándose, tarareando, respirando.

Ninguna señal indica el camino al Enclave Espacial, pensó Baley.

Caminó de pista en pista con la facilidad que le daba toda

una vida de práctica. Los niños aprendían a saltar las pistas en cuanto sabían andar. Baley apenas sentía el tirón de la aceleración mientras su velocidad se incrementaba con cada paso. Ni siquiera se daba cuenta de que estaba inclinado hacia delante para compensar. En treinta segundos alcanzó la última pista, la de noventa kilómetros por hora, y pudo entrar en la plataforma móvil rodeada por barandillas y cristales que constituía la autopista.

Ninguna señal para el Enclave Espacial, pensó.

Las señales no hacían falta. Si tienes algo que hacer allí, conocerás el camino. Si no conoces el camino, no tienes nada que hacer allí. Cuando el Enclave Espacial fue fundado hacía unos veinticinco años, hubo una fuerte tendencia a convertirlo en una atracción turística. Las hordas de la Ciudad se dirigieron en esa dirección.

Los espaciales pusieron fin a eso. Educadamente (siempre se mostraban educados), pero sin hacer ninguna concesión al tacto, levantaron una barrera de fuerza entre ellos y la Ciudad. Establecieron una combinación de Servicio de Inmigración e Inspección de Aduanas. Si tenías algún asunto que tratar, te identificabas, permitías que te registraran, y te sometías a un chequeo médico y a una desinfección rutinaria.

Esto creó cierta insatisfacción. Naturalmente. Más insatisfacción de la necesaria. Suficiente insatisfacción para poner serias trabas al programa de modernización. Baley recordaba las Revueltas de la Barrera. Había formado parte de la turba que se había colgado de las barandillas en las autopistas, que se había apropiado de los asientos sin ningún respeto por los privilegios de cualificación, que había corrido temerariamente por y a través de las pistas a riesgo de romperse el cuerpo, y que había permanecido justo frente a la barrera del Enclave Espacial durante dos días, lanzado consignas y destruyendo los equipamientos de la Ciudad por pura frustración.

Baley aún podía entonar los cánticos de aquella época si quería recordarlos. Por ejemplo, «El hombre nació en la Madre Tierra, oídnos», con la melodía de una vieja canción popular que incluía como estribillo el galimatías «Hinky-dinky-parley-voo».

El hombre nació en la Madre Tierra, oídnos.
La Tierra es el mundo que dio a luz al hombre, oídnos.
Espaciales, salid de la faz
de la Madre Tierra y volved al espacio.
Sucios espaciales, oídnos.

Había cientos de estrofas. Algunas eran ingeniosas, la mayoría de ellas eran estúpidas, y muchas eran obscenas. Sin embargo, todas acababan con «Sucios espaciales, oídnos». Sucios, sucios. Era el fútil intento de devolver a los espaciales su insulto más hiriente: su insistencia en considerar que los nativos de la Tierra estaban plagados de asquerosas enfermedades.

Los espaciales no se marcharon, por supuesto. Ni siquiera tuvieron que poner en juego ninguna de sus armas ofensivas. La obsoleta flota terrestre había aprendido mucho antes que era un suicidio aventurarse en las cercanías de cualquier nave de los Mundos Exteriores. Los aviones terrestres que se habían internado sobre la zona del Enclave Espacial en los primeros días de su fundación habían desaparecido, sencillamente. Como mucho, alguna punta de ala desgarrada había caído a tierra.

Y ninguna turba podía estar tan enloquecida como para olvidar el efecto de los destructores subetéricos manuales que se usaron con los terrestres en las guerras de hacía un siglo.

De forma que los espaciales esperaron sentados detrás de su barrera, que también era el producto de su propia ciencia avanzada, y que no podía ser atravesada por ningún método terrestre. Se limitaron a esperar impasiblemente al otro lado de la barrera hasta que la Ciudad acalló a la turba con vapor somnífero y gas nervioso. Los presidios subterráneos se llenaron de cabecillas, agitadores y gente que había sido detenida sólo por pasar por allí. Al cabo, todos fueron liberados.

Después de un período adecuado, los espaciales relajaron sus restricciones. La barrera desapareció y la Policía de la Ciudad fue encargada de la protección del aislamiento del Enclave Espacial. Lo que fue más importante, los chequeos médicos se volvieron más discretos.

Ahora, pensó Baley, la tendencia podía empezar a invertirse. Si los espaciales creían de verdad que un terrestre había entrado en el Enclave Espacial y había cometido un asesinato, la barrera podría volver a levantarse. Sería malo.

Se subió a la plataforma de la autopista, atravesando a los viajeros que iban de pie hasta llegar a la rampa en espiral que llevaba al nivel superior, y allí se sentó. No se puso su vale de cualificación en la cinta de su sombrero hasta que hubieron pasado la última de las Secciones del Hudson. Un C-5 no tenía derecho a sentarse al este del Hudson y al oeste de Long Island, y aunque había muchos asientos libres en ese momento, uno de los guardias de autopista le habría expulsado automáticamente. La gente se estaba volviendo cada vez más mezquina en lo relativo a los privilegios de cualificación y, siendo sincero, Baley se identificaba con «la gente».

El aire emitía su característico silbido al rozarse con los parabrisas que había sobre la parte trasera de cada asiento. Esto hacía que hablar fuera arduo, pero no obstaculizaba en absoluto el pensar, una vez que uno estaba acostumbrado.

La mayoría de los terrícolas eran medievalistas de una forma u otra. Era fácil serlo si se entendía como recordar con nostalgia la época en que la Tierra era el mundo, y no sólo uno de cincuenta. Y además, el único inadaptado de cincuenta. La cabeza de Baley se giró súbitamente hacia su derecha al oír el sonido de un grito femenino. Una mujer había dejado caer su bolso; lo vio por un instante, una mancha rosa pastel contra el gris mate de las pistas. Algún pasajero con prisa por bajar de la autopista debía haberle dado una patada sin darse cuenta en dirección de las pistas de deceleración y ahora la propietaria estaba alejándose a toda velocidad de su propiedad.

Una comisura de la boca de Baley se curvó. Todavía podía alcanzarlo, si era lo suficientemente lista como para entrar rápidamente en una pista que fuera aún más lenta y si no había otros pies que lo enviaran en una nueva dirección. Él nunca sabría si lo conseguiría o no. La escena estaba ya medio kilómetro a su espalda.

Lo más probable era que no lo consiguiera. Se había calculado que, de media, algo se dejaba caer en las pistas cada tres minutos en la Ciudad y nunca se recuperaba. El Departamento de Objetos Perdidos era enorme. Se trataba sólo de otra complicación más de la vida moderna.

Antes era más sencillo, pensó Baley. Todo era más sencillo. Eso es lo que convierte a la gente en medievalistas.

El medievalismo adoptaba diferentes formas. Para el poco imaginativo Julius Enderby, significaba la adopción de arcaísmos. ¡Gafas! ¡Ventanas!

Para Baley, era el estudio de la historia. En particular, el estudio de las costumbres tradicionales.

En cuanto a la Ciudad, la Ciudad de Nueva York en la que vivía, era mayor que cualquier Ciudad excepto Los Ángeles y estaba más poblada que cualquiera salvo Shanghai. Sólo tenía trescientos años.

Por supuesto, antes de esa época había existido algo en la misma zona geográfica que había recibido el nombre de Ciudad de Nueva York. Ese primitivo centro de población había existido durante tres mil años, no trescientos, pero no había sido una Ciudad.

Por aquel entonces no había Ciudades. Sólo había masas de viviendas grandes y pequeñas, al aire libre. Eran parecidas en cierta forma a las cúpulas de los espaciales, sólo que muy diferentes, por supuesto. Estas masas (la mayor apenas alcanzaba una población de diez millones y la mayoría no llegaba ni a un millón) estaban dispersas a miles por toda la Tierra.

Para la apreciación moderna, eran completamente ineficientes, en sentido económico.

La Tierra había tenido que volverse eficiente con el crecimiento de la población. Dos mil millones de personas, tres mil millones, incluso cinco mil millones podrían mantenerse en el planeta mediante un descenso progresivo de los niveles de vida. Cuando la población alcanza ocho mil millones, sin embargo, la escasez empieza a parecerse demasiado a morirse de hambre. Debía producirse un cambio radical en la cultura humana, especialmente cuando se supo que los Mundos Exteriores (que habían sido meras colonias de la Tierra mil años antes) habían adoptado una política de inmigración tremendamente restrictiva.

Este cambio radical había sido la formación gradual de las Ciudades durante mil años de historia terrestre. La eficiencia implicaba gran tamaño. Incluso en los tiempos medievales esto era sabido, quizá inconscientemente. La industria familiar fue sustituida por las fábricas y éstas por la industria continental.

Sólo había que pensar en la ineficiencia de cien mil casas para cien mil familias comparadas con una Sección de cien mil unidades; una colección de películas-libro en cada casa comparada con una central de películas de Sección; un vídeo independiente para cada familia comparado con sistemas de distribución de vídeo.

O por ejemplo, la perfecta locura de la duplicación infinita de cocinas y cuartos de baño comparada con los refectorios y baños públicos perfectamente eficientes que había hecho posibles la cultura de la Ciudad.

Cada vez más pueblos, villas y «ciudades» de la Tierra murieron y fueron tragados por las Ciudades. Ni siquiera las perspectivas iniciales de guerra atómica detuvieron el proceso; sólo lo ralentizaron. Con la invención del escudo de fuerza, la tendencia se convirtió en carrera abierta.

La cultura de la Ciudad significaba una distribución óptima de comida, y un uso cada vez mayor de levaduras y cultivos hidropónicos. La Ciudad de Nueva York se extendía por casi tres mil kilómetros cuadrados y según el último censo su población tenía más de veinte millones de habitantes. Había unas ochocientas Ciudades en la Tierra, con una población media de diez millones.

Cada Ciudad se convirtió en una unidad semiautónoma, prácticamente autosuficiente en sentido económico. Podía alzarse hasta las alturas, rodearse de muros, hundirse en las profundidades. Se convirtió en una cueva de acero, una cueva de acero y cemento enorme y autosostenida.

Podía planearse científicamente. En el centro estaba el enorme complejo de las oficinas de la Administración. Cuidadosamente orientados entre sí y respecto al conjunto estaban las grandes Secciones residenciales, conectadas y entrelazadas por la autopista y las pistas locales. Hacia las afueras se encontraban las fábricas, las plantas hidropónicas, las cubas de cultivos de levadura, las centrales eléctricas. Atravesando todo estaban las cañerías de agua y los conductos de alcantarillado, las escuelas, las cárceles y las tiendas, los cables eléctricos y los haces de comunicación.

No había duda: la Ciudad era la culminación del dominio del hombre sobre el entorno. No el viaje espacial, ni los cincuenta mundos colonizados que eran ahora tan soberbiamente independientes, sino la Ciudad.

Prácticamente ninguna parte de la población de la Tierra vivía fuera de las Ciudades. El exterior eran tierras salvajes, el cielo abierto al que pocos hombres podían enfrentarse y mantener la sangre fría. Por supuesto, el espacio abierto era necesario. Contenía el agua que los hombres necesitaban, el carbón y la madera que constituían la materia prima final del plástico y de la levadura de eterno crecimiento. (El petróleo había desaparecido hacía mucho tiempo, pero las variedades de levadura ricas en hidrocarburos eran un sustituto adecuado.) El terreno entre las Ciudades aún albergaba minas, y seguía usándose en mayor medida de lo que la gente suponía para cultivar alimentos y criar ganado. Era ineficiente, pero la carne de vaca y de cerdo y los cereales siempre tenían demanda en el mercado de productos de lujo y podían usarse para la exportación.

Pero eran necesarios pocos humanos para mantener en funcionamiento las minas y los ranchos, para explotar las granjas y conducir el agua, y aun éstos eran supervisados a larga distancia. Los robots trabajaban mejor y necesitaban menos.

¡Los robots! Ésa era la gran ironía. Era en la Tierra donde se había inventando el cerebro positrónico, y en la Tierra donde los robots habían sido usados productivamente por primera vez.

Y no en los Mundos Exteriores. Por supuesto, los Mundos Exteriores siempre se comportaban como si los robots hubieran nacido en su cultura.

En cierta forma, desde luego, la culminación de la economía robótica había tenido lugar en los Mundos Exteriores. Aquí en la Tierra los robots habían estado siempre restringidos a las minas y a las tierras de cultivo. Sólo en el último cuarto de siglo, a instancias de los espaciales, habían comenzado a filtrarse lentamente los robots en las Ciudades.

Las Ciudades eran buenas. Todo el mundo salvo los medievalistas sabía que no podía haber una alternativa razonable. El único problema era que no eran estáticas. La población de la Tierra seguía aumentando. Algún día, a pesar de todo lo que podían hacer las Ciudades, las calorías disponibles por persona sencillamente quedarían por debajo del nivel básico de subsistencia.

Era aún peor a causa de la existencia de los espaciales, los descendientes de los primeros emigrantes de la Tierra, que vivían lujosamente en sus mundos despoblados y plagados de robots. Estaban firmemente decididos a mantener la comodidad nacida de lo vacío de sus mundos y a este fin mantenían su tasa de natalidad baja y no admitían inmigrantes de la Tierra. Y esto...

¡Enclave Espacial a la vista!

Un toque de atención en el inconsciente de Baley le advirtió de que estaba acercándose a la Sección de Newark. Si se quedaba mucho más donde estaba, se encontraría lanzado en dirección sudoeste hacia el giro de la Sección de Trenton, a través del corazón del cálido y húmedo país de la levadura.

Era cuestión de calcular correctamente el tiempo. Se tardaba tanto en deslizarse rampa abajo, tanto en escurrirse entre los viajeros de pie, tanto en meterse entre las barandillas y salir por una abertura, tanto en saltar a través de las pistas de deceleración.

Cuando hubo terminado, estaba precisamente en la salida de la estacionaria adecuada. En ningún momento calculó conscientemente sus pasos. Si lo hubiera hecho, probablemente se la habría pasado.

Baley se encontró en un aislamiento poco habitual. Sólo había un policía con él en la estacionaria y, salvo por el zumbido de la autopista, había un silencio casi incómodo.

El policía se le acercó, y Baley le mostró su placa con impaciencia. El policía levantó una mano para señalarle que podía pasar.

El pasaje se estrechaba y se curvaba pronunciadamente tres o cuatro veces. Era evidente que estaba hecho a propósito. Las turbas de terrestres no podían reunirse en él con una mínima comodidad y las cargas directas eran imposibles.

Baley agradecía que se hubiera previsto que se encontrase con su compañero a este lado del Enclave Espacial. No le gustaba la idea del chequeo médico, por mucho que supuestamente fuera delicado.

Había un espacial de pie en el punto donde una serie de puertas marcaban las aberturas al aire libre y a las cúpulas del Enclave Espacial. Estaba vestido a la moda terrestre, con pantalones de cintura estrecha y perneras anchas, con una franja de color en la costura lateral de cada pierna. Llevaba una camisa normal de textrón, de cuello abierto, con cremallera y volantes en las mangas, pero era un espacial. Había algo en su forma de permanecer de pie, en su forma de erguir la cabeza, en las líneas tranquilas y carentes de emoción de su amplio rostro de pómulos altos, en el corte cuidadoso de su pelo color bronce, peinado hacia atrás y sin raya, que le distinguía de un nativo de la Tierra.

Baley se le acercó rígidamente y dijo con voz monótona:

—Soy el detective Elijah Baley, Departamento de Policía, Ciudad de Nueva York, Cualificación C-5. —Mostró sus credenciales y prosiguió—: Tengo instrucciones para encontrarme con R. Daneel Olivaw en la vía de aproximación del Enclave Espacial. —Miró su reloj—. Llego con un poco de antelación. ¿Puedo pedirle que anuncie mi presencia?

Se sentía más que un poco frío por dentro. Estaba acostumbrado, en alguna medida, a los modelos de robots terrestres. Los modelos espaciales serían diferentes. Nunca se había encontrado con ninguno, pero no había nada más habitual en la Tierra que las horribles historias contadas en susurros sobre los tremendos y formidables robots que trabajaban de forma sobrehumana en los lejanos y brillantes Mundos Exteriores. Se dio cuenta de que estaba apretando los dientes.

El espacial, que le había escuchado con educación, dijo:

—No será necesario. Le he estado esperando.

La mano de Baley se alzó automáticamente, y luego la dejó caer. Lo mismo hizo su larga barbilla, con lo que pareció más larga aún. No alcanzó a decir nada. Se quedó sin palabras.

—Me presentaré —dijo el espacial—. Soy R. Daneel Olivaw.

—¿Sí? ¿Estoy entonces en un error? Pensaba que la primera inicial...

—Desde luego. Soy un robot. ¿No se lo habían dicho?

—Me lo dijeron. —Baley se llevó una mano húmeda a la cabeza y se alisó el pelo innecesariamente. Luego la ofreció—.

Lo siento, señor Olivaw. No sé en qué estaba pensando. Buenos días. Soy Elijah Baley, su compañero.

—Bien. —La mano de robot se cerró sobre la suya con una presión que aumentó suavemente, alcanzó un punto cómodamente amistoso y disminuyó—. Sin embargo, me parece detectar una alteración. ¿Puedo pedirle que sea franco conmigo? Será mejor contar con todos los datos relevantes que sea posible en una relación como la nuestra. Y es habitual en nuestro mundo que los compañeros se llamen entre sí por el nombre familiar. Espero que esto no vaya contra sus propias costumbres.

—Es sólo que, verás, no pareces un robot —dijo Baley, desesperadamente.

—¿Y eso te molesta?

—No debería, supongo, Da... Daneel. ¿Son todos como tú en tu mundo?

—Hay diferencias individuales, Elijah, como entre los hombres.

—Nuestros robots... Bueno, se puede ver que son robots, ¿sabes? Tú pareces un espacial.

—Oh, entiendo. Esperabas un modelo más basto y te has sorprendido. Sin embargo, es lógico que nuestra gente use un robot de características humanoides acentuadas para este caso si deseamos evitar incomodidades. ¿No es así?

Así era, desde luego. Un robot más evidente que circulase por la Ciudad estaría pronto en apuros.

—Sí —dijo Baley.

—Entonces vayámonos ya, Elijah.

Recorrieron el camino de vuelta a la autopista. R. Daneel captó el propósito de las pistas de aceleración y maniobró por ellas con rápida habilidad. Baley, que había empezado moderando su velocidad, acabó aumentándola hasta niveles molestos.

El robot mantuvo el ritmo. No demostraba encontrar ninguna dificultad. Baley se preguntó si R. Daneel no estaría moviéndose deliberadamente de forma más lenta de lo que podría. Alcanzó los coches interminables de la autopista y se apresuró a subirse con lo que era pura temeridad. El robot le siguió fácilmente.

Baley estaba rojo. Tragó saliva dos veces y dijo:

—Me quedaré aquí abajo contigo.

—¿Aquí abajo? —El robot, aparentemente indiferente tanto al ruido como al rítmico balanceo de la plataforma, dijo—: ¿Está equivocada la información de la que dispongo? Me dijeron que una cualificación de C-5 daba derecho a sentarse en el nivel superior bajo ciertas condiciones.

—Tienes razón. Yo puedo subir, pero tú no.

—¿Por qué no puedo subir contigo?

—Se necesita ser C-5, Daneel.

—Lo sé.

—No eres C-5. —Hablar era difícil. El silbido del aire era mayor en el nivel inferior, menos escudado, y Baley estaba comprensiblemente preocupado por hablar en voz baja.

—¿Por qué no voy a ser C-5? —dijo R. Daneel—. Soy tu compañero y, en consecuencia, tengo el mismo rango. Se me entregó esto.

De un bolsillo interior de la camisa sacó una tarjeta de credenciales rectangular, aparentemente genuina. El nombre indicado era Daneel Olivaw, sin la tan fundamental inicial. La cualificación era de C-5.

—Subamos, entonces —dijo Baley rígidamente.

Una vez sentado, Baley mantuvo la mirada al frente, enfadado consigo mismo, muy consciente del robot sentado a su lado. Le habían pillado dos veces. Primero no había reconocido a R. Daneel como robot; luego, no había adivinado la lógica que requería que a R. Daneel se le asignase una cualificación de C-5.

El problema era, por supuesto, que no era un detective salido de la imaginación popular. No era incapaz de sorprenderse, ni tenía una apariencia imperturbable, ni era infinitamente adaptable, ni tenía un intelecto que funcionase a la velocidad del rayo. Nunca había supuesto nada de esto, pero antes tampoco había lamentado sus carencias.

Lo que le hacía lamentarlo era que, al parecer, R. Daneel Olivaw sí que era ese mito encarnado.

Tenía que serlo. Era un robot.

Baley comenzó a buscar formas de excusarse. Estaba acostumbrado a los robots como el R. Sammy de la oficina. Había esperado una criatura con la piel hecha de un plástico duro y brillante, de color casi blanco. Había esperado una expresión fijada en un nivel irreal de buen humor banal. Había esperado movimientos espasmódicos y ligeramente inseguros.

R. Daneel no era nada de eso.

Baley se arriesgó a dirigir una mirada de soslayo al robot. R. Daneel se giró al mismo tiempo para devolverle la mirada y asentir con gravedad. Sus labios se habían movido de forma natural cuando había hablado y no se habían limitado a permanecer abiertos, como los de los robots terrestres. Había visto atisbos de una lengua en movimiento.

Baley pensó: ¿Por qué tiene que quedarse ahí sentado tan tranquilo? Esto debe de ser algo completamente nuevo para él. ¡Ruido, luces, multitudes!

Baley se levantó, rozó a R. Daneel al pasar y le dijo:

—¡Sígueme!

Bajaron de la autopista y pasaron por las pistas de deceleración.

Baley pensó: Dios mío, ¿qué le voy a decir a Jessie?

La llegada del robot había sacado ese pensamiento de su cabeza, pero estaba volviendo con urgencia enfermiza ahora que se dirigían por la pista local a la Sección del Bajo Bronx.

—Es todo un único edificio, ¿sabes, Daneel? —dijo—. Todo lo que ves, la Ciudad entera. En ella viven veinte millones de personas. Las autopistas funcionan continuamente, día y noche, a noventa kilómetros por hora. Hay trescientos cincuenta kilómetros en total, y cientos de kilómetros de pistas locales.

En cualquier momento, pensó Baley, me pondré a calcular cuántas toneladas de derivado de levadura come Nueva York cada día y cuántos metros cúbicos de agua bebemos y cuántos megavatios de energía producen las pilas atómicas cada hora.

—Fui informado de estos y de otros datos similares al recibir mis instrucciones —dijo Daneel.

Baley pensó: Bueno, eso cubre también la situación de la comida, el agua y la energía, supongo. ¿Por qué intentar impresionar a un robot?

Estaban en la calle Ciento ochenta y dos Este y en no más de doscientos metros estarían en los ascensores que alimentaban las capas de acero y cemento de apartamentos que incluían el suyo.

Estaba a punto de decir «Por aquí» cuando le detuvo un grupo de gente reunida ante la puerta de fuerza brillantemente iluminada de uno de los muchos departamentos comerciales que ocupaban los niveles bajos en esta Sección.

—¿Qué sucede? —preguntó a la persona más cercana en un tono automático de autoridad.

—Maldito sea si lo sé, acabo de llegar —dijo el hombre al que se había dirigido, alzándose sobre las puntas de los pies.

—Tienen algunos asquerosos Rs allí dentro —dijo otra persona, con tono vivo—. Creo que puede que los saquen afuera. Chico, me gustaría hacerlos pedazos.

Baley miró con nerviosismo a Daneel, pero, si éste había captado el significado de las palabras o las había oído siquiera, no lo demostró con ningún signo externo.

Baley se internó en la multitud.

—Abran paso. Abran paso. ¡Policía!

Le dejaron pasar. Baley captó algunas palabras tras él:

—... Hacerlos pedazos. Tuerca a tuerca. Abrirlos en dos por la junta lentamente...

Y oyó a otra persona que reía.

Baley sintió un escalofrío. La Ciudad era la cima de la eficiencia, pero requería mucho de sus habitantes. Les pedía que vivieran sometidos a una estricta rutina y que ordenasen sus vidas bajo control científico. Ocasionalmente, las inhibiciones acumuladas estallaban.

Recordó las Revueltas de la Barrera.

Realmente, había razones para que se produjeran revueltas antirrobot. Los hombres que se encontraban enfrentados a la perspectiva de recibir sólo un mínimo de miseria si perdían su cualificación, después de media vida de esfuerzos, no podían decidir con la cabeza fría que un robot individual no era el culpable. Al menos, a los robots individuales se les podía pegar.

No sé podía pegar a algo llamado «política gubernamental» o a una consigna como «mayor producción mediante el trabajo robótico».

El gobierno lo llamaba problemas de crecimiento. Negaba apenado con su colectiva cabeza y aseguraba a todo el mundo que tras un período de ajuste necesario, una vida nueva y mejor se pondría al alcance de todos.

Pero el movimiento medievalista se expandía junto con el proceso de retirada de cualificación. Los hombres se desesperaban y el límite entre amarga frustración y salvaje destrucción se cruza a veces fácilmente.

En ese momento, podía haber sólo minutos entre la hostilidad reprimida de la multitud y una orgía repentina de sangre y destrucción.

Baley se abrió paso desesperadamente hasta la puerta de fuerza.

3

Incidente en una zapatería

El interior de la tienda estaba más vacío que la calle. El gerente, con encomiable previsión, había activado la puerta de fuerza al comienzo del incidente, evitando así que entrasen alborotadores potenciales. También hacía que los intervinientes en la discusión no pudieran irse, pero eso era un problema menor.

Baley atravesó la puerta de fuerza usando su neutralizador de policía. Sorprendentemente, vio que R. Daneel lo seguía. El robot llevaba en el bolsillo un neutralizador propio, uno plano, más pequeño y elegante que el modelo estándar de policía.

El gerente se acercó corriendo a ellos en cuanto entraron, hablando en voz muy alta.

—Agentes, los dependientes me han sido asignados por la Ciudad. Tengo todo el derecho a usarlos.

Había tres robots de pie, tiesos como palos, en la parte de atrás de la tienda. Seis humanos se encontraban junto a la puerta de fuerza. Eran todas mujeres.

—De acuerdo —dijo Baley secamente—. ¿Qué pasa aquí? ¿Cuál es el problema?

—He venido a por zapatos —dijo una de las mujeres de forma estridente—. ¿Por qué no puede atenderme un dependiente de verdad? ¿Es que no soy respetable? —Su ropa, especialmente su sombrero, era lo bastante extremada para convertir aquello en algo más que una pregunta retórica.

El rubor furioso que cubría su cara casi enmascaraba su excesivo maquillaje.

—La atenderé yo mismo si es necesario —dijo el gerente—, pero no puedo atenderlas a todas, agente. Mis muchachos no tienen nada de malo. Son dependientes con licencia. Tengo sus cuadros de características y los resguardos de la garantía...

—¡Cuadros de características! —gritó la mujer. Se rió estridentemente, volviéndose hacia el resto—. Escuchadle. ¡Les llama muchachos! ¿Qué es lo que os pasa? No son muchachos. ¡Son robots! —Estiró las sílabas—. Y os diré lo que hacen, por si no lo sabéis. Les roban el trabajo a los hombres. Por eso el gobierno siempre los protege. Trabajan sin recibir nada y, por su culpa, las familias tienen que vivir en barracones y comer gachas crudas de levadura. Familias honestas y trabajadoras. Si yo mandase, destruiría a todos los robots. ¡Vaya si lo haría!

Las otras comenzaron a hablar confusamente y por encima seguía sonando el creciente rumor de la multitud justo al otro lado de la puerta de fuerza.

Baley era consciente, brutalmente consciente, de que R. Daneel Olivaw estaba a su lado. Miró a los dependientes. Eran de factura terrícola, e incluso para ese nivel, eran modelos relativamente baratos. Eran sólo robots fabricados para saber hacer unas pocas cosas sencillas. Conocer los números de los modelos, sus precios, las tallas disponibles para cada uno. Seguir las fluctuaciones de las existencias, probablemente mejor que los humanos, puesto que no tenían otros intereses. Calcular los pedidos adecuados para la semana siguiente. Medir el pie del cliente.

En sí mismos, eran inofensivos. Como grupo, eran increíblemente peligrosos.

Baley podía simpatizar con la mujer más de lo que habría

creído posible un día antes. No, dos horas antes. Podía sentir la cercanía de R. Daneel y se preguntaba si éste no podría sustituir a un detective C-5 normal. Al pensar en ello, podía ver los barracones. Podía recordar el sabor de las gachas de levadura. Podía recordar a su padre.

Su padre había sido físico nuclear, con una cualificación que le había situado en el percentil más alto de la Ciudad. Había sucedido un accidente en la central eléctrica y su padre había sido responsabilizado. Se le había retirado la cualificación. Baley no conocía los detalles; había sucedido cuando tenía un año.

Pero recordaba los barracones de su infancia; la miserable existencia comunal a duras penas soportable. No recordaba a su madre en absoluto; no había sobrevivido mucho tiempo. De su padre se acordaba bien, un hombre alcoholizado, taciturno y perdido, que a veces hablaba del pasado con frases roncas y entrecortadas.

Su padre había muerto, aún sin cualificación, cuando Lije tenía ocho años. El joven Baley y sus dos hermanas mayores se mudaron al orfanato de la Sección. El Nivel Infantil, lo llamaban. El hermano de su madre, el tío Boris, era demasiado pobre para evitarlo.

Así que siguió siendo duro. Y fue duro pasar por la escuela, sin privilegios derivados del estatus de su padre para facilitarle el camino.

Y ahora tenía que estar en una revuelta a punto de producirse y debía detener a unos hombres y mujeres que, después de todo, sólo temían perder sus propias cualificaciones y las de sus seres queridos, como le sucedía a él.

—No tengamos problemas, señora —le dijo con una voz sin entonación a la mujer que había hablado—. Los dependientes no le están haciendo ningún daño.

—Claro que no me han hecho daño —respondió la mujer con tono de soprano—. Y no me lo van a hacer. ¿Cree que dejaría que me tocasen con esos dedos fríos y grasientos? Vine aquí esperando que me tratasen como a un ser humano. Soy una ciudadana. Tengo derecho a que me atiendan seres humanos. Y oiga, tengo dos niños esperando la cena. No pueden ir a la Cocina de la Sección sin mí, como si fueran huérfanos. Tengo que salir de aquí.

—Bueno —dijo Baley, sintiendo que su temperamento se encrespaba—, si hubiera permitido que la atendieran, ya habría salido usted de aquí. Está usted causando problemas sin motivo. Tranquilícese.

—¡Vaya! —La mujer pareció sacudida—. Quizá piense que puede hablarme como si fuera una basura. Quizá es hora de que el gobierno se dé cuenta de que los robots no son lo único que hay en la Tierra. Yo me gano la vida trabajando duramente y tengo derechos. —Siguió así interminablemente.

Baley se sintió acosado y atrapado. La situación estaba fuera de control. Incluso si las mujeres accedían a ser atendidas, la multitud que esperaba fuera podía estar dispuesta a cualquier cosa.

Debía de haber ya un centenar de personas apelotonadas ante el escaparate. En los pocos minutos transcurridos desde la entrada de los detectives, la multitud se había duplicado.

—¿Cuál es el procedimiento habitual en un caso como éste? —preguntó de pronto R. Daneel.

Baley casi dio un salto.

—Para empezar, es un caso poco habitual.

—¿Qué dice la ley?

—Los Rs han sido asignados aquí correctamente. Son dependientes con licencia. No tienen nada de ilegal.

Estaban hablando en susurros. Baley intentaba ofrecer un aspecto oficial y amenazante. La expresión de Olivaw, como siempre, no significaba nada en absoluto.

—En ese caso —dijo R. Daneel—, ordena a la mujer que permita que la atiendan o que se marche.

Baley levantó brevemente una comisura de su boca.

—Nos las vemos con una turba, no con una mujer. No hay nada que podamos hacer salvo llamar a los antidisturbios.

—Los ciudadanos no deberían necesitar más de un agente de la ley para ordenarles lo que deben hacer —dijo Daneel. Volvió su ancho rostro hacia el gerente de la tienda—. Abra la puerta de fuerza, señor.

El brazo de Baley se disparó hacia delante para atrapar el hombro de R. Daneel y darle la vuelta. Detuvo la acción. Si, en ese momento, dos agentes discutían abiertamente, significaría el final de cualquier oportunidad de alcanzar una solución pacífica.

El gerente protestó, y miró a Baley. Baley evitó su mirada.

—Se lo ordeno con la autoridad de la ley —dijo R. Daneel, impasible.

—Consideraré a la Ciudad responsable por cualquier daño que sufra el género o la tienda —gimió el gerente—. Que quede constancia de que hago esto por orden suya.

La barrera descendió; los hombres y las mujeres entraron hasta llenar la tienda. Emitían un rugido de felicidad. Presentían la victoria.

Baley había oído hablar de revueltas similares. Incluso había presenciado una. Había visto cómo una decena de manos levantaban a los robots, y cómo un mar de brazos transportaban sus cuerpos pesados que no ofrecían resistencia. Los hombres tiraron y retorcieron los miembros de los simulacros metálicos de hombres. Usaron martillos, cuchillos de fuerza, pistolas de agujas. Finalmente, redujeron a los pobres objetos a metal y cables desgarrados. Los caros cerebros positrónicos, la creación más sofisticada de la mente humana, pasaron de mano en mano como pelotas, y en un momento quedaron reducidos a masas inútiles,

Luego, una vez que el genio de la destrucción hubo salido tan alegremente de la botella, la turba se volvió contra cualquier otra cosa que pudiera ser destrozada.

Los dependientes robot no podían saber nada de esto, pero

emitieron chillidos cuando la multitud inundó la tienda y levantaron los brazos ante sus rostros como en un esfuerzo primitivo por esconderse. La mujer que había comenzado el lío, asustada al ver cómo crecía mucho más allá de lo que había esperado, balbució.

Su sombrero había cubierto su cara, y su voz se volvió una mera estridencia sin sentido.

—¡Deténgalos, agente! ¡Deténgalos! —gritaba el gerente.

R. Daneel habló. Sin esfuerzo aparente, su voz se hizo repentinamente varios decibelios más alta de lo que era posible para una voz humana. Por supuesto, pensó Baley por décima vez, no es...

—La primera persona que se mueva recibirá un tiro —dijo R. Daneel.

—¡A por él! —gritó alguien muy hacia atrás en la multitud.

Pero durante un momento, nadie se movió.

R. Daneel se subió ágilmente a una silla y de ahí a lo alto de un expositor de transtex. La fluorescencia coloreada que brillaba a través de las ranuras de película molecular polarizada convirtieron su cara fría y suave en algo que no era de este mundo.

No es de este mundo, pensó Baley.

Nadie se movió mientras R. Daneel esperaba, una persona discretamente formidable.

—Os estáis diciendo: Este hombre lleva un látigo neurónico, o un atontador. Si avanzamos todos a la vez, lo avasallaremos y como máximo uno o dos de nosotros resultarán heridos, y de todas formas se recuperarán. Mientras tanto, haremos lo que queramos, y al espacio con la ley y el orden. —Su voz no era dura ni iracunda, pero denotaba autoridad. Tenía el tono de las órdenes seguras de su cumplimiento. Continuó—: Estáis equivocados. Lo que llevo no es un látigo neurónico, ni es un atontador. Es un desintegrador, y es mortal. Lo usaré y no apuntaré por encima de vuestras cabezas. Mataré a muchos antes de que podáis cogerme, quizá a la mayoría. Lo digo muy en serio. ¿No os parezco serio?

Había movimiento en las márgenes de la multitud, pero ésta ya no crecía. Si los recién llegados seguían deteniéndose por curiosidad, otros se apresuraban a irse. Los que estaban más cerca de R. Daneel contenían el aliento, mientras intentaban desesperadamente no avanzar en respuesta a la presión de la masa de cuerpos tras ellos.

La mujer del sombrero rompió el hechizo. En un repentino torbellino de llanto, chilló:

—Nos va a matar. Yo no he hecho nada. Oh, déjenme salir de aquí.

Se volvió, pero se vio enfrentada a un muro inamovible de hombres y mujeres. Cayó de rodillas. El movimiento hacia atrás de la multitud silenciosa se acrecentó.

R. Daneel bajó de un salto del expositor y dijo:

—Ahora voy a caminar hasta la puerta. Dispararé a cualquier hombre o mujer que me toque. Cuando alcance la puerta, dispararé a cualquier hombre o mujer que no se vaya para ocuparse de sus propios asuntos. Y esta mujer...

—¡No, no! —chilló la mujer del sombrero—. Le digo que no he hecho nada. No quería causar problemas. Ya no quiero los zapatos. Sólo quiero irme a casa.

—Esta mujer —continuó Daneel— se quedará aquí. Va a ser atendida.

Dio un paso adelante.

La turba lo miró inexpresivamente. Baley cerró los ojos. No era culpa suya. Habría asesinatos y un lío de narices, pero habían sido ellos los que le habían obligado a llevar un robot como compañero. Ellos les habían dado el mismo rango.

No podía ser. Él mismo no lo creía. Podría haber detenido a R. Daneel al principio. En cualquier momento podría haber llamado a un coche patrulla. En lugar de eso, había dejado que R. Daneel asumiera la responsabilidad, y había sentido un alivio culpable. Cuando intentó decirse que la personalidad de

R. Daneel sencillamente dominaba la situación, se sintió embargado por un repentino autodesprecio. Un robot que dominaba...

No oía ninguno de los ruidos habituales, ni gritos, ni maldiciones, ni gruñidos, ni chillidos. Abrió los ojos.

Estaban dispersándose.

El gerente de la tienda estaba tranquilizándose, mientras se colocaba bien la chaqueta arrugada, se alisaba el pelo y murmuraba amenazas furiosas contra la multitud que desaparecía.

El suave silbido decreciente de un coche patrulla se detuvo justo enfrente. Baley pensó: Claro, cuando todo ha terminado.

—No tengamos más problemas, agente —dijo el gerente, tirándose de la manga.

—No habrá más problemas —dijo Baley.

Fue fácil librarse de la policía del coche patrulla. Habían venido en respuesta a los avisos sobre una multitud en la calle. No sabían más detalles, y podían ver por sí mismos que la calle estaba despejada. R. Daneel se mantuvo aparte y no mostró ningún signo de interés mientras Baley explicaba los hechos a los policías, minimizándolos y enterrando completamente el papel de R. Daneel en ellos.

Después, se llevó a R. Daneel a un lado, contra el acero y el cemento de una de las columnas.

—Escucha —dijo—, no es que intente robarte los focos, ¿entiendes?

—¿Robarme los focos? ¿Es una de vuestras expresiones terrestres?

—No he informado de tu papel en esto.

—No conozco todas vuestras costumbres. En mi mundo, un informe completo es lo habitual, pero quizá no sea así en tu mundo. En todo caso, una rebelión civil ha sido evitada. Eso es lo importante, ¿no?

—¿Lo es? Oye, mira. —Baley intentó sonar lo más enérgico que pudo dada la necesidad de hablar en susurros—. No vuelvas a hacerlo nunca más.

—¿No debo volver a insistir en que se respete la ley? Si no hago eso, entonces, ¿cuál es mi utilidad?

—Nunca vuelvas a amenazar a un ser humano con un desintegrador.

—No habría disparado bajo ninguna circunstancia, Elijah, como sabes bien. Soy incapaz de hacer daño a un humano. Pero, como ves, no tuve que disparar. No esperaba tener que hacerlo.

—Tuviste muchísima suerte de no tener que disparar. No vuelvas a arriesgarte de esa forma. Yo también podría haber hecho un numerito parecido...

—¿Un numerito? ¿Qué es eso?

—No importa. Interpreta lo que estoy diciendo. Yo mismo podría haber amenazado con el desintegrador a la multitud. Tenía un desintegrador para hacerlo. Pero ése no es el tipo de apuesta que se me permite asumir, y a ti tampoco. Era más seguro avisar a los coches patrulla que intentar ser un héroe.

R. Daneel reflexionó. Negó con la cabeza.

—Creo que te equivocas, compañero Elijah. La información que me dieron sobre las características humanas de la gente de la Tierra incluye el dato de que, a diferencia de los hombres de los Mundos Exteriores, está educada desde el nacimiento para aceptar la autoridad. Al parecer es resultado de vuestra forma de vida. Un solo hombre que represente a la autoridad con la firmeza suficiente suele bastar, como acabo de probar. En realidad, tu propio deseo de que acudiese un coche patrulla era sólo la expresión de tu deseo cuasi instintivo de que una autoridad superior se hiciese cargo de la responsabilidad, liberándote a ti. En mi propio mundo, admito que lo que hice habría estado completamente injustificado.

El largo rostro de Baley estaba rojo de ira.

—Si hubieran descubierto que eres un robot...

—Estaba seguro de que no lo harían.

—En todo caso, recuerda que sí eres un robot. Nada más

que un robot. Sólo un robot. Como los dependientes de la tienda.

—Pero eso es obvio.

—Y no eres humano. —Baley sintió que se dejaba llevar por la crueldad contra su voluntad.

R. Daneel pareció reflexionar sobre eso.

—La división entre humano y robot no es quizá tan significativa como la división entre inteligencia y falta de ella —dijo.

—Quizá en tu mundo —dijo Baley—, pero no aquí.

Miró su reloj y apenas pudo descifrar que llevaban un retraso de una hora y cuarto. Su garganta estaba seca y áspera de pensar que R. Daneel había ganado el primer asalto, había ganado mientras que él mismo había quedado inerme.

Pensó en el muchacho, Vince Barrett, el adolescente a quien R. Sammy había reemplazado. Y en sí mismo, Elijah Baley, a quien R. Daneel podría reemplazar. Jehoshaphat, al menos a su padre lo habían echado por un accidente que había causado daños, que había matado a gente. Quizá había sido culpa suya. Baley no lo sabía. Imaginaba que se había forzado su salida para dejar sitio a un físico mecánico. Sólo por eso. Por ninguna otra razón. No había nada que pudiera hacer al respecto.

—Vámonos —dijo secamente—. Tengo que llevarte a casa.

—Verás —dijo R. Daneel—, no es adecuado realizar ninguna distinción que repose sobre un valor menor que el hecho de la intel...

—Ya está bien. —La voz de Baley se elevó—. El tema está cerrado. Jessie nos espera. —Caminó en dirección al comunotubo intrasección más cercano—. Será mejor que la llame y le diga que estamos en camino.

—¿Jessie?

—Mi mujer.

Jehoshaphat, pensó Baley, vaya humor que llevo para vérmelas con Jessie.

4

Presentación de una familia

Había sido su nombre lo primero que había hecho que Elijah Baley se fijase realmente en Jessie. La había conocido en la fiesta de Navidad de la Sección del año 02, ante un cuenco de ponche. Acababa de terminar su educación, acababa de conseguir su primer trabajo para la Ciudad y acababa de mudarse a esa Sección. Estaba viviendo en uno de los dormitorios de soltero de la Sala Común 122. No estaba mal para ser un dormitorio de soltero.

Ella estaba repartiendo el ponche.

—Me llamo Jessie —dijo—. Jessie Navodny. No te conozco.

—Baley —dijo él—, Lije Baley. Acabo de mudarme a esta Sección.

Tomó su vaso de ponche y sonrió mecánicamente. Ella le pareció una persona alegre y amistosa, así que se quedó cerca. Era nuevo, y resulta muy solitario estar en una fiesta donde uno se encuentra observando a la gente que charla en pequeños grupos de los que no forma uno parte. Más tarde, cuando hubiesen trasegado suficiente alcohol, las cosas podrían ser diferentes.

Mientras tanto, se quedó junto al cuenco de ponche, mirando a la gente ir y venir y dando sorbos con aire pensativo.

—Ayudé a preparar el ponche. —La voz de la chica lo sorprendió—. Tiene mi garantía. ¿Quieres más?

Baley se dio cuenta de que su vaso estaba vacío. Sonrió y dijo que sí.

La cara de la chica era ovalada y no precisamente bonita, sobre todo a causa de una nariz ligeramente grande. Su vestido era recatado y llevaba el pelo castaño claro formando una serie de rizos sobre la frente.

Ella lo acompañó tomando otro vaso de ponche y él se sintió mejor.

—Jessie —dijo, paladeando el nombre en la lengua—. Es bonito. ¿Te importa si lo uso cuando hable contigo?

—Desde luego. Si quieres. ¿Sabes de qué es diminutivo?

—¿De Jessica?

—No lo vas a adivinar.

—No se me ocurre nada más.

Ella se rió y dijo maliciosamente:

—Mi nombre completo es Jezebel.

Entonces fue cuando el interés de él se inflamó. Dejó su vaso de ponche y dijo:

—No, ¿de verdad?

—De verdad. No es broma. Jezebel. Es mi auténtico nombre, y consta así en todos los registros. A mis padres les gustó cómo sonaba.

Estaba muy orgullosa de ello, aunque no había habido nunca una Jezabel menos apropiada en todo el mundo.

—Mi nombre es Elijah, ¿sabes? —dijo Baley con seriedad—. Quiero decir, mi nombre completo.

Ella no pareció entenderlo.

—Elijah fue el gran enemigo de Jezebel —dijo él.

—¿Ah, sí?

—Claro. Está en la Biblia.

—Oh, no lo sabía. Vaya, ¿a que es divertido? Espero que eso no quiera decir que tienes que ser mi enemigo en la vida real.

Desde el mismo principio esa posibilidad quedó descartada. Al comienzo fue la coincidencia de los nombres lo que la convirtió en algo más que una chica agradable con un cuenco de ponche. Pero después llegó a considerarla alegre, tierna y, finalmente, incluso guapa. Apreciaba particularmente su alegría. Su propia visión de la vida, tan sarcástica, necesitaba ese antídoto.

Pero a Jessie nunca pareció importarle su rostro alargado y grave.

—Oh, bueno —decía—, ¿y qué si pareces un limón agrio? Sé que en realidad no lo eres, y supongo que si siempre estuvieras sonriendo como un engranaje, tal y como yo lo hago, estallaríamos cuando nos juntásemos. Sigue siendo como eres, Lije, e impide que se me lleve el viento.

Y ella impedía que Lije Baley se hundiera. Solicitó un pequeño apartamento de Parejas y consiguió una admisión provisional que dependía del matrimonio. Se la mostró a ella y le dijo:

—¿Me echas una mano para que pueda salir de Solteros, Jessie? No me gusta mucho aquello.

Quizá no fue la declaración más romántica del mundo, pero a Jessie le gustó.

Baley sólo podía recordar una ocasión en la que la alegría habitual de Jessie la abandonó por completo, y aquello había tenido también relación con su nombre. Fue durante su primer año de casados, y aún no habían tenido un niño. De hecho, había sido el mismo mes en que Bentley fue concebido. (Sus calificaciones de inteligencia, estatus de Valor Genético y la posición de él en el Departamento les daban derecho a dos niños, de los cuales el primero podía ser concebido en el primer año.) Quizá, pensó Baley al reflexionar sobre ello posteriormente, la concepción de Bentley podía explicar parte de su poco habitual nerviosismo.

Jessie había estado un poco triste porque Baley siempre hacía horas extra.

—Me molesta comer sola en la cocina todas las noches —le dijo.

Baley estaba cansado y se sentía incómodo.

—¿Y eso por qué? Allí puedes conocer a muchos tipos solteros y agradables.

Y por supuesto ella se inflamó al instante.

—¿Es que crees que no puedo llamar su atención, Lije Baley?

Quizá fue sólo que estaba cansado; quizá porque Julius Enderby, un compañero de clase, había sido ascendido en la escala C mientras que él no. Quizá era sencillamente porque estaba un poco cansado de que ella fingiese estar a la altura del nombre que ostentaba cuando no era nada parecido y jamás podría serlo.

En todo caso, dijo mordazmente:

—Supongo que sí que puedes, pero no creo que lo hagas. Ojalá pudieras olvidarte de tu nombre y ser tú misma.

—Seré lo que me dé la gana.

—Intentar ser Jezebel no te llevará a ningún sitio. Además, si deseas saber la verdad, el nombre no significa lo que crees. La Jezebel de la Biblia era una esposa fiel y buena según su propio criterio. No tenía ningún amante, que sepamos, no se corría juergas ni se tomaba ninguna libertad moral en absoluto.

Jessie se lo quedó mirando con furia.

—Eso no es verdad. He oído la frase «una jezebel con pintas». Sé lo que significa.

—Quizá piensas que lo sabes, pero escucha esto. Después de que el marido de Jezebel, el rey Ajab, hubiese muerto, el hijo de ella, Jehoram, fue coronado rey. Uno de los capitanes del ejército, Jehu, se rebeló contra él y le asesinó. Jehu cabalgó entonces hacia Jezreel, donde residía la vieja reina madre, Jezebel. Jezebel oyó de su llegada y supo que sólo podía venir para matarla. Con orgullo y valor, se pintó la cara y se vistió con sus mejores ropajes para enfrentarse a él como una reina altanera y desafiante. Él la hizo arrojar desde la ventana del palacio y la mató, pero tuvo un buen final, en mi opinión. Y a eso es a lo que la gente se refiere cuando hablan de «una jezebel con pintas», lo sepan o no.

A la noche siguiente, Jessie dijo con voz apocada:

—He estado leyendo la Biblia, Lije.

—¿Qué? —Durante un momento, Baley se quedó sinceramente perplejo.

—Las partes sobre Jezebel.

—¡Oh! Jessie, siento haber herido tus sentimientos. Me comporté como un niño.

—No. No. —Ella apartó la mano de él de su cadera y se sentó en el sofá, fría y recta, dejando un claro espacio entre ellos—. Es bueno saber la verdad. No quiero que me engañen por mi ignorancia. Así que leí sobre ella. Y sí que era una mujer malvada, Lije.

—Bueno, sus enemigos escribieron esos capítulos. No conocemos su versión.

—Mató a todos los profetas del Señor a los que pudo atrapar.

—Eso dicen. —Baley tanteó en su bolsillo buscando una barra de chicle. (Años después abandonaría ese vicio porque Jessie le dijo que con su cara alargada y sus ojos castaños y tristes le hacía parecer como un viejo cuervo con una desagradable bola de hierba atascada que no podía tragar ni quería escupir.) Dijo—: Si quieres oír su versión, se me ocurren algunas ideas. Ella valoraba la religión de sus antepasados, que habían ocupado esa tierra mucho antes de que llegasen los hebreos. Los hebreos tenían su propio Dios, y lo que era más, se trataba de un Dios exclusivo. No se contentaban con adorarlo ellos mismos; querían que todo el mundo que estuviera a su alcance lo adorase también.

»Jezebel era una conservadora que se atuvo a las viejas creencias en lugar de a las nuevas. Después de todo, si las nuevas creencias tenían un mayor contenido moral, las viejas eran más satisfactorias emocionalmente. El hecho de que matase a sacerdotes sólo la señala como una hija de su tiempo. Era el método habitual de proselitismo en aquellos días. Si has leído

1 Reyes, debes recordar que Elijah (mi tocayo, esta vez) se enfrentó a 850 profetas de Baal para ver quién podía hacer caer fuego del cielo. Elías ganó y seguidamente ordenó a la multitud de espectadores que matasen a los 850 baalitas. Y lo hicieron.

Jessie se mordió los labios.

—¿Y qué me dices de la viña de Naboth, Lije? Allí estaba el tal Naboth sin molestar a nadie, salvo porque rehusaba vender su viña al rey. Así que Jezebel organizó las cosas para que unas personas perjuraran y dijeran que Naboth había cometido blasfemia o algo así.

—Supuestamente había «blasfemado contra Dios y contra el rey» —dijo Baley.

—Sí. Así que le confiscaron su propiedad después de ejecutarlo.

—Eso estuvo mal. Por supuesto, en los tiempos modernos habría sido muy fácil tratar con Naboth. Si la Ciudad quisiera su propiedad o incluso si una de las naciones medievales hubiera querido su propiedad, los tribunales podrían haberle ordenado que la desalojase, echarle por la fuerza si era necesario, y pagarle lo que considerasen un precio justo. El rey Ajab no tenía esa salida. Aun así, la solución de Jezebel estuvo mal. Su única excusa es que Ajab estaba enfermo y triste por la situación y ella sintió que su amor por su marido estaba antes que el bienestar de Naboth. Te lo estoy diciendo, era un modelo de esposa fi...

Jessie saltó alejándose de él, con la cara roja y furiosa.

—Creo que eres mezquino y rencoroso.

Él se la quedó mirando con absoluta consternación.

—¿Qué te he hecho? ¿Qué problema tienes?

Ella se fue del apartamento sin responderle y pasó la tarde y la mitad de la noche en los niveles de vídeo subetérico, cambiando malhumoradamente de un programa a otro y gastando dos meses de su cuota (y la de su marido, por añadidura).

Cuando volvió con un Lije Baley todavía despierto, no tenía nada más que decirle.

A Baley se le ocurrió más tarde, mucho más tarde, que había destruido por completo una parte importante de la vida de Jessie. Su nombre había tenido para ella un significado fascinantemente malvado. Era un contrapeso delicioso a su pasado ordenado y más que respetable. Le daba un aroma de licenciosa, y ella adoraba eso.

Pero ahora había desaparecido. Nunca volvió a mencionar su nombre completo, ni a Lije, ni a sus amigas, y quizá, por lo que Baley sabía, ni siquiera a sí misma. Era Jessie y comenzó a firmar así.

Con el paso de los días comenzó a hablar con él de nuevo, y al cabo de una semana o así su relación volvió a su anterior situación y, a pesar de todas las discusiones posteriores, no volvió a alcanzar nunca ese grado perjudicial de intensidad.

Sólo una vez hubo una referencia indirecta al asunto. Fue durante su octavo mes de embarazo. Ella había dejado su trabajo como asistente dietista en la Cocina de la Sección A-23 y con más tiempo del habitual a su disposición se entretenía especulando y preparando el nacimiento del bebé.

—¿Qué te parece Bentley? —dijo una tarde.

—¿Qué dices, cariño? —dijo Baley, levantando la vista del fajo de trabajo pendiente que se había llevado a casa. (Con una boca más a la que pronto debía alimentar y la paga de Jessie suspendida y su propio ascenso a los niveles superiores tan lejano, al parecer, como siempre, era necesario hacer trabajo extra.)

—Quiero decir si el bebé es niño. ¿Qué te parece Bentley como nombre?

Las comisuras de los labios de Baley se doblaron hacia abajo.

—¿Bentley Baley? ¿No crees que el nombre y el apellido son demasiado parecidos?

—No lo sé. Suena bien, creo. Además, el niño siempre puede elegir un segundo nombre que le venga bien cuando crezca.

—Bueno, a mí me parece bien.

—¿Estás seguro? Quiero decir... ¿Quizá querías que se llamase Elijah?

—¿Y que le llamen Junior? No creo que sea una buena idea. Puede ponerle a su hijo Elijah, si quiere.

—Sólo una cosa —dijo entonces Jessie, y luego se paró. Después de un momento, él volvió a levantar la vista.

—¿Qué cosa?

Ella no le miró a los ojos, pero dijo, con bastante energía:

—Bentley no es un nombre bíblico, ¿verdad?

—No —dijo Baley—. Estoy seguro de que no.

—De acuerdo, entonces. No quiero nombres bíblicos.

Y ése fue el único recordatorio desde ese momento hasta el día en que Elijah Baley volvió a casa con Robot Daneel Olivaw, cuando llevaba casado más de dieciocho años y su hijo Bentley Baley (que aún no había elegido su segundo nombre) tenía más de dieciséis.

Baley se detuvo ante la gran puerta doble en la que brillaban en grandes letras las palabras PERSONAL - HOMBRES. En letras más pequeñas estaba escrito SUBSECCIONES 1A-1E. En letras aún más pequeñas, justo encima de la ranura de la llave, decía: «En caso de pérdida de la llave, comuníquese enseguida con 27-101-51».

Un hombre se abrió paso entre ellos, insertó una varita de aluminio en la ranura de la llave, y entró. Cerró la puerta tras él, sin hacer ningún intento de sostenerla abierta para Baley. Si lo hubiera hecho, Baley se habría sentido seriamente ofendido. Según una tradición muy acatada, los hombres no prestaban en absoluto atención a la presencia de otros dentro o justo fuera de los Personales. Baley recordó que una de las confidencias maritales más interesantes que Jessie le había contado era que la situación era muy diferente en los Personales de Mujeres.

Ella siempre estaba diciendo: «Me he encontrado a Josephine Greely en el Personal y me ha dicho que...».

Fue una de las desventajas de la promoción cívica el que cuando los Baley obtuvieron permiso para activar el pequeño lavabo de su dormitorio, la vida social de Jessie se resintió.

Baley dijo, sin conseguir enmascarar completamente su embarazo:

—Por favor, espera aquí fuera, Daneel.

—¿Vas a lavarte? —preguntó R. Daneel.

Baley se encogió involuntariamente y pensó: ¡Maldito robot! Si le informaron de todo lo que sucede bajo el acero, ¿por qué no le enseñaron buenos modales? Yo seré el responsable si él dice algo como esto a cualquier otra persona.

—Me voy a duchar —dijo—. Por las tardes se llena de gente. Si espero hasta entonces, perderé tiempo. Si lo hago ahora tendremos toda la tarde libre.

La cara de R. Daneel permaneció inmóvil.

—¿Es parte de la costumbre social el que yo espere fuera?

El embarazo de Baley se acentuó.

—¿Para qué vas a entrar para... para nada?

—Oh, ya entiendo. Sí, por supuesto. Sin embargo, Elijah, mis manos también se ensucian, y voy a lavármelas.

Le mostró las palmas, alzándolas ante él. Eran rosadas y regordetas, con las arrugas adecuadas. Tenían todas las trazas de una artesanía excelente y meticulosa y estaban tan limpias como era necesario.

—Tenemos un lavabo en el apartamento, como sabes —dijo Baley, sin inflexión. No podía presumir ante un robot.

—Gracias por tu amabilidad. Considerándolo todo, sin embargo, creo que sería preferible hacer uso de este lugar. Si voy a vivir con vosotros, los hombres de la Tierra, será mejor que adopte todas las costumbres y actitudes que pueda.

—Entremos, pues.

La brillante alegría del interior contrastaba agudamente

con el utilitarismo de la mayor parte de la Ciudad, pero esta vez el efecto no llegó a la consciencia de Baley.

—Puede que tarde una media hora —susurró a Daneel—. Espérame. —Comenzó a alejarse, y luego volvió para añadir—: Y oye, no te acerques a nadie y no mires a nadie. ¡Ni una palabra, ni una mirada! Es la tradición.

Se apresuró a mirar a su alrededor para asegurarse de que su propia conversación no había sido percibida, ni provocaba miradas de espanto. Afortunadamente, no había nadie en el pasillo, y después de todo era sólo el pasillo.

Marchó por él a paso ligero, sintiéndose vagamente sucio, pasando por las salas comunes hasta los cubículos privados. Ya hacía cinco años que se le había concedido uno, suficientemente grande para contener una ducha, una pequeña lavadora y otros electrodomésticos. Incluso tenía un pequeño proyector al que podían solicitársele las nuevas películas.

—Un hogar lejos del hogar —había bromeado él cuando lo tuvo por primera vez a su disposición.

Pero ahora se preguntaba a menudo cómo podría soportar el volver a la existencia más espartana de las salas comunes si alguna vez perdía el privilegio del cubículo.

Apretó el botón que activaba la lavadora y la suave superficie del contador se encendió.

R. Daneel estaba esperando pacientemente cuando Baley volvió con el cuerpo bien frotado, ropa interior limpia, una camisa nueva y, en general, una sensación de mayor comodidad.

—¿Todo bien? —preguntó Baley una vez se hubieron alejado lo suficiente de la puerta y pudieron hablar.

—Perfectamente, Elijah —dijo R. Daneel.

Jessie les esperaba en la puerta, sonriendo con nerviosismo. Baley la besó.

—Jessie —murmuró—, éste es mi nuevo compañero, Daneel Olivaw.

Jessie extendió la mano, y R. Daneel la tomó y la soltó. Se

volvió hacia su marido, y luego miró con timidez a R. Daneel.

—¿Por qué no se sienta, señor Olivaw? —dijo—. Tengo que hablar con mi marido de asuntos familiares. Sólo será un momento. Espero que no le importe.

Puso la mano en la manga de Baley. Él la siguió hasta la habitación de al lado.

—No estás herido, ¿verdad? —le dijo en un susurro apresurado—. Estaba muy preocupada desde esa emisión.

—¿Qué emisión?

—Salió hace casi una hora. Sobre los disturbios en la zapatería. Dijeron que dos detectives los habían contenido. Sabía que ibas a llegar a casa con un compañero y esto había sucedido justo en nuestra subsección y justo cuando ibas a llegar a casa y pensé que estaban suavizando la noticia y que estarías...

—Por favor, Jessie. Ya ves que estoy perfectamente.

Jessie se controló haciendo un esfuerzo.

—Tu compañero no es de tu división, ¿verdad? —dijo con la voz aún estremecida.

—No —respondió Baley con tristeza—. Es... un completo desconocido.

—¿Cómo debo tratarle?

—Como a todo el mundo. Sólo es mi compañero, y eso es todo.

Lo dijo con tan poca convicción que los veloces ojos de Jessie se entrecerraron.

—¿Qué es lo que pasa?

—Nada. Ven, volvamos al cuarto de estar. Esto empieza a parecer raro.

Ahora Lije Baley se sentía un poco inseguro acerca del apartamento. Hasta ese preciso momento, no había tenido ninguna duda. De hecho, siempre se había sentido orgulloso de él. Tenía tres grandes habitaciones; el cuarto de estar, por ejemplo, era de unos amplios cuatro por cinco metros. Había armarios empotrados en todas la habitaciones. Uno de los principales conductos de ventilación pasaba justo al lado. Eso suponía que en ocasiones había un poco de ruido, pero, por otra parte, aseguraba un control de temperatura perfecto y un buen aire acondicionado. Tampoco estaba lejos de los dos Personales, lo que suponía una clara ventaja.

Pero con la criatura llegada de mundos más allá del espacio sentada en medio del apartamento, Baley se sintió súbitamente inseguro. Ahora parecía pobre y abarrotado.

—¿Habéis comido ya tú y el señor Olivaw, Lije? —dijo Jessie con una alegría que era ligeramente artificial.

—En realidad —dijo Baley rápidamente—, Daneel no comerá con nosotros. Aunque yo sí que lo haré.

Jessie aceptó la situación sin protestar. Con el suministro de alimentos tan estrechamente controlado y el racionamiento más estricto que nunca, resultaba de buena educación el rehusar la hospitalidad de otros.

—Espero que no le importe que comamos, señor Olivaw —dijo—. Lije, Bentley y yo comemos normalmente en la cocina comunal. Es mucho más cómodo y hay mayor variedad, ¿sabe?, y entre usted y yo, las raciones también son mayores. Pero, claro, Lije y yo tenemos permiso para comer en nuestro apartamento tres veces a la semana si lo deseamos... a Lije le va muy bien en la oficina y tenemos un estatus muy agradable... y pensé que sólo por esta ocasión, si quería comer con nosotros, podíamos tener un pequeño banquete privado, aunque la verdad es que pienso que la gente que exagera con sus privilegios de privacidad son un poquito antisociales, ¿sabe?

R. Daneel la escuchó educadamente.

Haciendo un gesto disimulado con los dedos para indicarle que estaba hablando demasiado, Baley dijo:

—Jessie, tengo hambre.

—¿Iría contra alguna costumbre si me dirigiera a usted por su nombre de pila, señora Baley? —dijo R. Daneel.

—Claro que no, por supuesto. —Jessie desplegó la mesa

pegada a la pared y conectó el calentador de platos en una depresión situada en medio de la mesa—. Puedes llamarme Jessie todo lo que quieras, eh... Daneel. —Se rió.

Baley se sintió violento. La situación se estaba volviendo cada vez más incómoda. Jessie pensaba que R. Daneel era un hombre. Su visita sería algo sobre lo que presumiría y charlaría en el Personal de Mujeres. Además, era atractivo de una forma un poco rígida, y Jessie se sentía complacida por su amabilidad. Cualquiera podía verlo.

Baley se preguntó por la impresión que R. Daneel tendría de Jessie. No había cambiado mucho en dieciocho años, o al menos no para Lije Baley. Pesaba más, por supuesto, y su figura había perdido mucho del vigor de la juventud. Tenía arrugas en las comisuras de los labios y un atisbo de hinchazón en las mejillas. Llevaba el pelo peinado de forma más conservadora y de un castaño más oscuro que antes.

Pero todo eso no importa, pensó Baley sombríamente. En los Mundos Exteriores las mujeres eran altas y delgadas y regias como los hombres. O, al menos, en las películas-libro eran así, y ése debía de ser el tipo de mujer al que R. Daneel estaba acostumbrado.

Sin embargo, R. Daneel no daba muestras de ninguna perturbación ante la conversación de Jessie, su apariencia o el hecho de que hubiese usado su nombre.

—¿Está usted segura de que es correcto? —dijo—. Ese nombre, Jessie, parece ser un diminutivo. Quizá su uso está restringido a los miembros de su círculo más próximo y sería más apropiado que yo usase su nombre completo.

Jessie, que estaba abriendo el envoltorio aislante de la cena, se fijó con súbita atención en su tarea.

—Con Jessie vale —dijo secamente—. Todo el mundo me llama así. No hay otro nombre.

—Muy bien, Jessie.

La puerta se abrió y un jovencito entró con cautela. Sus ojos se posaron sobre R. Daneel casi enseguida.

—¿Papá? —dijo el muchacho con inseguridad.

—Éste es mi hijo Bentley —dijo Baley en voz baja—. Éste es el señor Olivaw, Ben.

—Tu compañero, ¿verdad, papá? ¿Cómo le va, señor Olivaw? —Los ojos de Ben se abrieron aún más y se iluminaron—. Eh, ¿qué ha pasado en la zapatería? El informativo dijo que...

—No hagas preguntas ahora, Ben —interrumpió directamente Baley.

El rostro de Bentley se apagó y miró a su madre, que le hizo un gesto para que se sentase.

—¿Hiciste lo que te dije, Bentley? —le preguntó ella cuando se hubo sentado.

Sus manos acariciaron su pelo. Era tan oscuro como el de su padre, e iba a alcanzar la altura de su padre, pero todo lo demás venía de ella. Tenía el rostro ovalado de Jessie, sus ojos garzos y su forma despreocupada de encarar la vida.

—Claro, mamá —dijo Bentley, acercando su silla hacia la mesa para mirar el plato doble desde el que se alzaban ya unos olores apetitosos—. ¿Qué hay de comer? ¿No será zimoternera otra vez, mamá? ¿Eh, mamá?

—La zimoternera no tiene nada de malo —dijo Jessie, apretando los labios—. Cómete lo que te sirvan y sin discutir.

Era evidente que sí que iban a comer zimoternera.

Baley se sentó en su silla. Él mismo habría preferido algo diferente a la zimoternera, cuyo sabor punzante dejaba un gusto extraño en la boca, pero Jessie ya le había explicado su problema en otra ocasión.

—Bueno, no es posible, Lije —dijo entonces—. Vivo aquí mismo, en estos niveles, todo el día, y no puedo hacerme enemigos o la vida sería insoportable. Saben que antes yo era asistente dietista y si trajera un filete o un pollo semana sí, semana no, cuando no hay casi nadie más en este piso que tenga privilegios privados de comida ni siquiera los domingos, dirían que estaba enchufada o que tengo amigos en la cocina.

Habría todo tipo de rumores y ya no podría ni asomar la nariz por la puerta ni visitar el Personal en paz. De todas formas, la zimoternera y la protoverdura son muy buenas. Son alimentos equilibrados de los que se aprovecha todo y, de hecho, están llenos de vitaminas y minerales y todo aquello que cualquiera necesita, y podemos tomar todo el pollo que queramos cuando comemos en la comunal los martes de pollo.

Baley se rindió dócilmente. Era tal y como Jessie decía; el primer problema de la vida es minimizar la fricción con la multitud que le rodea a uno por todas partes. A Bentley costó un poco más convencerle.

En esta ocasión, dijo:

—Vaya, mamá, ¿por qué no puedo utilizar el vale de papá y comer yo en la comunal? Lo preferiría.

Jessie negó con la cabeza, molesta.

—Me sorprendes, Bentley. ¿Qué diría la gente si te viera comiendo solo como si tu propia familia estuviera por debajo de ti, o como si te hubiera echado del apartamento?

—Bueno, la verdad es que no es asunto de nadie.

—Haz lo que tu madre te dice, Bentley —dijo Baley, con un atisbo de nerviosismo en la voz.

Bentley se encogió de hombros, insatisfecho.

De repente R. Daneel, al otro lado de la habitación, dijo:

—¿Tengo el permiso de la familia para ver estas películas-libro durante vuestra comida?

—Oh, claro —dijo Bentley, levantándose de la mesa con una mirada de interés instantáneo en su rostro—. Son mías. Las saqué de la biblioteca con un permiso especial de la escuela. Le traeré mi visor. Es bastante bueno. Papá me lo regaló por mi cumpleaños.

Le entregó el visor a R. Daneel y dijo:

—¿Le interesan a usted los robots, señor Olivaw?

A Baley se le cayó la cuchara y se inclinó para recogerla.

—Sí, Bentley —dijo R. Daneel—. Me interesan mucho.

—Entonces éstos le van a gustar. Son todos sobre robots.

Tengo que escribir una redacción sobre ellos para la escuela, así que estoy investigando. Es un tema bastante complicado —dijo con tono rimbombante—. Yo estoy en contra de ellos.

—Siéntate, Bentley —dijo Baley desesperadamente—, y no molestes al señor Olivaw.

—No me molesta, Elijah. Me gustaría hablar contigo sobre el problema, Bentley, en otra ocasión. Tu padre y yo tenemos mucho que hacer esta noche.

—Gracias, señor Olivaw. —Bentley se sentó, y con una mirada de disgusto hacia su madre, cortó un trozo de la zimoternera rosa y quebradiza con su tenedor.

Baley pensó: ¿Esta noche?

Entonces, con una resonante sacudida, recordó su trabajo. Pensó en el espacial que yacía muerto en el Enclave Espacial y se dio cuenta de que durante unas horas había estado tan concentrado en su propio dilema que había olvidado el frío hecho del asesinato.

5

Análisis de un asesinato

Jessie les dijo adiós. Llevaba un sombrero formal y una pequeña chaqueta de queratofibra cuando dijo:

—Espero que sabrá disculparme, señor Olivaw. Sé que tiene mucho de lo que hablar con Lije.

Condujo a su hijo por delante de ella y abrió la puerta.

—¿Cuándo volverás, Jessie? —preguntó Baley.

Ella se detuvo.

—¿Cuándo quieres que vuelva?

—Bueno... No tiene sentido que te quedes fuera toda la noche. ¿Por qué no vuelves a tu hora habitual? A eso de medianoche. —Miró dudando a R. Daneel, que asintió.

—Lamento tener que echarles de su casa.

—No se preocupe por eso, señor Olivaw. No me está echando en absoluto. Ésta es mi noche habitual con las chicas, de todas formas. Vamos, Ben.

El muchacho se rebeló.

—Oh, por qué demonios tengo que irme. No voy a molestarles. ¡Es una tontería!

—Venga, haz lo que te digo.

—Bueno, ¿por qué no puedo ir al etérico contigo?

—Porque voy con unas amigas y tú tienes otras cosas que...
—La puerta se cerró tras ellos.

Y ahora había llegado el momento. Baley lo había apartado de su mente. Había pensado: Primero conozcamos al robot y veamos cómo es. Luego fue: Llevémosle a casa. Y luego: Comamos.

Pero ahora todo había terminado y ya no había excusas para retrasarlo. Todo se reducía finalmente a la cuestión del asesinato, de las complicaciones interestelares, de un posible ascenso en la cualificación, de una posible caída en desgracia. Y no tenía forma de empezar siquiera salvo pidiendo ayuda al robot.

Sus uñas se movieron sin dirección sobre la mesa, que no había sido devuelta a su nicho en la pared.

—¿Qué seguridad tenemos de que nadie puede oírnos? —dijo R. Daneel.

Baley levantó la vista, sorprendido.

—Nadie escucharía lo que sucede en el apartamento de otra persona.

—¿No es vuestra costumbre escuchar a escondidas?

—Sencillamente no lo hacemos, Daneel. Igual podrías pensar en que... no sé... en que mirasen a tu plato mientras comes.

—¿O en que cometiesen un asesinato?

—¿Qué?

—Matar va contra vuestras costumbres, ¿no es así, Elijah?

Baley sintió un creciente enfado.

—Mira, si vamos a ser compañeros, deja de intentar imitar la arrogancia espacial. No hay lugar para ella en ti, R. Daneel. —No pudo resistirse a subrayar la R.

—Lo siento si he herido tus sentimientos, Elijah. Mi intención era sólo señalar que, puesto que los seres humanos son ocasionalmente capaces de asesinar yendo contra sus propias costumbres, pueden también violar la costumbre para realizar un acto inapropiado de menor gravedad como escuchar a escondidas.

—El apartamento está adecuadamente aislado —dijo Baley, con el ceño aún fruncido—. No has oído nada de los apartamentos de al lado, ¿verdad? Bueno, pues ellos tampoco nos escucharán a nosotros. Además, ¿por qué iba a pensar nadie que aquí dentro sucede algo importante?

—No subestimemos al enemigo.

Baley se encogió de hombros.

—Empecemos. Mi información es fragmentaria, así que puedo enseñarte mi mano sin problemas. Sé que un hombre llamado Roj Nemennuh Sarton, ciudadano del planeta Aurora y residente en el Enclave Espacial, ha sido asesinado por una persona o personas desconocidas. Entiendo que los espaciales opinan que no se trata de un hecho aislado. ¿Es así?

—Así es, Elijah.

—Lo enlazan con los recientes intentos de sabotear el proyecto patrocinado por los espaciales de convertirnos en una sociedad integrada humano-robótica siguiendo el modelo de los Mundos Exteriores, y asumen que el asesinato fue cometido por un grupo terrorista bien organizado.

—Sí.

—De acuerdo. Entonces, para empezar, ¿es necesariamente cierta esta asunción espacial? ¿Por qué no puede ser que el asesinato fuera obra de un fanático aislado? Existe un fuerte sentimiento antirrobot en la Tierra, pero no hay partidos organizados que defiendan este tipo de violencia.

—Quizá no abiertamente, no.

—Incluso una organización secreta decidida a destruir a los robots y las fábricas de robots tendría el sentido común de darse cuenta de que lo peor que podrían hacer sería asesinar a un espacial. Parece mucho más probable que haya sido obra de una mente desequilibrada.

R. Daneel escuchó con cuidado.

—Creo que el peso de las probabilidades está contra la teoría del fanático —dijo—. La persona elegida estaba muy bien escogida, y el momento del asesinato fue muy apropiado: no pudo ser más que un plan deliberado por parte de un grupo organizado.

—Bueno, entonces tienes más información que yo. ¡Desembucha!

—Tu fraseología es peculiar, pero creo que te entiendo. Tendré que explicarte algo sobre el contexto. Vistas desde el Enclave Espacial, Elijah, las relaciones con la Tierra son insatisfactorias.

—Mala suerte —murmuró Baley.

—Me han dicho que cuando el Enclave Espacial fue fundado, la mayoría de los nuestros pensaba que era evidente que la Tierra estaría dispuesta a adoptar la sociedad integrada que ha funcionado tan bien en los Mundos Exteriores. Incluso después de los primeros disturbios, pensábamos que era sólo cuestión de tiempo que superaseis el primer shock ante la novedad.

»Eso no ha sido así. Incluso con la cooperación del gobierno terrícola y de la mayoría de los diversos gobiernos de las Ciudades, ha habido una resistencia continua y el progreso ha sido lento. Naturalmente, ésta ha sido una cuestión de honda preocupación para nosotros.

—Por puro altruismo, claro —dijo Baley,

—No del todo —dijo R. Daneel—, aunque es considerado por tu parte el atribuirles motivos nobles. Nuestra creencia es que una Tierra sana y modernizada ofrecería grandes beneficios a toda la Galaxia. Al menos, es la creencia de nuestra gente en el Enclave Espacial. Debo admitir que hay elementos enérgicamente opuestos en los Mundos Exteriores.

—¿Cómo? ¿Desacuerdos entre los espaciales?

—Ciertamente. Hay quienes piensan que una Tierra modernizada será una Tierra peligrosa e imperialista. Esto es más frecuente entre la población de los mundos más antiguos y más próximos a la Tierra, que tienen mayores razones para recordar los primeros siglos de viaje interestelar cuando sus mundos estaban controlados política y económicamente por la Tierra.

Baley suspiró.

—Eso es historia antigua. ¿De verdad están preocupados? ¿Siguen resentidos con nosotros por cosas que sucedieron hace un millar de años?

—Los humanos —dijo R. Daneel— tienen una naturaleza peculiar. No son tan razonables, en muchos aspectos, como nosotros los robots, puesto que sus circuitos no están tan preestablecidos. Me han dicho que esto tiene también sus ventajas.

—Quizá las tenga —dijo Baley secamente.

—Tú estás en mejor posición para saberlo —dijo R. Daneel—. En cualquier caso, el prolongado fracaso en la Tierra ha fortalecido a los partidos nacionalistas de los Mundos Exteriores. Dicen que es obvio que los terrícolas son diferentes de los espaciales y no pueden encajar en las mismas tradiciones. Dicen que si impusiésemos a los robots en la Tierra mediante el uso de la fuerza, estaríamos desencadenando la destrucción en la Galaxia. Verás, algo que nunca olvidan es que la población de la Tierra es de ocho mil millones, mientras que la población total de los cincuenta Mundos Exteriores juntos apenas llega a cinco mil millones y medio. Los nuestros aquí, especialmente el doctor Sarton...

—¿Era doctor?

—Doctor en sociología, especializado en robótica, y un hombre muy brillante.

—De acuerdo. Continúa.

—Como decía, el doctor Sarton y los otros se dieron cuenta de que el Enclave Espacial y todo lo que significaba no seguirían existiendo durante mucho tiempo más si se permitía que estos sentimientos en los Mundos Exteriores crecieran a causa de nuestro prolongado fracaso. El doctor Sarton pensaba que había llegado el momento de hacer un esfuerzo supremo para entender la psicología de los terrícolas. Es fácil decir que la gente de la Tierra es conservadora de forma innata y hablar frívolamente de «la Tierra inmutable» y de «la inescrutable mente terrícola», pero eso es sólo eludir el problema.

»El doctor Sarton decía que eso era dejar hablar a la ignorancia, y que no podíamos despachar a los terrícolas con un proverbio o una perogrullada. Decía que los espaciales que estaban intentando transformar la Tierra debían abandonar el aislamiento del Enclave Espacial y mezclarse con los terrícolas. Debían vivir como ellos, pensar como ellos, ser como ellos.

—¿Los espaciales? —dijo Baley—. Imposible.

—Tienes razón —dijo R. Daneel—. A pesar de sus opiniones, ni el propio doctor Sarton habría podido decidirse a entrar en ninguna de las Ciudades, y lo sabía. Habría sido incapaz de soportar su enormidad y sus multitudes. Incluso si se lo hubiera obligado a entrar a punta de desintegrador, las apariencias le habrían agobiado tanto que nunca habría podido penetrar en las verdades interiores que buscaba.

—¿Y qué me dices de la forma en que siempre se preocupan por las enfermedades? —exigió Baley—. No lo olvides. No creo que haya uno solo de ellos que se arriesgase a entrar en una Ciudad, sólo por esa razón.

—Sí, también está eso. Las enfermedades en sentido terrestre son desconocidas en los Mundos Exteriores y el miedo a lo desconocido siempre es pesimista. El doctor Sarton se daba cuenta de todo esto, pero sin embargo insistió en la necesidad de llegar a conocer a los terrícolas y su forma de vida íntimamente.

—Parece que llegó a un callejón sin salida.

—En realidad, no. Las objeciones contra la entrada en la Ciudad existen sólo para los espaciales humanos. Los robots espaciales son una cuestión completamente distinta.

Baley pensó: No dejo de olvidarlo, maldita sea.

—¿Ah, sí? —dijo en voz alta.

—Sí —dijo R. Daneel—. Somos más flexibles, naturalmente. Al menos en este aspecto. Podemos ser diseñados para adaptarnos a la vida terrestre. Construidos de forma particularmente similar a la apariencia humana, podríamos ser aceptados por los terrícolas, lo que nos permitiría observar sus vidas más de cerca.

—Y tú... —comenzó a decir Baley, comprendiendo súbitamente.

—Soy justo ese tipo de robot. Durante un año, el doctor Sarton había estado trabajando en el diseño y construcción de ese tipo de robot. Yo fui el primero de sus robots y hasta ahora el único. Por desgracia, mi educación aún no está completa. He tenido que asumir prematuramente mi papel como resultado del asesinato.

—Entonces, ¿no todos los robots espaciales son como tú? Quiero decir, algunos parecen más robots y menos humanos. ¿No es así?

—Claro, naturalmente. La apariencia externa depende de la función del robot. Mi propia función requiere una apariencia muy humana, y la tengo. Otros son diferentes, aunque todos son humanoides. Desde luego, más humanoides que esos modelos perturbadoramente primitivos que vi en la zapatería. ¿Son todos vuestros robots así?

—Más o menos —dijo Baley—. ¿No te parece bien?

—Por supuesto que no. Es difícil aceptar a una grotesca parodia de la forma humana como igual intelectual. ¿Es que vuestras fábricas no pueden hacerlo mejor?

—Seguro que sí, Daneel. Creo que lo que pasa es que preferimos saber cuándo estamos tratando con un robot y cuándo no. —Miró a los ojos del robot mientras decía esto.

Eran brillantes y estaban húmedos, como serían los de un humano, pero a Baley le parecía que su mirada era fija y que no cambiaba ligeramente de un punto a otro como lo haría la de un hombre.

—Espero que con el tiempo llegaré a entender ese punto de vista —dijo R. Daneel. Por un momento, Baley pensó que la frase contenía sarcasmo, y luego rechazó la posibilidad—. En todo caso, el doctor Sarton vio claramente el hecho de que era un argumento a favor de C/Fe.

—¿Cefé? ¿Qué es eso?

—Sólo los símbolos químicos para los elementos carbono y hierro, Elijah. El carbono es la base de la vida humana, y el hierro, la de la vida robótica. Hablar de C/Fe hace más fácil referirse a una cultura que combina lo mejor de ambos sobre una base igual y paralela.

—Cefé. ¿Se escribe con un guión? ¿O cómo?

—No, Elijah. La forma aceptada es una barra diagonal entre los dos. No simboliza a ninguno de los dos, sino a su mezcla, sin prioridad.

Contra su voluntad, Baley se sintió interesado. La educación formal en la Tierra no incluía apenas ninguna información sobre la historia o la sociología de los Mundos Exteriores después de la Gran Rebelión que los había independizado del planeta madre. Las películas-libro populares de aventuras, por supuesto, tenían sus tópicos del Mundo Exterior: el magnate de visita, colérico y excéntrico; la bella heredera, inevitablemente fascinada por los encantos del terrestre, que ahogaba su desdén en el amor; el arrogante rival espacial, malvado y perpetuamente derrotado. Esas representaciones no tenían ningún valor, puesto que negaban incluso las más elementales y conocidas verdades: que los espaciales nunca entraban en las Ciudades y las mujeres espaciales casi nunca visitaban la Tierra.

Por primera vez en su vida, Baley se sintió movido por una extraña curiosidad. ¿Cómo era realmente la vida de los espaciales?

Condujo su mente de vuelta al asunto presente con un esfuerzo.

—Creo que entiendo adónde quieres llegar —dijo—. Vuestro doctor Sarton estaba dedicándose al problema de la conversión de la Tierra en C/Fe con una nueva y prometedora perspectiva. Nuestros grupos conservadores de medievalistas, como se hacen llamar, se sintieron amenazados. Tuvieron miedo de su éxito. Así que le mataron. Ése es el motivo que lo convierte en un plan organizado y no en un crimen aislado. ¿Verdad?

—Yo lo expresaría de forma similar, Elijah. Sí.

Baley silbó en silencio pensativamente. Sus largos dedos tamborilearon ligeramente sobre la mesa. Luego negó con la cabeza.

—No cuela. No cuela en absoluto.

—Discúlpame. No te entiendo.

—Estoy intentando visualizarlo. Un terrícola entra en el Enclave Espacial, se acerca al doctor Sarton, lo desintegra, y vuelve a salir. No lo entiendo. Desde luego, la entrada al Enclave Espacial está vigilada.

—Creo que es seguro afirmar que ningún terrícola puede haber pasado ilegalmente por la entrada —asintió R. Daneel.

—Entonces, ¿dónde nos deja eso?

—Nos dejaría en una posición de confusión, Elijah, si la entrada fuera el único medio de alcanzar el Enclave Espacial desde la Ciudad de Nueva York.

Baley se quedó mirando pensativo a su compañero.

—No te entiendo. Es la única conexión entre los dos.

—Directamente entre los dos, sí. —R. Daneel esperó un momento, y luego dijo—: No me sigues. ¿Es así?

—Así es. No te sigo en absoluto.

—Bien, si no te ofende, intentaré explicarme. ¿Puedo coger una hoja de papel y un escritor? Gracias. Mira esto, compañero Elijah: voy a dibujar un gran círculo y le pondré «Ciudad de Nueva York». Ahora, tangente a éste, dibujaré un pequeño círculo y le pondré «Enclave Espacial». Aquí, donde se tocan, dibujo una flecha y le pongo «Barrera». ¿No ves ninguna otra conexión?

—Claro que no —dijo Baley—. No existe ninguna otra conexión.

—En cierta forma —dijo el robot—, me alegra oír eso. Concuerda con lo que se me ha enseñado sobre la forma de pensar terrícola. La barrera es la única conexión directa. Pero tanto la Ciudad como el Enclave Espacial están abiertos al campo en todas direcciones. Es posible que un terrícola salga de la Ciudad por una de sus numerosas salidas y marche a campo traviesa hasta el Enclave Espacial, donde no encontrará ninguna barrera que lo detenga.

La punta de la lengua de Baley tocó su labio superior y por un momento permaneció allí. Luego dijo:

—¿Por el campo?

—Sí.

—¡Por el campo! ¿Solo?

—¿Por qué no?

—¿A pie?

—Sin duda a pie. Ofrecería las mayores posibilidades de no ser detectado. El asesinato sucedió a primera hora de la jornada laboral, y el viaje se produjo indudablemente durante la madrugada.

—¡Imposible! No hay ninguna persona en la Ciudad que pudiera hacerlo. ¿Salir de la Ciudad? ¿Solo?

—Normalmente, parecería poco probable. Sí. Nosotros, los espaciales, lo sabemos. Por eso vigilamos sólo la entrada. Incluso en la Gran Rebelión, los tuyos atacaron sólo la barrera que entonces protegía la entrada. Nadie salió de la Ciudad.

—Bien, ¿y entonces?

—Pero ahora nos enfrentamos a una situación no habitual. No es el ataque ciego de una muchedumbre que sigue la línea de menor resistencia, sino el intento organizado de un pequeño grupo para golpear deliberadamente en un punto sin vigilancia. Eso explica que, como tú dices, un terrícola pudiera entrar en el Enclave Espacial, acercarse a su víctima, matarla y volver a salir. El hombre atacó a través de un punto completamente ciego por nuestra parte.

Baley negó con la cabeza.

—Es demasiado improbable. ¿Habéis hecho algo para comprobar esa teoría?

—Sí, lo hemos hecho. Tu comisario de policía estaba presente casi a la hora del crimen...

—Lo sé. Me lo dijo.

—Ése, Elijah, es otro ejemplo de lo calculado del asesinato. Tu comisario ha cooperado en el pasado con el doctor Sarton y era el terrícola con el que el doctor planeaba realizar los primeros preparativos referidos a la infiltración de vuestra ciudad por Rs como yo. La cita de esa mañana era para eso. El asesinato, por supuesto, ha detenido los planes, al menos temporalmente, y el hecho de que sucediese cuando vuestro propio comisario de policía estaba dentro del Enclave Espacial ha vuelto toda la situación más difícil y embarazosa para la Tierra, y también para los nuestros.

»Pero eso no es lo que había empezado a decir. Vuestro comisario estaba presente. Le dijimos: "El hombre debe de haber atravesado el campo". Como tú, él dijo, "Imposible", o quizá, "Impensable". Estaba muy perturbado, por supuesto, y quizá eso le impidió ver la cuestión principal. Sin embargo, le obligamos a comenzar a comprobar esa posibilidad casi inmediatamente.

Baley pensó en las gafas rotas del comisario e, incluso en medio de sus sombríos pensamientos, hizo un gesto con la boca. ¡Pobre Julius! Claro que estaba perturbado. Por supuesto, no había forma de que Enderby explicase su situación a los altivos espaciales, que consideraban que la incapacidad física era un atributo particularmente asqueroso de los terrícolas, carentes de selección genética. Al menos, no podía hacerlo sin perder prestigio, y el prestigio era valioso para el comisario de policía Julius Enderby. Bueno, en algunas cosas los terrícolas debían mantenerse unidos. El robot nunca sabría por Baley de la miopía de Enderby.

—Una tras otra, las diversas salidas de la Ciudad fueron investigadas —continuó R. Daneel—. ¿Sabes cuántas hay, Elijah?

Baley negó con la cabeza, y luego se arriesgó:

—¿Veinte?

—Quinientas dos.

—¿Qué?

—Originalmente, había muchas más. Quinientas dos son todas las que quedan en funcionamiento. Vuestra Ciudad crece lentamente, Elijah. En un tiempo estuvo a cielo abierto y la gente pasaba libremente de la Ciudad al campo.

—Claro. Eso ya lo sé.

—Bien, cuando se cubrió por primera vez, se dejaron muchas salidas. Quinientas dos aún permanecen. Las demás han sido tapiadas o bloqueadas. No estamos contando, por supuesto, los puntos de entrada de los cargueros aéreos.

—Bueno, ¿qué pasa con las salidas?

—No había nada que hacer. Están sin vigilancia. No pudimos encontrar a ningún administrador que estuviera a su cargo o que considerase que estaban bajo su jurisdicción. Parecía como si nadie supiera siquiera que existían. Cualquiera podría haber salido por una de ellas en cualquier momento y vuelto cuando quisiera. No habría sido detectado.

—¿Alguna otra cosa? El arma había desaparecido, supongo.

—Oh, sí.

—¿Hay alguna pista de algún tipo?

—Ninguna. Hemos investigado a fondo los terrenos que rodean el Enclave Espacial. Los robots de las granjas son inútiles como posibles testigos. Apenas son más que maquinaria agrícola automatizada, a duras penas humanoides. Y no había humanos.

—Ajá. ¿Qué más?

—Al haber fallado, por el momento, en un extremo, el Enclave Espacial, vamos a dedicarnos al otro, la Ciudad de Nueva York. Nuestro deber será localizar a todos los posibles grupos subversivos, y examinar a todas las organizaciones disidentes...

—¿Cuánto tiempo piensas emplear? —interrumpió Baley.

—Lo menos posible, y todo el que sea necesario.

—Bueno —dijo Baley, pensativo—, ojalá tuvieras otro compañero para resolver este lío.

—No —dijo R. Daneel—. El comisario nos transmitió una opinión excelente sobre tu lealtad y tus habilidades.

—Muy amable por su parte —dijo Baley irónicamente. Pensó: Pobre Julius. Me tiene sobre su conciencia y está haciendo lo que puede.

—No sólo nos fiamos de él —dijo R. Daneel—. Comprobamos tus informes. Te has expresado abiertamente contra el uso de robots en tu departamento.

—¿Oh? ¿Te parece mal?

—En absoluto. Tus opiniones son, desde luego, tuyas. Pero eso hizo necesario que comprobásemos con mucha atención tu perfil psicológico. Sabemos que, aunque te disgustan intensamente los Rs, trabajarás con uno si crees que es tu deber. Tienes una lealtad extraordinariamente alta y respetas la autoridad legítima. Eso es lo que necesitamos. El comisario Enderby te juzgó bien.

—¿No tienes un resentimiento personal hacia mis sentimientos antirrobot?

—Si no te impiden trabajar conmigo y ayudarme a hacer lo que se requiere que haga —dijo R. Daneel—, ¿por qué iban a importarme?

Baley se sintió cortado.

—Bueno, de acuerdo, si yo paso la prueba, ¿qué hay de ti? —dijo con beligerancia—. ¿Qué te convierte en detective?

—No te entiendo.

—Fuiste diseñado como máquina para recoger información. Una imitación humana que grabase los hechos de la vida humana para los espaciales.

—Es un buen comienzo para un investigador, ¿no es cierto? ¿Ser una máquina que recoge información?

—Un comienzo, quizá. Pero no es lo único que hace falta, ni mucho menos.

—Por supuesto, se ha realizado un ajuste adicional a mis circuitos.

—Tengo curiosidad por conocer los detalles de eso, Daneel.

—Muy fácil. Se me ha insertado un impulso particularmente fuerte en mis bancos de motivación; el deseo de justicia.

—¡Justicia! —gritó Baley.

La ironía desapareció de su rostro y fue sustituida por una mirada de auténtica desconfianza.

Pero R. Daneel se giró rápidamente en su silla y se quedó mirando a la puerta.

—Hay alguien ahí fuera.

Había alguien. La puerta se abrió y Jessie, pálida y con los labios apretados, entró.

Baley se alarmó.

—¿Qué pasa, Jessie? ¿Ha sucedido algo?

Ella se quedó parada, sin cruzar su mirada con la de él.

—Lo siento, tuve que... —Su voz se apagó.

—¿Dónde está Bentley?

—Va a pasar la noche en la Sala Juvenil.

—¿Por qué? —dijo Baley—. No le dije que lo hiciera.

—Dijiste que tu compañero se quedaría a dormir. Pensé que necesitaría la habitación de Bentley.

—No era necesario, Jessie —dijo R. Daneel.

Jessie levantó la vista hacia la cara de R. Daneel, mirándolo con seriedad.

Baley se miró las puntas de los dedos, enfermo ante la idea de lo que podría suceder, de alguna forma incapaz de interponerse. El silencio momentáneo se acentuó sobre sus tímpanos y entonces, como a través de varias capas de plastex, escuchó a su mujer decir:

—Creo que eres un robot, Daneel.

Y R. Daneel respondió, con la voz tan tranquila como siempre:

—Lo soy.

6

Susurros en un dormitorio

En los niveles más altos de algunas de las subsecciones más prósperas de la Ciudad se encuentran los solariums naturales, donde una pared de cuarzo con un escudo móvil de metal impide la entrada de aire pero permite la de la luz solar. Allí, las mujeres y las hijas de los altos administradores y ejecutivos de la Ciudad acuden a broncearse. Allí, algo único sucede cada tarde.

Cae la noche.

En el resto de la Ciudad (incluyendo los soláriums UV, donde millones de personas, en una estricta secuencia de horarios asignados, pueden en raras ocasiones exponerse a las longitudes de onda artificiales de las luces de arco) sólo existen los ciclos arbitrarios de las horas.

El funcionamiento de la ciudad podría continuar fácilmente con tres turnos de ocho horas o cuatro de seis, tanto de «día» como de «noche». La luz y el trabajo podrían continuar indefinidamente. Siempre hay reformistas cívicos que sugieren periódicamente cosas así en interés de la economía y la eficiencia.

La idea nunca es aceptada.

Muchas de las antiguas costumbres de la sociedad terrícola han sido abandonadas en interés de esas mismas economía y eficiencia: el espacio, la privacidad, incluso buena parte del libre albedrío. Sin embargo, son productos de la civilización, y no tienen más que diez mil años de antigüedad.

El ajuste del sueño a la noche, sin embargo, es tan viejo como el hombre: un millón de años. La costumbre no es fácil de abandonar. Aunque la noche no se puede ver, las luces de los apartamentos se van apagando mientras se suceden las horas de oscuridad y el pulso de la Ciudad se ralentiza. Aunque nadie pueda distinguir el mediodía de la medianoche mediante ningún fenómeno cósmico en las avenidas cubiertas de la Ciudad, la humanidad sigue las divisiones mudas de la manecilla de las horas.

La autopista se vacía, el ruido de la vida decrece, la multitud siempre en marcha entre los callejones colosales se disuelve; la Ciudad de Nueva York yace bajo la sombra imperceptible de la Tierra, y su población duerme.

Elijah Baley no dormía. Yacía en su cama y no había luz en su apartamento, pero nada más.

Jessie estaba a su lado, inmóvil en la oscuridad. No la oía ni sentía que se moviera.

Al otro lado de la pared se sentaba, o estaba en pie, o tumbado (Baley se preguntó en qué postura), R. Daneel Olivaw.

—¡Jessie! —susurró Baley—. ¡Jessie! —volvió a susurrar.

La figura oscura a su lado se movió ligeramente bajo la sábana.

—¿Qué quieres?

—Jessie, no me pongas las cosas más difíciles.

—Podrías habérmelo dicho.

—¿Cómo habría podido? Pensaba hacerlo, en cuanto se me ocurriese la forma. Jehoshaphat, Jessie...

—¡Chist!

—¿Cómo te diste cuenta? ¿Por qué no me lo dijiste? —La voz de Baley volvió al susurro.

Jessie se volvió hacia él. Puso sentir sus ojos mirándole a través de la oscuridad.

—Lije. —Su voz era poco más que un movimiento en el aire—. ¿Puede esa cosa escucharnos?

—No si susurramos.

—¿Cómo lo sabes? Quizá tiene oídos especiales para captar sonidos diminutos. Los robots espaciales pueden hacer de todo.

Baley lo sabía. La propaganda prorrobot continuamente subrayaba las hazañas milagrosas de los robots espaciales, su resistencia, sus sentidos extra, su servicio a la humanidad de cien nuevas formas. Personalmente, pensaba que ese argumento era contraproducente. Los terrícolas odiaban a los robots sobre todo por su superioridad.

—Daneel no —susurró—. Lo hicieron de tipo humano a propósito. Querían que fuera aceptado como ser humano, así que debe de tener sólo sentidos humanos.

—¿Cómo lo sabes?

—Si tuviera sentidos extra, habría demasiado peligro de que se delatase como no humano por accidente. Podría hacer demasiadas cosas, sabría demasiadas cosas.

—Bueno, quizá.

El silencio volvió a caer. Pasó un minuto y Baley lo intentó de nuevo.

—Jessie, si sólo dejases que las cosas pasasen hasta... hasta... Mira, querida, es injusto que estés enfadada.

—¿Enfadada? Oh, Lije, qué tonto eres. No estoy enfadada. Estoy asustada; muerta de miedo.

Hizo un sonido de tragar y se aferró al cuello del pijama de él. Durante un rato, se abrazaron, y la sensación de injusticia de Baley se evaporó y se convirtió en preocupación.

—¿Por qué, Jessie? No hay nada de lo que preocuparse. Es inofensivo. Te juro que lo es.

—¿No puedes deshacerte de él, Lije?

—Sabes que no. Es un asunto del Departamento. ¿Cómo podría?

—¿Qué tipo de asunto, Lije? Dímelo.

—Vaya, Jessie, me sorprendes. —Palpó su mejilla en la oscuridad y la palmeó. Estaba húmeda. Con la manga del pijama, le limpió los ojos cuidadosamente—. Mira —dijo con ternura—, estás portándote como una niña.

—Diles a los del Departamento que pongan a otra persona a hacerlo, sea lo que sea. Por favor, Lije.

La voz de Baley se endureció un poco.

—Jessie, hace el tiempo suficiente que eres la esposa de un policía para saber que un caso es un caso.

—Bueno, ¿y por qué tenías que ser tú?

—Julius Enderby...

Ella se puso rígida.

—Podría habérmelo imaginado. ¿Por qué no puedes decirle a Julius Enderby que consiga a otro para que le haga el trabajo sucio de una vez? Aguantas demasiado, Lije, y eso es...

—De acuerdo, de acuerdo —dijo él, consolándola.

Ella se calmó, temblando.

Baley pensó: Nunca lo entenderá.

Julius Enderby había sido tema de discusión entre ellos desde su compromiso. Enderby había estado dos clases por delante de Baley en la Escuela de Estudios Administrativos de la Ciudad. Habían sido amigos. Cuando Baley pasó la batería de pruebas de aptitud y neuroanálisis y vio que podía entrar en la policía, encontró allí a Enderby por delante de él. Enderby ya se había trasladado a la división de detectives.

Baley siguió a Enderby, pero a una distancia cada vez mayor. No era culpa de nadie. Baley era capaz y eficiente, pero le faltaba algo que Enderby tenía. Enderby encajaba perfectamente en la maquinaria administrativa. Era una de esas personas que nacen para entrar en una jerarquía, que están naturalmente cómodas en una burocracia.

El comisario no era un genio, y Baley lo sabía. Tenía sus peculiaridades, sus rachas intermitentes de medievalismo ostentoso, por ejemplo. Pero era de trato fácil; no se metía con nadie; aceptaba las órdenes con gusto; las daba con la mezcla adecuada de amabilidad y firmeza. Hasta se llevaba bien con los espaciales. Quizá era incluso demasiado servil con ellos (el propio Baley no podría haber tratado con ellos ni durante medio día sin ponerse de los nervios; estaba seguro de eso, aunque nunca hubiera hablado de verdad con un espacial), pero confiaban en él, y eso lo hacía extremadamente útil para la Ciudad.

De forma que en un funcionariado donde el comportamiento afable y sociable era más útil que la competencia individualista, Enderby subió rápidamente puestos, y llegó al nivel de comisario cuando el propio Baley no era más que un C-5. Baley no se sentía resentido por el contraste, aunque era lo suficientemente humano para lamentarlo. Enderby no olvidó su antigua amistad y, a su propia manera, intentaba compensar su éxito haciendo lo que pudiera por Baley.

El haberle asignado como compañero de R. Daneel era un ejemplo de ello. Era algo duro y desagradable, pero no había duda de que contenía los inicios de un ascenso tremendo. El comisario podría haberle dado la oportunidad a otra persona. Su charla aquella mañana sobre que necesitaba un favor enmascaraba, aunque no ocultaba, ese hecho.

Jessie nunca veía las cosas así. En anteriores ocasiones parecidas había dicho:

—Es por tu estúpido índice de lealtad. Estoy harta de oír cómo todo el mundo te alaba por tener tanto sentido del deber. Piensa en ti mismo de vez en cuando. Me he dado cuenta de que los que mandan no sacan el tema de su propio índice de lealtad.

Baley yacía en la cama en estado de incómoda vigilia, dejando que Jessie se calmara. Tenía que pensar. Tenía que estar seguro de sus sospechas. Pequeñas cosas se perseguían y encajaban entre sí en su mente. Poco a poco empezaban a formar una pauta.

Sintió moverse el colchón cuando Jessie se volvió hacia él.

—¿Lije? —Sus labios estaban en el oído de él.

—¿Qué?

—¿Por qué no dimites?

—Qué tontería.

—¿Por qué no? —Se mostró de pronto casi ansiosa—. Así podrás librarte de ese horrible robot. Sólo tienes que ir a ver a Enderby y decirle que lo dejas.

—No puedo dimitir en medio de un caso importante —dijo Baley fríamente—. No puedo tirarlo todo por el tubo de la basura cada vez que me apetezca. Algo así significaría una descualificación justificada.

—Aun así. Puedes volver a ascender. Puedes hacerlo, Lije. Hay decenas de lugares que podrías ocupar en la Administración.

—La Administración no emplea a nadie que haya sido descualificado justificadamente. Lo único que podría hacer sería trabajo manual; lo único que tú podrías hacer. Bentley perdería todo el estatus heredado. Por el amor de Dios, Jessie, tú no sabes cómo es eso.

—He leído sobre ello. No me da miedo —dijo ella entre dientes.

—Estás loca. Loca de atar. —Baley se sintió temblar.

Vio una imagen repentina y familiar de su padre con el ojo de la mente. Su padre, viniéndose abajo hasta morir.

Jessie suspiró sonoramente.

La mente de Baley se alejó forzadamente de ella. Desesperada, se volvió hacia la pauta que estaba construyendo.

—Jessie —dijo, con la voz tensa—, tienes que contármelo. ¿Cómo te diste cuenta de que Daneel era un robot? ¿Qué te hizo decidirlo?

—Bueno... —empezó, y se quedó callada.

Era la tercera vez que había comenzado a explicarlo y no lo había logrado.

Él le apretó la mano con la suya, animándola a hablar.

—Por favor, Jessie. ¿De qué tienes miedo?

—Me limité a adivinar que era un robot, Lije —dijo ella.

—No había nada que te pudiera hacer adivinar eso, Jessie.

No pensabas que fuera un robot antes de salir, ¿no es cierto?

—No, pero comencé a pensar...

—Vamos, Jessie, ¿de qué se trata?

—Bueno... Mira, Lije, las chicas estaban charlando en el Personal. Ya sabes cómo son. Hablan de todo. —¡Mujeres!, pensó Baley—. El caso es que el rumor se ha extendido por toda la Ciudad. O eso parece.

—¿Por toda la Ciudad? —Baley sintió un toque rápido y feroz de triunfo, o casi. ¡Otra pieza en su sitio!

—Así es como lo contaban. Dijeron que se hablaba de que había un robot espacial suelto en la Ciudad. Se supone que tiene el aspecto de un hombre y que trabaja con la policía. Hasta me preguntaron a mí por eso. Se rieron, y me dijeron: «¿Sabe algo tu Lije sobre eso, Jessie?», y yo me reí, y les dije: «¡No seáis tontas!».

»Luego fuimos al etérico y comencé a pensar en tu nuevo compañero. ¿Te acuerdas de las fotos que trajiste a casa, las que Julius Enderby tomó en el Enclave Espacial, para mostrarme qué aspecto tenían los espaciales? Bueno, me puse a pensar en que ése era el aspecto de tu compañero. Se me ocurrió que ése es su aspecto, y me dije a mí misma: Oh, Dios mío, alguien debe de haberlo identificado en la zapatería y está con Lije, así que dije que me dolía la cabeza y salí corriendo...

—Vale, Jessie, para, para —dijo Baley—. No te vengas abajo. ¿De qué tienes miedo? No te da miedo el propio Daneel. Le plantaste cara cuando volviste a casa. Lo hiciste perfectamente. Así que...

Dejó de hablar. Se incorporó en la cama, con los ojos inútilmente abiertos en la oscuridad.

Sintió que su mujer se movía contra su costado. Su mano saltó, encontró los labios de ella y los apretó. Ella intentó zafarse, tirando con las manos de su muñeca, pero él dejó caer su peso sobre ella.

Entonces, de repente, la soltó. Ella gimió.

—Lo siento, Jessie, estaba escuchando —dijo roncamente.

Se estaba levantado de la cama, y poniéndose el plastofilm en las suelas de los pies.

—Lije, ¿adónde vas? No me dejes sola.

—No pasa nada. Sólo voy a la puerta.

El plastofilm hizo un sonido suave de arrastre mientras él rodeaba la cama. Abrió una rendija la puerta del cuarto de estar y esperó un largo momento. No sucedió nada. Había tal silencio que podía escuchar el escaso silbido de la respiración de Jessie desde su cama. Podía oír el ritmo sordo de la sangre en sus oídos.

La mano de Baley se deslizó por la abertura de la puerta, aproximándose a un punto que podía encontrar sin luz. Sus dedos se cerraron sobre el interruptor que controlaba la iluminación del techo. Aplicó la menor presión que pudo y el techo brilló apenas, tan poco que la mitad inferior del cuarto de estar siguió en penumbra.

Sin embargo, vio lo suficiente. La puerta principal estaba cerrada y el cuarto de estar vacío y en silencio.

Dejó de nuevo el interruptor en la posición de apagado y se volvió a la cama.

Era todo cuanto necesitaba. Las piezas encajaban. La pauta estaba completa.

—Lije, ¿qué es lo que pasa? —le rogó Jessie.

—No pasa nada, Jessie. Todo está bien. No está aquí.

—¿El robot? ¿Quieres decir que se ha ido? ¿Para siempre?

—No, no. Volverá. Y antes de que lo haga, responde a mi pregunta.

—¿Qué pregunta?

—¿De qué tienes miedo?

Jessie no respondió.

—Dijiste que estabas muerta de miedo —insistió Baley.

—De él.

—No, ya hemos descartado eso. No le tenías miedo y, además, sabes muy bien que un robot no puede dañar a un ser humano.

—Pensé que si todo el mundo sabía que aquí había un robot —habló ella lentamente—, podría producirse un tumulto. Nos matarían.

—¿Por qué nos iban a matar?

—Ya sabes cómo son los disturbios.

—Ni siquiera saben dónde está el robot, ¿no?

—Podrían averiguarlo.

—¿Y de eso es de lo que tienes miedo? ¿De los disturbios?

—Bueno...

—¡Chist! —Empujó a Jessie contra la almohada. Luego acercó los labios a su oído—. Ha vuelto. Escucha sin decir nada. Todo va bien. Por la mañana se habrá ido y no volverá. No habrá ningún tumulto, ni nada de nada.

Se sentía casi satisfecho al decir esto, casi completamente satisfecho. Sentía que podría dormir.

Pensó de nuevo: Ni tumulto ni nada de nada. Ni descualificación.

Y justo antes de quedarse dormido, pensó: Ni siquiera una investigación por asesinato. Ni siquiera eso. Todo está resuelto...

Se durmió.

7

Excursión al Enclave Espacial

El comisario de policía Julius Enderby se limpió las gafas con cuidado exquisito y se las colocó sobre el puente de la nariz.

Baley pensó: Buen truco. Te da algo que hacer mientras estás pensando en qué decir, y no cuesta dinero, al revés que dedicarse a encender una pipa.

Y ya que se le había ocurrido esta idea, sacó su pipa y metió la mano en su escasa provisión de tabaco. Éste era uno de los pocos cultivos de lujo que se seguían plantando en la Tierra, y su fin estaba cerca.

Los precios habían subido continuamente, sin bajar nunca, durante la vida de Baley; y las cuotas habían bajado, sin subir nunca.

Tras ajustarse las gafas, Enderby tanteó para encontrar el interruptor al extremo de su mesa e hizo que su puerta se volviese durante un momento transparente en una sola dirección.

—¿Dónde se encuentra ahora, por cierto?

—Me dijo que quería ver el Departamento, y dejé que Jack Tobin hiciera los honores. —Baley encendió su pipa y apretó el filtro.

El comisario, como la mayoría de los no fumadores, era quisquilloso con el humo de tabaco.

—Espero que no le dijeras que Daneel es un robot.

—Claro que no.

El comisario no se relajó. Una mano siguió ocupándose ociosamente con el calendario automático sobre su mesa.

—¿Cómo es? —preguntó, sin mirar a Baley.

—Bastante duro.

—Lo siento, Lije.

—Podría haberme avisado de que su aspecto era completamente humano —dijo Baley con firmeza.

—¿No lo hice? —El comisario pareció sorprendido. Luego, con súbito mal humor, añadió—: Maldita sea, deberías haberlo supuesto. No te habría pedido que le dejases pasar la noche en tu casa si tuviera el aspecto de R. Sammy. ¿No crees?

—Lo sé, comisario, pero yo nunca había visto un robot como ése y usted sí. Yo ni siquiera sabía que tales cosas fueran posibles. Me habría gustado que lo mencionase, eso es todo.

—Mira, Lije, lo siento. Debería habértelo dicho. Tienes razón. Lo que pasa es que este trabajo, todo este asunto, me tiene tan de punta que la mitad del tiempo le gruño a la gente sin motivo. Él, me refiero a la cosa ésa, Daneel, es un nuevo tipo de robot. Aún se encuentra en fase experimental.

—Eso mismo me dijo él.

—Oh. Bien, eso es todo, entonces.

Baley se tensó un poco. Había llegado el momento.

—R. Daneel ha organizado un viaje al Enclave Espacial conmigo —dijo con aire de naturalidad, mientras sus dientes apretaban la pipa.

—¡Al Enclave Espacial! —Enderby alzó la vista, instantáneamente indignado.

—Sí. Es el siguiente paso lógico, comisario. Me gustaría ver el lugar del crimen, hacer algunas preguntas.

—No creo que sea una buena idea, Lije. —Enderby negó con la cabeza enérgicamente—. Ya inspeccionamos ese terreno. Dudo que haya nada nuevo que sacar de allí. Y es gente extraña. ¡Guantes de cabritilla! Hay que tratarlos con guantes de cabritilla. Tú no tienes experiencia. —Se llevó una mano regordeta a la frente y añadió, con fervor inesperado—: Los odio.

—Maldita sea, el robot vino aquí y yo debo ir allí —dijo Baley con hostilidad medida—. Ya es malo tener que compartir el mando con un robot; detesto ir a remolque. Por supuesto, si no cree que yo sea capaz de seguir esta investigación, comisario...

—No es eso, Lije. No es por ti, es por los espaciales. No sabes cómo son.

El ceño de Baley se acentuó.

—Bueno, entonces, comisario, ¿por qué no viene conmigo? —Su mano derecha permaneció sobre su rodilla, y dos de sus dedos se cruzaron automáticamente al decir esto.

El comisario abrió ampliamente los ojos.

—No, Lije. No iré allí. No me lo pidas. —Pareció controlar con un esfuerzo las palabras que se le escapaban. Con más tranquilidad y una sonrisa poco convincente, dijo—: Tengo mucho que hacer aquí, sabes. Llevo un retraso de días.

Baley se lo quedó mirando pensativo.

—Le diré lo que vamos a hacer entonces. ¿Por qué no entra luego por tridimensión? Sólo un momento, claro. Por si necesito ayuda.

—Bueno, de acuerdo. Creo que eso sí que puedo hacerlo. —No sonaba demasiado entusiasmado.

—Bien. —Baley miró al reloj de la pared, asintió y se levantó—. Estaré en contacto con usted.

Baley miró a su espalda cuando salió del despacho, manteniendo la puerta abierta durante un segundo de más. Vio que la cabeza del comisario comenzaba a inclinarse sobre uno de los brazos doblado ante él sobre la mesa. El detective casi habría jurado que oyó un sollozo.

¡Jehoshaphat!, pensó, totalmente sorprendido.

Se detuvo en la sala común y se sentó en la esquina de una mesa, haciendo caso omiso de su ocupante, que alzó la vista, murmuró un saludo informal, y siguió trabajando.

Baley quitó el filtro a la cazoleta de la pipa y sopló en él. Le dio la vuelta a la pipa sobre el pequeño aspirador de la mesa y dejó que la ceniza blanca de tabaco desapareciera. Miró con pesar la pipa vacía, volvió a colocarle el filtro, y la guardó. ¡Otra porción de tabaco que se había ido para siempre!

Pensó en lo que acababa de suceder. En cierta forma, Enderby no lo había sorprendido. Había esperado que opusiera resistencia ante cualquier intento por su parte de entrar en el Enclave Espacial. Había escuchado a menudo al comisario hablar de las dificultades del trato con los espaciales, sobre los peligros de que cualquier persona que no fuera un negociador experto tuviera nada que ver con ellos, incluso para fruslerías.

Sin embargo, no había esperado que el comisario se rindiera tan pronto. Había supuesto que, al menos, Enderby insistiría en acompañarlo. La presión del resto del trabajo era insignificante en comparación con la importancia de este problema.

Y eso no era lo que Baley quería. Quería exactamente lo que había obtenido. Quería que el comisario estuviera presente mediante personificación tridimensional, de forma que pudiera observar los acontecimientos desde un lugar seguro.

La seguridad era la clave. Baley iba a necesitar un testigo que no pudiera ser eliminado inmediatamente. Necesitaba eso como garantía mínima de su propia seguridad.

El comisario había accedido al instante. Baley recordó el sollozo, o el atisbo de uno, tras su despedida, y pensó: Jehoshaphat, este caso le ha superado claramente.

Una voz alegre y confusa sonó justo al lado de Baley, y éste dio un brinco.

—¿Qué demonios quieres? —preguntó con brusquedad.

La sonrisa en el rostro de R. Sammy permaneció fija, como la de un loco.

—Jack dice que te diga que Daneel ha terminado, Lije.

—De acuerdo. Ahora largo de aquí.

Frunció el ceño mirando la espalda del robot al marcharse. No había nada más irritante que el que aquel torpe artefacto de metal se tomase libertades con tu nombre. Había protestado por eso al poco de llegar R. Sammy, y el comisario se había encogido de hombros y le había dicho:

—No se puede tener todo, Lije. El público insiste en que los robots de la Ciudad sean construidos con un robusto circuito de amistad. De acuerdo, entonces. Le caes bien. Te llama por el nombre más amistoso que conoce.

¡Un circuito de amistad! Ningún robot, de ningún tipo, podía hacer daño a un ser humano. Ésa era la Primera Ley de la Robótica:

«Un robot no debe dañar a un ser humano o, por medio de la inacción, permitir que un ser humano sea dañado.»

Todos los cerebros positrónicos se construían con ese mandato grabado tan profundamente en sus circuitos básicos que ninguna avería concebible podía desplazarlo. No había necesidad de un circuito especializado de amistad.

Y sin embargo, el comisario tenía razón. La desconfianza de los terrícolas hacia los robots era irracional, y debían incorporarse circuitos de amistad, de la misma forma que todos los robots se construían con una sonrisa. En la Tierra, al menos.

En cambio, R. Daneel nunca sonreía.

Suspirando, Baley se puso en pie. Pensó: Próxima parada, el Enclave Espacial... ¡o, quizá, última parada!

Las fuerzas de policía de la Ciudad, así como algunos altos funcionarios, podían aún usar coches patrulla individuales que circulaban por los pasillos de la Ciudad e incluso por las antiguas carreteras subterráneas que estaban prohibidas a los peatones. Había continuamente peticiones de los liberales para que estas carreteras se convirtieran en lugares de juegos infantiles, en nuevas áreas comerciales, o en extensiones de las autopistas y las pistas locales.

Las altas exigencias de la seguridad de la Ciudad, sin embargo, seguían prevaleciendo. En caso de que se produjeran fuegos demasiado extensos para que los dispositivos locales los contuviesen, en caso de que hubiese un apagón masivo de los conductos de electricidad o de aire, y sobre todo en caso de disturbios graves, tenía que haber algún medio por el cual las fuerzas de la Ciudad pudieran ser movilizadas hasta el punto crucial rápidamente. No existía, ni podía existir, un sustituto de las carreteras.

Baley había viajado por carretera varias veces antes en su vida, pero su obscena soledad siempre le deprimía. Parecía estar a un millón de kilómetros del cálido pulso viviente de la Ciudad. Sentado a los mandos del coche patrulla, se extendía ante sus ojos como un gusano ciego y hueco. Se abría continuamente en nuevos tramos al pasar una curva y otra. Tras él, sabía sin tener que mirar que otro gusano ciego y hueco se contraía y se cerraba continuamente. La carretera estaba bien iluminada, pero la iluminación carecía de significado en el silencio y la soledad.

R. Daneel no hacía nada por romper el silencio o llenar ese vacío. Miraba recto hacia delante, tan poco conmovido por la solitaria carretera como por la autopista abarrotada.

En un momento determinado, con la sirena del coche patrulla emitiendo un salvaje silbido, salieron de la carretera y giraron gradualmente hasta entrar en el carril para vehículos de un pasillo de la Ciudad.

Los carriles para vehículos seguían estando cuidadosamente marcados en todos los pasillos principales en honor a un trozo del pasado del que sólo quedaban vestigios. Ya no había vehículos, salvo los coches patrulla, los camiones de bomberos, y las furgonetas de mantenimiento, y los peatones utilizaban los carriles completamente confiados. Se dispersaron rápidamente entre ruidos de indignación ante el avance del coche de Baley y su sirena.

El propio Baley respiró con mayor libertad una vez que volvió a estar rodeado de ruido, pero se trataba sólo de un intervalo. En menos de doscientos metros giraron para entrar en los pasillos poco frecuentados que llevaban hasta la entrada del Enclave Espacial.

Los estaban esperando. Los guardias, evidentemente, conocían a R. Daneel de vista y, aunque eran humanos, lo saludaron con la cabeza sin el más mínimo titubeo.

Uno se acercó a Baley y lo saludó con perfecta, aunque helada, cortesía militar. Era alto y serio, pero no era un ejemplo tan perfecto del físico espacial como Daneel.

—Su tarjeta de identificación, si me permite, señor —dijo.

La inspeccionó rápida pero detenidamente. Baley se dio cuenta de que el guardia llevaba guantes color carne y que tenía puestos unos filtros casi imperceptibles en la nariz.

El guardia lo saludó de nuevo y le devolvió la tarjeta.

—Hay un pequeño Personal para hombres que nos gustaría que usase usted si desea darse una ducha.

A Baley se le ocurrió negar que lo necesitase, pero R. Daneel le tiró suavemente de la manga, mientras el guardia volvía a su puesto.

—Es la costumbre, compañero Elijah —dijo R. Daneel—, que los habitantes de la Ciudad se duchen antes de entrar en el Enclave Espacial. Te digo esto porque sé que no deseas, por falta de información en esta materia, incomodarte o incomodarnos. También es recomendable que te encargues de todas las cuestiones de higiene personal que creas necesarias. No hay servicios en el Enclave Espacial para ese propósito.

—¡Que no hay servicios! —dijo Baley enérgicamente—. Eso es imposible.

—Quiero decir, por supuesto —dijo R. Daneel—, que no los hay para el uso de los habitantes de la Ciudad.

El rostro de Baley se llenó de un asombro claramente hostil.

—Lamento la situación —dijo R. Daneel—, pero es una cuestión de costumbres.

Sin decir más, Baley entró en el Personal. Sintió, más que vio, que Daneel entraba tras él.

¿Está vigilándome?, pensó. ¿Asegurándose de que me lavo bien el polvo de la Ciudad?

Durante un momento de furia, se deleitó pensando en la sorpresa que preparaba para el Enclave Espacial. De repente le pareció un asunto menor el que, de hecho, pudiera estar apuntándose un desintegrador a su propio pecho.

El Personal era pequeño, pero estaba bien provisto y era de una limpieza antiséptica. Había un rastro acre en el aire. Baley lo olió, confundido por un momento.

Entonces pensó: ¡Ozono! Han inundado este lugar con radiación ultravioleta.

Una pequeña señal parpadeó varias veces y luego se quedó encendida.

—Por favor, el visitante debe quitarse toda la ropa, incluyendo los zapatos —dijo—, y ponerla en el receptáculo de abajo.

Así lo hizo Baley. Se desabrochó el desintegrador y su cinturón y se lo volvió a colocar sobre su cintura desnuda. Era pesado e incómodo.

El receptáculo se cerró y su ropa desapareció. El signo iluminado se apagó. Un nuevo signo se encendió más adelante.

—Por favor, el visitante debe ocuparse de sus necesidades personales —dijo—, y luego usar la ducha indicada por una flecha.

Baley se sintió como una máquina siendo ensamblada por campos de fuerza controlados a larga distancia en una cadena de montaje.

Lo primero que hizo al entrar en el pequeño cubículo de la ducha fue levantar la solapa a prueba de humedad de la pistolera de su desintegrador y cerrarla firmemente por todas partes. Sabía, de haberlo comprobado en muchas ocasiones, que aún podía desenfundarlo y usarlo en menos de cinco segundos.

No había ningún pomo ni gancho del que colgar su desintegrador. Ni siquiera había un grifo a la vista. Lo colocó en la esquina opuesta a la puerta de entrada al cubículo.

Otra señal parpadeó:

—Por favor, el visitante debe alzar los brazos a los lados del cuerpo y permanecer erguido en el círculo central con los pies en las posiciones indicadas.

Cuando puso los pies en los pequeños huecos previstos para ellos, la señal se apagó. En ese momento, una rociada espumosa y punzante le alcanzó desde el techo, el suelo y las cuatro paredes. Sintió que el agua se acumulaba incluso bajo las plantas de sus pies. Duró un minuto entero: su piel se enrojeció bajo la fuerza combinada del calor y la presión y sus pulmones boqueaban buscando aire en la cálida humedad. Siguió otro minuto de rociada fría a baja presión, y finalmente un minuto de aire caliente que lo dejó seco y renovado.

Recogió su desintegrador y su cinturón y comprobó que ellos también estaban secos y calientes. Se lo abrochó y salió del cubículo a tiempo para ver a R. Daneel salir de la ducha de al lado. ¡Pues claro! R. Daneel no era un habitante de la Ciudad, pero había traído polvo de ella.

De forma automática, Baley apartó la mirada. Entonces, al pensar que, después de todo, las costumbres de R. Daneel no eran las de la Ciudad, se obligó a volver a mirar durante un momento. Sus labios formaron una pequeña sonrisa. El parecido de R. Daneel a la humanidad no se reducía a su cara y a sus manos, sino que había sido reproducido concienzudamente en todo su cuerpo.

Baley siguió hacia delante en la dirección que había estado tomando todo el rato desde que entró en el Personal. Encontró su ropa esperándole, cuidadosamente doblada. Despedía un olor cálido y limpio.

—Por favor, el visitante debe volver a vestirse y colocar su mano en el hueco indicado —dijo una señal.

Baley lo hizo así. Sintió un claro cosquilleo en la yema de

su dedo corazón cuando lo colocó sobre la limpia superficie lechosa. Apartó la mano rápidamente y vio que había una pequeña gota de sangre en ella. Mientras miraba, dejó de manar.

Se la limpió y se pellizcó el dedo. Ni siquiera así salió más sangre.

Obviamente, estaban analizando su sangre. Sintió una clara punzada de ansiedad. Estaba seguro de que la revisión rutinaria anual a la que le sometían los médicos del Departamento no se llevaba a cabo con la exhaustividad, o, quizá, con los conocimientos, de estos fríos fabricantes de robots del espacio exterior. No estaba seguro de desear una inspección demasiado profunda de su estado de salud.

El tiempo de espera le pareció a Baley largo, pero cuando la luz volvió a encenderse, dijo simplemente:

—Por favor, el visitante puede proseguir.

Baley dio un largo suspiro, aliviado. Siguió caminando y atravesó una arcada. Dos varas metálicas se interpusieron en su camino y, escritas con luz en el aire, aparecieron las palabras: «Se advierte al visitante de que no puede proseguir».

—¿Qué demonios...? —exclamó Baley, olvidando en su enfado que estaba aún en el Personal.

La voz de R. Daneel sonó junto a su oído.

—Los detectores han notado una fuente de energía, supongo. ¿Llevas tu desintegrador, Elijah?

Baley se dio la vuelta, con el rostro enrojecido. Intentó hablar dos veces, y finalmente consiguió decir con voz ronca:

—Un agente de policía debe llevar encima su desintegrador o tenerlo a su alcance en todo momento, tanto cuando está de servicio como cuando no.

Era la primera vez que había hablado en un Personal desde que tenía diez años. Aquella vez había sido en presencia de su tío Boris, y sólo se había tratado de una queja automática al golpearse un dedo del pie. El tío Boris le había dado una buena paliza cuando volvieron a casa y le había instruido enérgicamente sobre las necesidades de la decencia pública.

—Ningún visitante puede entrar armado —dijo R. Daneel—. Es nuestra costumbre, Elijah. Incluso vuestro comisario debe dejar su desintegrador a la entrada en todas las visitas.

Bajo casi cualquier otra circunstancia, Baley se habría dado la vuelta y marchado, lejos del Enclave Espacial y lejos de ese robot. Ahora, sin embargo, estaba casi loco de deseos de proceder con su plan y cobrarse así su venganza.

Ésta, pensó, era la revisión médica poco molesta que había reemplazado la más detallada de los primeros tiempos. Podía entender perfectamente, podía entender hasta la exasperación, la indignación y la ira que había llevado a las Revueltas de la Barrera en su juventud.

Muy enfadado, Baley se desabrochó el cinturón del desintegrador. R. Daneel lo tomó y lo colocó en un nicho de la pared. Una fina placa de metal se deslizó para cerrarla.

—Si pones el dedo gordo en el hueco —dijo R. Daneel—, sólo tu dedo podrá abrirlo luego.

Baley se sintió desnudo, mucho más, de hecho, de lo que se había sentido en la ducha. Pasó por el punto en el que las varas le había impedido el paso y, finalmente, salió del Personal.

Estaba de nuevo en un pasillo, pero había algo extraño en él. Por encima, la luz resultaba poco familiar. Sintió una corriente de aire contra su cara y, automáticamente, pensó que un coche patrulla había pasado cerca.

R. Daneel debió ver la incertidumbre en su cara.

—Ahora estás al aire libre, Elijah —dijo—. No está acondicionado.

Baley se sintió ligeramente mareado. ¿Cómo podían los espaciales ser tan rígidamente cuidadosos con un cuerpo humano, sólo porque venía de la Ciudad, y luego respirar el sucio aire de los espacios abiertos? Se apretó la nariz, como si cerrándola pudiera filtrar con más eficacia el aire que aspiraba.

—Creo que te darás cuenta de que el aire libre no es perjudicial para la salud humana —dijo R. Daneel.

—De acuerdo —dijo Baley en voz baja.

Las corrientes de aire le golpeaban la cara de forma molesta. Eran bastante suaves, pero erráticas. Eso le molestaba.

Luego vino lo peor. El pasillo se abría a una tonalidad azul, y, al acercarse a su final, una fuerte luz blanca los inundó. Baley ya había visto la luz del sol. Había estado en un solárium natural una vez por obligaciones oficiales. Pero allí, un cristal protector había rodeado el lugar, y la propia imagen del sol estaba refractada en un fulgor generalizado. Aquí, todo estaba abierto.

Automáticamente, alzó la vista hacia el sol, y luego la apartó. Sus ojos deslumbrados parpadearon y se humedecieron.

Un espacial se acercaba. Baley se sintió inquieto por un momento.

R. Daneel, sin embargo, se adelantó para saludar al hombre que se acercaba con un apretón de manos. El espacial se dirigió a Baley y le dijo:

—¿Quiere acompañarme, señor? Soy el doctor Han Fastolfe.

Las cosas mejoraron una vez dentro de una de las cúpulas. Baley se encontró mirando con ojos desorbitados el tamaño de las habitaciones y la forma descuidada en que el espacio estaba distribuido, pero se sintió agradecido al sentir el aire acondicionado.

Sentándose y cruzando sus largas piernas, Fastolfe dijo:

—Supongo que prefiere usted el aire acondicionado al viento sin protección.

Parecía bastante amigable. Tenía finas arrugas en la frente, y la piel bajo los ojos y la barbilla parecía un poco floja. Estaba perdiendo el cabello, pero no había atisbos de gris. Sus grandes orejas le sobresalían de la cabeza, dándole un aspecto humorístico y poco atractivo que hizo que Baley se relajase.

Esa misma mañana, Baley había vuelto a revisar las fotos del Enclave Espacial que Enderby había sacado. R. Daneel acababa de concertar la cita en el Enclave Espacial y Baley estaba aceptando la idea de que iba a conocer espaciales de carne y hueso. De alguna forma, eso era muy diferente a hablar con ellos a través de kilómetros de onda portadora, como había hecho ya en varias ocasiones.

Los espaciales en esas fotos le habían parecido, en general, como los que aparecían de vez en cuando en las películas-libro: altos, pelirrojos, serios, de una belleza fría. Como R. Daneel Olivaw, por ejemplo.

R. Daneel le dijo el nombre de los espaciales a Baley, y éste de repente señaló a uno y dijo sorprendido:

—Ése no eres tú, ¿verdad?

—No, Elijah, ése es mi diseñador, el doctor Sarton —respondió R. Daneel.

Lo dijo sin ninguna emoción.

—¿Fuiste creado a imagen de tu creador? —preguntó irónicamente Baley, pero no obtuvo respuesta y, en realidad, apenas la esperaba. La Biblia, como sabía, circulaba sólo de forma muy limitada en los Mundos Exteriores.

Y ahora Baley miraba a Han Fastolfe, un hombre que se diferenciaba notablemente de la norma espacial de apariencia, y el terrícola sentía una profunda gratitud por ese hecho.

—¿Desea comer algo? —preguntó Fastolfe.

Señaló la mesa que les separaba a él y a R. Daneel del terrícola. No había nada sobre ella más que un cuenco de esferoides de diversos colores. Baley se sintió vagamente sorprendido. Había supuesto que eran adornos de mesa.

—Son frutos de la vida vegetal natural cultivados en Aurora —explicó R. Daneel—. Te sugiero que pruebes éste. Se llama manzana y se considera buena.

Fastolfe sonrió.

—R. Daneel no sabe esto por experiencia personal, por supuesto, pero tiene razón.

Baley se llevó la manzana a la boca. Su superficie era roja y verde. Era fría al tacto y tenía un olor débil pero agradable. Con un esfuerzo, la mordió, y la inesperada acidez de su interior pulposo le hizo daño en los dientes.

La masticó cautelosamente. Los habitantes de la Ciudad comían comida natural, por supuesto, cuando el racionamiento lo permitía. Él mismo había comido a menudo carne y pan naturales. Pero esos alimentos siempre habían sufrido algún tipo de procesamiento. Se había cocinado o molido, mezclado o combinado. La fruta, por su parte, hablando con propiedad, debería servirse en forma de salsa o conserva. Lo que ahora tenía en la mano debía venir directamente de la tierra del suelo de un planeta.

Espero que por lo menos la hayan lavado, pensó.

De nuevo se preguntó por la incoherencia de las ideas de los espaciales respecto a la limpieza.

—Permítame que me presente con más detalle —dijo Fastolfe—. Estoy a cargo de la investigación del asesinato del doctor Sarton por parte del Enclave Espacial, como el comisario Enderby lo está por parte de la Ciudad. Si puedo ayudarle de cualquier forma, estoy dispuesto a hacerlo. Estamos tan interesados en que este caso se solucione rápidamente y en evitar incidentes futuros de este tipo como pueden estarlo ustedes en la Ciudad.

—Gracias, doctor Fastolfe —dijo Baley—. Aprecio su actitud.

Y hasta aquí ha llegado la visita social, pensó. Mordió el centro de la manzana y unos ovoides pequeños, duros y oscuros cayeron en su boca. Los escupió automáticamente. Salieron despedidos y cayeron al suelo. Uno habría tocado la pierna de Fastolfe si el espacial no la hubiera movido rápidamente.

Baley se ruborizó y empezó a agacharse.

—No pasa nada, señor Baley —dijo con simpatía Fastolfe—. Déjelos donde están, por favor.

Baley se incorporó. Dejó la manzana sobre la mesa con cautela. Tenía la incómoda y desagradable sensación de que, después de irse, los pequeños objetos perdidos se encontrarían y recogerían mediante succión; el cuenco de fruta sería quemado o arrojado lejos del Enclave Espacial; la propia habitación donde se encontraban sería rociada con viricida.

Camufló su embarazo con brusquedad.

—Querría pedirle permiso para que el comisario Enderby se sumase a nuestra charla mediante personificación tridimensional —dijo.

Las cejas de Fastolfe se alzaron.

—Por supuesto, si lo desea. Daneel, ¿podrías hacer la conexión?

Baley se sentó muy tieso e incómodo hasta que la superficie brillante en el gran paralelepípedo en la esquina de la habitación se disolvió y mostró al comisario Julius Enderby y parte de su mesa. En ese momento, dejó de sentirse incómodo y Baley sintió algo cercano al amor por esa cara familiar, y un ansia por encontrarse de vuelta en la seguridad de su despacho con él o, para lo que importaba, en cualquier otra parte de la Ciudad. Incluso en la parte menos agradable de los distritos de las cubas de levadura de Jersey.

Ahora que tenía a su testigo, Baley no vio más motivos para seguir esperando.

—Creo que he descubierto el misterio que rodea a la muerte del doctor Sarton —dijo.

Por el rabillo del ojo, vio que Enderby se levantaba de un salto y aferraba con fuerza (y con éxito) las gafas que se le habían escapado. Al ponerse en pie, el comisario sacó la cabeza de los límites del receptor tridimensional y se vio obligado a volver a sentarse, con el rostro enrojecido y sin habla.

De forma mucho más tranquila, el doctor Fastolfe, con la cabeza inclinada a un lado, pareció sorprendido. Sólo R. Daneel se mantuvo sereno.

—¿Quiere decir —dijo Fastolfe— que sabe quién fue el asesino?

—No —dijo Baley—. Quiero decir que no hubo asesinato.

—¡Qué! —exclamó Enderby.

—Un momento, comisario Enderby —dijo Fastolfe, le-

vantando una mano. Mantuvo la vista fija en Baley y dijo—:
¿Quiere decir que el doctor Sarton está vivo?

—Sí, señor, y creo saber dónde está.

—¿Dónde?

—Aquí mismo —dijo Baley, y señaló con firmeza a R. Daneel Olivaw.

8

Debate en torno a un robot

En ese momento, Baley notaba perfectamente los golpes sordos de su propio pulso. Le parecía vivir en un momento suspendido en el tiempo. La expresión de R. Daneel estaba, como siempre, desprovista de emoción. El rostro de Han Fastolfe mostraba una apariencia de estupefacción educada y nada más.

Sin embargo, era la reacción del comisario Julius Enderby la que más preocupaba a Baley. El receptor tridimensional desde el que miraba su cara no permitía una reproducción perfecta. Siempre había algún pequeño parpadeo o una resolución por debajo de lo ideal. A través de esa imperfección y a través de la máscara adicional de las gafas del comisario, los ojos de Enderby eran imposibles de leer.

No te me vengas abajo ahora, Julius, pensó Baley. Te necesito.

En realidad, no pensaba que Fastolfe fuera a actuar apresuradamente o siguiendo un impulso emocional. Había leído en alguna parte que los espaciales no tenían religión, que la habían sustituido por un intelectualismo frío y flemático elevado a la altura de filosofía. Lo creía y contaba con ello. Procurarían actuar lentamente y sólo sobre una base racional.

Si hubiera estado solo entre ellos y hubiera dicho lo que

había dicho, estaba seguro de que nunca habría vuelto a la Ciudad. La fría razón les habría dictado ese curso. Los planes de los espaciales significaban más para ellos, mucho más, que la vida de un habitante de la Ciudad. Se ofrecería alguna excusa a Julius Enderby. Quizá le entregarían su cuerpo al comisario, negando con la cabeza, y dirían que la conspiración terrícola había atacado de nuevo. El comisario les creería. Era su forma de ser. Si odiaba a los espaciales, era un odio basado en el miedo. No se atrevería a desconfiar de ellos.

Ésa era la razón por la que tenía que haber un testigo presencial de los hechos, un testigo, además, que estuviera a una distancia segura de las calculadas medidas de seguridad de los espaciales.

—Lije, estás completamente equivocado —dijo el comisario ahogadamente—. Yo vi el cadáver del doctor Sarton.

—Usted vio los restos calcinados de algo que le dijeron que era el cadáver del doctor Sarton —replicó Baley con aplomo.

Pensó en las gafas rotas del comisario. Ése había sido un favor inesperado para los espaciales.

—No, no, Lije. Yo conocía bien al doctor Sarton y su cabeza no resultó dañada. Era él. —El comisario se llevó una mano a las gafas con inquietud, como si él también se hubiera acordado de ellas, y añadió—: Lo miré de cerca, muy de cerca.

—¿Qué me dice de éste, comisario? —preguntó Baley, señalando a R. Daneel de nuevo—. ¿No se parece al doctor Sarton?

—Sí, como se parecería una estatua.

—Una actitud inexpresiva se puede fingir, comisario. Suponga que lo que usted vio desintegrado fuera un robot. Dice que miró de cerca. ¿Miró tan cerca como para ver si la superficie calcinada al borde de la parte desintegrada era realmente tejido orgánico descompuesto o una capa de carbonización deliberadamente introducida sobre el metal fundido?

El comisario pareció asqueado.

—Estás diciendo tonterías —dijo.

Baley se volvió al espacial.

—¿Está usted dispuesto a que exhumen el cuerpo para examinarlo, doctor Fastolfe?

El doctor Fastolfe sonrió.

—Normalmente no tendría objeción, señor Baley, pero me temo que no enterramos a nuestros muertos. La cremación es la costumbre universal entre nosotros.

—Muy conveniente —dijo Baley.

—Dígame, señor Baley —dijo el doctor Fastolfe—, ¿cómo llegó usted exactamente a esta conclusión suya tan extraordinaria?

No se rinde, pensó Baley. Intentará salir de ésta mintiendo descaradamente, si puede.

—No fue difícil —dijo—. Imitar a un robot consiste en más que adoptar una expresión congelada y emplear un estilo de conversación artificial. El problema que tienen ustedes, los hombres de los Mundos Exteriores, es que están demasiado acostumbrados a los robots. Han llegado a aceptarlos casi como a seres humanos. Han dejado de ver las diferencias. En la Tierra esto es diferente. Somos muy conscientes de lo que es un robot.

»En primer lugar, R. Daneel es un humano demasiado creíble para ser un robot. Mi primera impresión de él fue que era un espacial. Me costó un buen esfuerzo aceptar su declaración de que era un robot. Y por supuesto, la razón era que es un espacial, y no un robot.

R. Daneel le interrumpió, sin ningún signo de timidez por ser él mismo de una forma tan íntima el tema a debate.

—Como te dije, compañero Elijah —dijo—, fui diseñado para ocupar un puesto temporalmente en la sociedad humana. El parecido con un humano es voluntario.

—¿Incluso —preguntó Baley— hasta la duplicación concienzuda de las partes del cuerpo que, en el curso normal de los acontecimientos, siempre estarían cubiertas por la ropa?

¿Incluso hasta la duplicación de los órganos que, en un robot, no tendrían función concebible?

—¿Cómo descubriste eso? —dijo Enderby de repente.

Baley se ruborizó.

—No puede evitar fijarme en el... en el Personal.

Enderby pareció escandalizado.

—Seguramente entenderá usted —dijo Fastolfe— que el parecido debe ser completo si queremos que sea útil. Para nuestros propósitos, las medias tintas son tan malas como nada en absoluto.

—¿Puedo fumar? —preguntó Baley bruscamente.

Tres pipas en un solo día era una extravagancia ridícula, pero estaba cabalgando un torrente de temeridad y necesitaba relajarse con tabaco. Después de todo, estaba siendo impertinente con los espaciales. Iba a hacer que se tragasen sus propias mentiras.

—Lo siento, pero preferiría que no lo hiciera —dijo Fastolfe.

Era una «preferencia» que tenía la fuerza de una orden. Baley lo notó. Volvió a guardarse la pipa, cuya cazoleta ya había tomado en su mano anticipando un permiso automático.

Claro que no, pensó amargamente. Enderby no me avisó, porque él no fuma, pero es evidente. Lógico. No fuman en sus higiénicos Mundos Exteriores, ni beben, ni tienen ningún vicio humano. No es extraño que acepten a los robots en su maldita... ¿cómo la llamó R. Daneel? ¿Sociedad C/Fe? No es extraño que R. Daneel pueda interpretar a un robot tan bien. En realidad, allá fuera todos son robots.

—La semejanza demasiado completa es sólo un argumento entre varios —dijo—. Hubo un conato de disturbio en mi sección cuando le estaba llevando a mi casa. —Tuvo que señalarle con el dedo. No era capaz de decir ni R. Daneel ni doctor Sarton—. Fue él quien detuvo el disturbio, y lo hizo apuntando con un desintegrador a los perturbadores potenciales.

—Dios mío —dijo Enderby con energía—, el informe decía que fuiste tú quien...

—Lo sé, comisario —dijo Baley—. El informe se basó en la información que yo aporté. No quería que constase en los archivos que un robot había amenazado con desintegrar a hombres y mujeres.

—No, no. Por supuesto que no. —Enderby estaba evidentemente horrorizado.

Se inclinó hacia delante para mirar algo que estaba fuera del alcance del receptor tridimensional.

Baley adivinó qué era. El comisario comprobaba el indicador de energía para ver si el transmisor estaba siendo pinchado.

—¿Es éste el argumento de su demostración? —preguntó Fastolfe.

—Desde luego. La Primera Ley de la Robótica dice que un robot no debe dañar a un ser humano.

—Pero R. Daneel no causó daño alguno.

—Cierto. Incluso declaró más tarde que no habría disparado bajo ninguna circunstancia. Aun así, ningún robot del que haya oído jamás podría haber violado el espíritu de la Primera Ley hasta el punto de amenazar con desintegrar a un hombre, incluso si en realidad no tenía intención de hacerlo.

—Entiendo. ¿Es usted experto en robótica, señor Baley?

—No, señor. Pero seguí un curso de robótica general y análisis positrónico. No soy completamente ignorante.

—Eso está bien —dijo Fastolfe, complaciente—, pero verá, yo sí soy experto en robótica, y le aseguro que la esencia de la mente de un robot consiste en una interpretación completamente literal del Universo. No reconoce espíritu alguno de la Primera Ley, sólo la letra. Los modelos sencillos que tienen ustedes en la Tierra pueden tener la Primera Ley tan cubierta de salvaguardias adicionales que, por supuesto, pueden ser incapaces de amenazar a un ser humano. Un modelo avanzado como R. Daneel es otra cuestión. Si entiendo la situación correctamente, la amenaza de R. Daneel fue necesaria para evitar un disturbio. Su propósito, pues, era evitar que los seres humanos sufrieran daño. Estaba obedeciendo a la Primera Ley, no desafiándola.

Baley se encogió interiormente, pero mantuvo una completa tranquilidad externa. Iba a ser complicado, pero demostraría a este espacial que podía jugar a su mismo juego.

—Puede contrarrestar cada argumento por separado, pero de todas formas encajan entre sí —dijo—. Anoche, durante nuestra discusión sobre el supuesto asesinato, este supuesto robot declaró que había sido convertido en detective mediante la instalación de un nuevo impulso en sus circuitos positrónicos. Un impulso, aparentemente, de justicia.

—Puedo confirmárselo —dijo Fastolfe—. Se le instaló hace tres días bajo mi supervisión personal.

—¿Un impulso de justicia? La justicia, doctor Fastolfe, es una abstracción. Sólo un ser humano puede usar ese término.

—Si define «justicia» de tal forma que resulte una abstracción, si dice que consiste en dar a cada hombre lo que merece, que es atenerse a lo que es justo, o algo por el estilo, le doy la razón, señor Baley. La comprensión humana de lo abstracto no puede incorporarse a un cerebro positrónico en el estado actual de nuestros conocimientos.

—¿Lo admite, entonces, como experto en robótica?

—Desde luego. La cuestión es: ¿qué quería decir R. Daneel al usar el término «justicia»?

—Por el contexto de nuestra propia conversación, quería decir lo que usted y yo y cualquier ser humano querría decir, pero que resultaría imposible para un robot.

—¿Por qué no le pide, señor Baley, que defina él mismo el término?

Baley sintió una cierta pérdida de seguridad. Se dirigió a R. Daneel.

—¿Y bien?

—¿Sí, Elijah?

—¿Cuál es tu definición de justicia?

—La justicia, Elijah, es lo que existe cuando se cumplen todas las leyes.

Fastolfe asintió.

—Una buena definición, señor Baley, para un robot. El deseo de ver que se cumplen todas las leyes ha sido incorporado en R. Daneel. La justicia es para él un término muy concreto, puesto que se basa en el cumplimiento de la ley, que a su vez se basa en la existencia de leyes específicas y concretas. No hay nada de abstracto en ello. Un ser humano puede reconocer el hecho de que, sobre la base de un código moral abstracto, algunas leyes pueden ser malas y su cumplimiento injusto. ¿Qué dices a eso, R. Daneel?

—Una ley injusta —dijo R. Daneel apaciblemente— es una contradicción de los términos.

—Para un robot lo es, señor Baley. Así que ya ve que no debe confundir su justicia con la de R. Daneel.

Baley se dirigió bruscamente a R. Daneel y dijo:

—Saliste de mi apartamento anoche.

—Lo hice —respondió R. Daneel—. Si el hacerlo perturbó tu sueño, lo siento.

—¿Adónde fuiste?

—Al Personal de Hombres.

Durante un momento, Baley se quedó pasmado. Era la respuesta que ya había decidido que constituía la verdad, pero no había esperado que fuera la respuesta que R. Daneel iba a dar. Sintió que otra porción de su seguridad se desvanecía, pero se atuvo a la línea que se había trazado. El comisario estaba observando, con sus ojos cubiertos por lentes pasando de uno a otro según hablaban. Baley no podía echarse atrás ahora, por muchos sofismas que usasen contra él. Tenía que aferrarse a su argumento.

—Al llegar a mi Sección —dijo—, él insistió en entrar en el Personal conmigo. Su excusa fue insatisfactoria. Durante la noche, salió para visitar de nuevo el Personal, como acaba de admitir. Si fuera un hombre, diría que tenía buenas razones para hacerlo. Evidentemente. Como robot, sin embargo, esa visita no tenía sentido. La única conclusión posible es que se trata un hombre.

Fastolfe asintió. No parecía en absoluto incómodo.

—Esto resulta de lo más interesante. ¿Qué le parece si preguntamos a Daneel por qué visitó anoche el Personal?

El comisario Enderby se inclinó hacia delante.

—Por favor, doctor Fastolfe —murmuró—, no es apropiado...

—No debe preocuparse, comisario —dijo Fastolfe, mientras sus labios finos se curvaban en algo que parecía una sonrisa pero no lo era—. Estoy seguro de que la respuesta de Daneel no ofenderá su sensibilidad o la del señor Baley. ¿Quieres contárnoslo, Daneel?

—La mujer de Elijah, Jessie, salió del apartamento anoche mostrándose amistosa hacia mí —dijo R. Daneel—. Resultaba obvio que no tenía razones para considerar que yo no era humano. Volvió al apartamento sabiendo que era un robot. La conclusión obvia es que la información al respecto existe en el exterior del apartamento. Mi conversación con Elijah anoche debe de haber sido espiada. No hay otra forma de que el secreto de mi auténtica naturaleza se haya convertido en algo sabido por todos.

»Elijah me dijo que los apartamentos estaban adecuadamente aislados. Hablamos en voz baja. No pudo tratarse de alguien escuchando a escondidas. Aun así, es cosa sabida que Elijah es policía. Si existe una conspiración en la Ciudad lo suficientemente organizada para haber planeado el asesinato del doctor Sarton, también pueden saber que Elijah ha sido puesto al cargo de la investigación del asesinato. Por tanto, entraría dentro de lo posible, incluso de lo probable, que su apartamento estuviera siendo espiado a distancia.

»Registré el apartamento tan a fondo como pude después de que Elijah y Jessie se hubieran ido a la cama, pero no pude encontrar ningún transmisor. Eso complicaba la cuestión. Un haz dual enfocado podría servir para espiar incluso sin transmisor, pero eso requiere un equipo bastante especializado.

»El análisis de la situación me llevó a la siguiente conclusión. El único sitio donde un habitante de la Ciudad puede hacer casi cualquier cosa sin ser molestado y sin que le pregunten es los Personales. Incluso podría instalar un haz dual. La costumbre de absoluta privacidad en los Personales es muy fuerte y los demás hombres ni siquiera le mirarían. El Personal de la Sección está bastante cerca del apartamento de Elijah, de forma que el factor distancia no es importante. Se podría usar un modelo que cabe en un maletín. Fui al Personal a investigar.

—¿Y qué encontraste? —preguntó rápidamente Baley.

—Nada, Elijah. Ni rastro de un haz dual.

—Bien, señor Baley —dijo Fastolfe—, ¿le parece que esto es razonable?

Pero la inseguridad de Baley había desaparecido.

—Quizá sea razonable hasta cierto punto —dijo—, pero no llega a ser perfecto ni de lejos. Lo que él no sabe es que mi mujer me dijo de dónde obtuvo la información y cuándo. Supo que era un robot poco después de salir de casa. Incluso entonces, el rumor había estado circulando durante horas. De forma que el hecho de que era un robot no podía haberse filtrado espiando nuestra última conversación de la tarde.

—Sin embargo —dijo el doctor Fastolfe—, su acción de ir anoche al Personal queda explicada, en mi opinión.

—Pero ha surgido algo que no queda explicado —replicó Baley acaloradamente—. ¿Cuándo, dónde y cómo se produjo la filtración? ¿Cómo se extendió la noticia de que había un robot espacial en la Ciudad? Por lo que sé, sólo dos de nosotros conocíamos el arreglo, el comisario Enderby y yo mismo, y no se lo dijimos a nadie... Comisario, ¿lo sabía alguien más en el Departamento?

—No —dijo Enderby, con ansiedad—. Ni siquiera el alcalde. Sólo nosotros y el doctor Fastolfe.

—Y él —añadió Baley, señalándole.

—¿Yo? —preguntó R. Daneel.

—¿Por qué no?

—Estuve contigo en todo momento, Elijah.

—No es así —gritó Baley ferozmente—. Estuve en el Personal durante media hora o más antes de que fuéramos a mi apartamento. Durante ese tiempo, nosotros dos estuvimos completamente fuera de contacto. Fue entonces cuando te comunicaste con tu grupo dentro de la Ciudad.

—¿Qué grupo? —preguntó Fastolfe.

—¿Qué grupo? —se hizo eco el comisario Enderby casi simultáneamente.

Baley se levantó de la silla y se volvió hacia el receptor tridimensional.

—Comisario, quiero que escuche atentamente esto. Dígame si no encaja todo en una pauta. Se informa de un asesinato y por curiosa coincidencia ocurre justo cuando usted está entrando en el Enclave Espacial para una cita con el hombre asesinado. Le enseñan el cadáver de algo que se supone que es humano, pero después este cadáver es eliminado y no se le puede inspeccionar detenidamente.

»Los espaciales insisten en que el asesino es un terrestre, aunque la única forma en que pueden sostener esa acusación es suponiendo que un hombre de la Ciudad salió de ésta y llegó a campo traviesa al Enclave Espacial, solo y de noche. Usted sabe perfectamente que eso es difícil de creer.

»A continuación, envían un supuesto robot a la Ciudad; de hecho, insisten en enviarlo. Lo primero que hace el robot es amenazar a una multitud de seres humanos con un desintegrador. Lo segundo es poner en marcha el rumor de que hay un robot espacial en la Ciudad. De hecho, el rumor es tan específico que Jessie me dijo que se sabía que estaba colaborando con la policía. Eso quiere decir que antes de que pase mucho tiempo se sabrá que fue el robot el que apuntó con el desintegrador. Quizá incluso ahora mismo se esté extendiendo por la zona de las cubas de levadura y las plantas hidropónicas de Long Island el rumor de que hay un robot asesino suelto.

—Esto es imposible. ¡Imposible! —gimió Enderby.

—No, no lo es. Es exactamente lo que está sucediendo, comisario. ¿No lo ve? Hay una conspiración en la Ciudad, desde luego, pero está dirigida desde el Enclave Espacial. Los espaciales quieren poder informar de un asesinato. Quieren disturbios. Quieren que se produzca un ataque al Enclave Espacial. Cuanto peor se pongan las cosas, mejor excusa... y las naves espaciales bajarán y ocuparán las Ciudades de la Tierra.

—Ya tuvimos una excusa con las Revueltas de la Barrera hace veinticinco años —dijo Fastolfe apaciblemente.

—Entonces no estaban ustedes listos. Ahora lo están. —El corazón de Baley latía alocadamente.

—Nos atribuye usted una trama bastante complicada, señor Baley. Si deseásemos ocupar la Tierra, podríamos hacerlo de forma mucho más sencilla.

—Quizá no, doctor Fastolfe. Su supuesto robot me dijo que la opinión pública respecto a la Tierra no es en absoluto homogénea en sus Mundos Exteriores. Creo que en ese momento decía la verdad. Quizá una ocupación directa no convencería a su pueblo. Quizá necesiten absolutamente un incidente. Un incidente bien chocante.

—Como un asesinato, ¿eh? ¿De eso se trata? Admitirá que tendría que ser un asesinato fingido. No sugerirá, espero, que estamos dispuestos a matar realmente a uno de los nuestros para provocar ese incidente.

—Ustedes construyeron un robot que se pareciera al doctor Sarton, desintegraron a este robot, y mostraron los restos al comisario Enderby.

—Y luego —dijo Fastolfe—, después de haber usado a R. Daneel para hacerse pasar por el doctor Sarton en el falso asesinato, tenemos que usar al doctor Sarton para hacerse pasar por R. Daneel en la falsa investigación del falso asesinato.

—Exactamente. Le estoy contando esto en presencia de un testigo que no está aquí en persona, de quien no pueden deshacerse desintegrándolo, y que es lo suficientemente importante para que le crea el gobierno de la Ciudad y hasta Washington. Estaremos preparados y sabemos cuáles son sus intenciones. Si es necesario, nuestro gobierno informará directamente a los suyos, revelando la auténtica naturaleza de la situación. Dudo que esta especie de violación interestelar sea tolerada.

Fastolfe negó con la cabeza.

—Por favor, señor Baley, no está siendo usted razonable. En serio, tiene usted las ideas más increíbles. Suponga, sólo por un momento, que R. Daneel sea realmente R. Daneel. Suponga que realmente es un robot. ¿No se deduciría de ello que el cadáver que vio el comisario Enderby era realmente el doctor Sarton? Sería poco razonable creer que el cuerpo fuera de otro robot. El comisario Enderby fue testigo de la construcción de R. Daneel y puede testimoniar que sólo existía uno.

—Si se trata de eso —dijo Baley, tozudamente—, el comisario no es experto en robótica. Ustedes podrían haber tenido una docena de robots similares.

—Aténgase al argumento, señor Baley. ¿Qué pasaría si R. Daneel es realmente R. Daneel? ¿No haría eso que la estructura entera de su razonamiento se derrumbase? ¿Tendría alguna otra base para su creencia en esta trama interestelar completamente melodramática e implausible que ha construido?

—¡Si es un robot! Yo digo que es humano.

—Sin embargo, no ha investigado a fondo el problema, señor Baley —dijo Fastolfe—. Para diferenciar a un robot, incluso a un robot muy humanoide, de un ser humano, no es necesario hacer elaboradas y poco sólidas deducciones basándose en pequeñeces que dice y hace. Por ejemplo, ¿ha intentado pinchar con una aguja a R. Daneel?

—¿Qué? —La mandíbula de Baley se descolgó.

—Es un experimento sencillo. Hay otros, quizá, no tan sencillos. Su piel y su pelo parecen reales, pero ¿ha intentado examinarlos con el aumento adecuado? Por otra parte, parece que respira, especialmente cuando usa aire para hablar, pero ¿ha notado que su respiración es irregular, y que pueden transcurrir minutos enteros sin que respire en absoluto? Podría incluso haber tomado una muestra del aire que espira y haber medido el contenido en dióxido de carbono. Podría haber intentado tomar una muestra de sangre. Podría haber intentado detectar el pulso en su muñeca, o los latidos de su corazón bajo su camisa. ¿Ve lo que quiero decir, señor Baley?

—Eso es sólo charla —dijo Baley, incómodo—. No voy a caer en su farol. Podría haber intentado cualquiera de esas cosas, pero ¿cree que este supuesto robot me iba a dejar usar con él una aguja hipodérmica, un estetoscopio o un microscopio?

—Por supuesto. Entiendo su argumento —dijo Fastolfe. Miró a R. Daneel e hizo un pequeño gesto.

R. Daneel se tocó el puño de la manga derecha de su camisa y la costura diamagnética se abrió a lo largo de todo su brazo. Apareció un miembro suave, vigoroso, y al parecer completamente humano. Su vello corto y rubio era, tanto en cantidad como en distribución, exactamente el que cabría esperar en un ser humano.

—¿Y? —dijo Baley.

R. Daneel pellizcó la yema de su dedo medio derecho con el pulgar y el índice de su mano izquierda. Baley no pudo ver cuáles fueron exactamente las manipulaciones que siguieron.

Pero, de la misma forma en que el tejido de la manga se había abierto en dos cuando el campo diamagnético de su costura había sido interrumpido, ahora se abrió el dos el propio brazo.

Allí, bajo una delgada capa de material parecido a la carne, se veía el azul grisáceo y mate de las varillas, cables y juntas de acero inoxidable.

—¿Querría examinar los mecanismos de R. Daneel más de

cerca, señor Baley? —preguntó el doctor Fastolfe educadamente.

Baley apenas pudo oír la pregunta a causa del zumbido de sus oídos y por el súbito estallido de la risa histérica y aguda del comisario.

9

Aclaración de un espacial

Los minutos pasaron y el zumbido se hizo cada vez más fuerte, hasta cubrir la risa. La cúpula y todos sus contenidos fluctuaron y el sentido temporal de Baley fluctuó también.

Finalmente, se encontró sentado inmóvil, pero con una clara impresión de tiempo perdido. El comisario se había marchado; el receptor tridimensional estaba opaco y lechoso; y R. Daneel estaba sentado a su lado, pinzando la piel del antebrazo desnudo de Baley. Éste podía ver, justo debajo de la piel, la pequeña mancha oscura de una hipocápsula. Se desvaneció mientras miraba, empapando y repartiéndose por el fluido intercelular, de ahí a la corriente sanguínea y las células adyacentes, y de ahí a todas las células de su cuerpo.

Su sentido de la realidad se reafirmó.

—¿Te encuentras mejor, compañero Elijah? —preguntó R. Daneel.

Así era. Apartó el brazo y el robot permitió que lo retirara. Se bajó la manga y miró a su alrededor. El doctor Fastolfe estaba sentado en el mismo lugar de antes, con una pequeña sonrisa que suavizaba la fealdad de su rostro.

—¿Me he desmayado? —dijo Baley.

—En cierta forma, sí —dijo el doctor Fastolfe—. Ha recibido usted un buen shock, me temo.

Todo volvió claramente a la mente de Baley. Tomó rápidamente el brazo más cercano de R. Daneel, subiéndole la manga hasta donde pudo, descubriendo la muñeca. La carne del robot parecía suave a sus dedos, pero bajo ella se encontraba la dureza de algo más que el hueso.

R. Daneel dejó que el detective manipulase su brazo sin mostrar incomodidad. Baley se lo quedó mirando, pinzando la piel a lo largo de la línea media. ¿Había ahí una costura apenas perceptible?

Era lógico, por supuesto, que la hubiera. Un robot cubierto con piel sintética y construido deliberadamente para que pareciera humano no podía ser reparado de la forma habitual. No se podían quitar para ello los remaches de la plancha pectoral. No se podía sacar el cráneo haciéndolo moverse sobre los goznes. En su lugar, las diferentes partes del cuerpo mecánico deberían ser ensambladas mediante una línea de campos micromagnéticos. El brazo, la cabeza, el cuerpo completo debía abrirse en dos con la manipulación adecuada, y luego volver a unirse con la contraria.

Baley levantó la vista.

—¿Dónde está el comisario? —balbució, ruborizado de vergüenza.

—Tenía asuntos urgentes que atender —dijo el doctor Fastolfe—. Le aconsejé que se retirase, me temo. Le aseguré que nos ocuparíamos de usted.

—Ya se han ocupado lo suficiente de mí, gracias —dijo Baley severamente—. Creo que nuestros asuntos han terminado.

Se incorporó hasta erguirse sobre sus articulaciones cansadas. De repente, se sintió viejo. Demasiado viejo para volver a empezar. No necesitaba gran clarividencia para adivinar ese futuro.

El comisario estaría medio atemorizado y medio furioso. Se encararía con Baley demudado, quitándose las gafas para limpiarlas cada quince segundos. Con su suave voz (Julius Enderby casi nunca gritaba) le explicaría cuidadosamente que los espaciales se habían sentido mortalmente ofendidos.

—No se puede hablar de esa forma con los espaciales, Lije. No lo soportan. —Baley podía oír la voz de Enderby muy claramente hasta el mínimo matiz de su entonación—. Te avisé. No hay forma de saber cuánto daño has causado. Puedo entender tu argumento, por supuesto. Veo lo que intentabas hacer. Si fueran terrícolas, sería diferente. Diría que sí, que merecía la pena arriesgarse. ¡Pero los espaciales! Podrías habérmelo dicho, Lije. Podrías haberme consultado. Los conozco. Los conozco de arriba abajo.

¿Y qué podría decir Baley? Que Enderby era exactamente la persona a quien no se lo podía decir. Que el proyecto incurría en un riesgo tremendo y Enderby era un hombre de extrema precaución. Que había sido el propio Enderby el que había señalado los grandes peligros que acarrearía tanto un fracaso directo como un éxito de tipo indeseado. Que la única forma de evitar la descualificación era mostrar que la culpa debía encontrarse en el propio Enclave Espacial...

—Tendré que informar sobre esto, Lije —diría Enderby—. Habrá repercusiones de todo tipo. Conozco a los espaciales. Pedirán que te aparten del caso, y habrá que hacerlo. Lo entiendes, ¿verdad, Lije? Intentaré suavizar el golpe. Puedes contar conmigo. Te protegeré hasta donde pueda, Lije.

Baley sabía que eso sería exactamente cierto. El comisario le protegería, pero sólo hasta donde pudiera, no hasta el punto, por ejemplo, de enfurecer más al ya furioso alcalde.

También podía oír al alcalde:

—Maldita sea, Enderby, ¿qué ha sucedido? ¿Por qué no se me consultó? ¿Quién gobierna la Ciudad? ¿Por qué se permitió que un robot no autorizado entrase en la Ciudad? ¿Y qué demonios creía ese tal Baley...?

Si se trataba de elegir entre el futuro de Baley en el Departamento y el del propio comisario, ¿qué podía esperar Baley? No podía encontrar ninguna razón para culpar a Enderby por ello.

Lo menos que podía esperar era ser degradado, y eso ya

era malo. El mero hecho de vivir en una Ciudad moderna aseguraba las necesidades esenciales de la existencia, incluso para aquellos que carecían de cualificación. A qué poco se reducía esa posibilidad era algo que conocía demasiado bien.

Era el aumento de estatus lo que permitía disfrutar de pequeñas cosas: un asiento más cómodo aquí, un trozo de carne mejor allí, una espera más corta en la cola en otro sitio. Para una mentalidad filosófica, podría parecer que estas ventajas no merecían que uno se tomase grandes molestias para adquirirlas.

Sin embargo, nadie, por muy filosófico que fuera, podía renunciar a esos privilegios, una vez los había adquirido, sin sentir una punzada. Ése era el problema.

Qué trivial parecía para la comodidad del apartamento el añadir un lavabo activado, cuando durante los treinta años anteriores las visitas al Personal se habían hecho automáticamente y sin pensar en ellas. Qué inútil era incluso como medio de probar el estatus de uno, cuando se consideraba que pavonearse era de pésimo gusto. Y sin embargo, si se desactivase el lavabo, ¡qué humillante e insoportable sería cada visita adicional al Personal! ¡Qué amorosamente atractivo parecería el recuerdo de afeitarse en el propio dormitorio! ¡Cuán permeado de la sensación del lujo perdido!

Estaba de moda entre los modernos escritores políticos el considerar con orgullosa desaprobación el «fiscalismo» de los tiempos medievales, cuando la economía se basaba en el dinero. La competición por la existencia, según decían, era brutal. Ninguna sociedad realmente compleja podía mantenerse con las tensiones derivadas de la eterna «lucha por el pavo». (Los estudiosos sostenían diferentes interpretaciones acerca de la palabra «pavo», pero no había dudas sobre el significado de la frase.)

Por contra, el moderno «civismo» era muy alabado por eficiente y esclarecido.

Quizá fuera así. Las novelas históricas podían ser tan románticas como sensacionalistas, y los medievalistas pensaban que el «fiscalismo» había nutrido cosas tales como el individualismo y la iniciativa.

Baley no se decantaba por ninguna posición, pero ahora se preguntaba débilmente si alguna vez un hombre había tenido que luchar tanto por ese pavo, fuera lo que fuese, como luchaba un habitante de la Ciudad para evitar perder su opción de un muslo de pollo el domingo por la noche... un muslo de carne y hueso de un ave que había estado viva.

No es tanto por mí, pensó Baley. Tengo que pensar en Jessie y Ben.

La voz del doctor Fastolfe interrumpió sus pensamientos.

—Señor Baley, ¿me oye?

—¿Sí? —Baley parpadeó. ¿Cuánto tiempo había estado ahí de pie, tieso como un tonto?

—¿Por qué no se sienta, señor? Después de habernos ocupado del asunto que le preocupaba, quizá le interese ahora ver unas películas que tomamos del lugar del crimen y de lo sucedido a continuación.

—No, gracias. Tengo asuntos que resolver en la Ciudad.

—Imagino que el caso del doctor Sarton tiene preferencia.

—Para mí no. Supongo que ya estoy apartado del caso. —De repente, su furia rebosó—. Maldita sea, si podía usted demostrar que R. Daneel era un robot, ¿por qué no lo hizo enseguida? ¿Por qué permitió que siguiera esta farsa?

—Mi querido señor Baley, me sentí muy interesado por sus deducciones. En cuanto a ser apartado del caso, lo dudo. Antes de que el comisario se marchara, le pedí específicamente que le mantuviera. Creo que cooperará.

Baley se sentó, de forma no del todo voluntaria.

—¿Por qué? —dijo bruscamente.

El doctor Fastolfe cruzó las piernas y suspiró.

—Señor Baley, en general he conocido dos tipos de habitantes de la Ciudad: manifestantes y políticos. Su comisario nos es útil, pero es un político. Nos cuenta lo que queremos oír. Nos maneja, si entiende lo que quiero decir. En cambio, usted vino aquí y nos acusó audazmente de crímenes tremendos, e intentó demostrar su argumento. He disfrutado del proceso. Me pareció que era un progreso esperanzador.

—¿Muy esperanzador? —preguntó Baley irónicamente.

—Lo suficiente. Es usted alguien con quien puedo hablar francamente. Anoche, señor Baley, R. Daneel me informó mediante onda subetérica protegida. Algunas cosas acerca de usted me interesaron mucho. Por ejemplo, lo relativo a la naturaleza de las películas-libro de su apartamento.

—¿Qué pasa con ellas?

—Una buena parte trataba de temas históricos y arqueológicos. Da la impresión de que está usted interesado en la sociedad humana y que sabe un poco sobre su evolución.

—Incluso los policías pueden pasar su tiempo libre viendo películas-libro, si eso quieren.

—Así es. Me alegra su elección de tema. Me ayudará en lo que estoy intentando hacer. En primer lugar, quiero explicarle, o intentar hacerlo, el exclusivismo de los hombres de los Mundos Exteriores. Vivimos aquí en el Enclave Espacial; no entramos en la Ciudad; nos mezclamos con los habitantes de la Ciudad sólo de forma muy rígidamente limitada. Respiramos el aire libre, pero cuando lo hacemos llevamos filtros. Estoy aquí sentado con filtros en la nariz, guantes en las manos, y una clara determinación de no acercarme más a usted de lo que pueda evitar. ¿De qué cree que se trata?

—No tiene sentido que intente adivinarlo —dijo Baley—. Que hable él ahora.

—Si lo adivinase como lo hacen algunos de los suyos, diría que se trata de que despreciamos a los hombres de la Tierra y nos negamos a perder nuestra superioridad permitiendo que su sombra caiga sobre nosotros. No es así. La auténtica respuesta es, en realidad, bastante evidente. La revisión médica que usted ha sufrido, así como los procedimientos de limpieza, no eran asuntos rituales. Estaban dictados por la necesidad.

—¿Las enfermedades?

—Sí, las enfermedades. Mi querido señor Baley, los terrestres que colonizaron los Mundos Exteriores se encontraron en planetas completamente desprovistos de los virus y las bacterias terrestres. Trajeron consigo los suyos, por supuesto, pero también trajeron las más modernas técnicas médicas y microbiológicas. Tenían que ocuparse de una pequeña comunidad de microorganismos y no existían huéspedes intermedios. No había mosquitos que transmitieran la malaria, ni caracoles que transmitieran la esquistosomiasis. Los agentes infecciosos fueron eliminados y se permitió sobrevivir a las bacterias simbióticas. Gradualmente, los Mundos Exteriores se libraron de todas las enfermedades. Naturalmente, con el transcurso del tiempo, los requisitos de entrada para los inmigrantes de la Tierra se hicieron cada vez más rigurosos, puesto que los Mundos Exteriores podían soportar cada vez menos la posible introducción de enfermedades.

—¿Nunca ha estado enfermo, doctor Fastolfe?

—No con una enfermedad parasitaria, señor Baley. Todos podemos sufrir enfermedades degenerativas como la aterosclerosis, por supuesto, pero nunca he tenido lo que usted llamaría un resfriado. Si contrajese uno, podría morir. No tengo ninguna resistencia ante él. Ése es el problema que tenemos en el Enclave Espacial. Los que venimos aquí corremos un claro riesgo. La Tierra está plagada de enfermedades para las que carecemos de defensas, de defensas naturales. Usted mismo alberga los gérmenes de casi todas las enfermedades conocidas. No se da cuenta de ello, ya que las mantiene a todas bajo control la mayor parte del tiempo mediante los anticuerpos que su cuerpo ha desarrollado a lo largo de los años. Yo carezco de anticuerpos. ¿Se pregunta por qué no me acerco más a usted? Créame, señor Baley, mi comportamiento reservado es sólo un acto de autoprotección.

—Si esto es así —dijo Baley—, ¿por qué no se hace saber ese hecho en la Tierra? Quiero decir, que no se trata simplemente de escrúpulos por su parte, sino de una defensa contra un peligro físico real.

El espacial negó con la cabeza.

—Somos pocos, señor Baley, y de todas formas ya causamos disgusto en tanto que extranjeros. Mantenemos nuestra propia seguridad sobre la base del prestigio bastante inestable de ser un tipo superior de seres. No podemos permitirnos el perder este prestigio admitiendo que tenemos miedo de acercarnos a los terrícolas. No al menos hasta que exista un mayor entendimiento entre los terrícolas y los espaciales.

—Eso no sucederá, al menos no en los términos actuales. Su supuesta superioridad es la razón por la que los odiam... los odian.

—Es un dilema. No crea que no nos damos cuenta.

—¿Sabe esto el comisario?

—Nunca se lo hemos explicado directamente, como acabo de explicárselo a usted. Pero puede que lo haya adivinado. Es un hombre bastante inteligente.

—Si lo había adivinado, podía habérmelo dicho —dijo reflexivamente Baley.

El doctor Fastolfe alzó las cejas.

—Si lo hubiera hecho, entonces no habría usted considerado la posibilidad de que R. Daneel fuera un espacial humano. ¿Verdad?

Baley se encogió ligeramente de hombros, dejando a un lado el asunto.

Pero el doctor Fastolfe continuó.

—Eso es bastante cierto, ¿sabe? Olvidando por un momento las dificultades psicológicas, el terrible efecto del ruido y las multitudes sobre nosotros, hay que tener en cuenta que para uno de nosotros entrar en la Ciudad es el equivalente a una sentencia de muerte. Ésa es la razón por la que el doctor Sarton inició su proyecto de robots humanoides. Eran hombres sustitutos, diseñados para entrar en la Ciudad en nuestro lugar...

—Sí. R. Daneel me lo explicó.

—¿No le parece bien?

—Mire —dijo Baley—, ya que estamos hablando entre nosotros con tanta libertad, permítale hacerle una pregunta con palabras sencillas. ¿Por qué han venido a la Tierra ustedes los espaciales? ¿Por qué no nos dejan en paz?

El doctor Fastolfe dijo, obviamente sorprendido:

—¿Está usted satisfecho con la vida en la Tierra?

—Nos las arreglamos.

—Sí, pero ¿durante cuánto tiempo más? Su población crece continuamente; las calorías disponibles alcanzan a cubrir las necesidades sólo como resultado de un esfuerzo cada vez mayor. La Tierra es un callejón sin salida, hombre.

—Nos las arreglamos —repitió Baley tozudamente.

—Apenas. Una Ciudad como Nueva York debe dedicar todos sus esfuerzos a hacer que el agua entre y los desperdicios salgan. Las centrales nucleares siguen en marcha con un uranio que es cada vez más difícil de obtener incluso de los otros planetas del sistema, y la cantidad necesaria sigue subiendo constantemente. La vida de la Ciudad depende a cada momento de la llegada de pulpa de madera para las cubas de levadura y de minerales para las plantas hidropónicas. El aire debe entrar y salir continuamente. El equilibrio es muy delicado en cien sentidos diferentes, y cada año se vuelve más delicado. ¿Qué le sucedería a Nueva York si el tremendo flujo de entradas y salidas se interrumpiera siquiera durante una sola hora?

—Nunca ha sucedido.

—Lo que no garantiza nada para el futuro. En los tiempos primitivos, los centros individuales de población eran prácticamente autosostenibles, alimentándose del producto de las granjas adyacentes. Nada salvo un desastre inmediato, una inundación o una peste o una mala cosecha, podía dañarlos. Al crecer estos centros y mejorar la tecnología, los desastres localizados podían superarse acudiendo a la ayuda de centros distantes, pero al coste de hacer que áreas aún mayores fueran interdependientes. En tiempos medievales, las ciudades abiertas, incluso las mayores, podían subsistir con los depósitos de alimentos y con provisiones de emergencia de todo tipo durante al menos una semana. Cuando Nueva York se convirtió en Ciudad, podría haberse mantenido a sí misma durante un día. Ahora no puede hacerlo ni durante una hora. Un desastre que habría sido incómodo hace diez mil años, meramente serio hace mil, y grave hace cien, hoy sería mortal de necesidad.

Baley se agitó inquieto en su silla.

—Ya he oído todo esto. Los medievalistas quieren acabar con las Ciudades. Quieren que volvamos a la tierra y a la agricultura natural. Bueno, creo que están locos; no podemos hacerlo. Somos demasiados y no se puede retroceder en la historia, sólo se puede avanzar. Por supuesto, si la emigración a los Mundos Exteriores no estuviera restringida...

—Ya sabe por qué debe ser restringida.

—Entonces, ¿qué se puede hacer? No parece haber solución.

—¿Qué me dice de emigrar a nuevos mundos? Hay cien mil millones de estrellas en la Galaxia. Se estima que hay cien millones de planetas que son habitables o pueden llegar a serlo.

—Eso es ridículo.

—¿Por qué? —preguntó el doctor Fastolfe con vehemencia—. ¿Por qué es ridícula esta sugerencia? Los terrícolas han colonizado planetas en el pasado. Más de treinta de los cincuenta Mundos Exteriores, incluyendo mi planeta, Aurora, fueron colonizados directamente por terrícolas. ¿Ya no es posible colonizar?

—Bueno...

—¿No tiene respuesta? Permítame sugerir que si no es ya posible, es por el desarrollo de la cultura de las Ciudades en la Tierra. Antes de las Ciudades, la vida humana en la Tierra no era tan especializada que no pudieran dejarlo todo atrás y empezar de cero en un mundo nuevo. Lo hicieron treinta veces.

Pero ahora los terrícolas están tan protegidos, tan inmersos en las cuevas de acero que les aprisionan, que están atrapados para siempre. Usted, señor Baley, ni siquiera está dispuesto a creer que un habitante de la Ciudad sea capaz de ir a campo traviesa para llegar al Enclave Espacial. Atravesar el espacio para llegar a un nuevo mundo debe parecerle doblemente imposible. El civismo está arruinando a la Tierra, señor.

—¿Y qué? —dijo Baley, enfadado—. ¿Qué tienen ustedes que ver con esto? Es nuestro problema. Lo solucionaremos. Si no, es nuestro propio camino hacia el infierno.

—Es mejor su propio camino hacia el infierno que el camino de otro hacia el cielo, ¿eh? Sé cómo se debe de sentir. No es agradable escuchar sermones de un desconocido. Sin embargo, ojalá su pueblo pudiera sermonearnos, pues nosotros también tenemos un problema, uno bastante análogo al suyo.

Baley sonrió de manera torcida.

—¿La sobrepoblación?

—Análogo, no idéntico. El nuestro es la escasez de población. ¿Qué edad diría usted que tengo?

El terrestre lo pensó un momento y luego ofreció deliberadamente una estimación por encima de lo que pensaba.

—Sesenta años, diría yo.

—Ciento sesenta, más bien.

—¡Qué!

—Ciento sesenta y tres en mi próximo cumpleaños, para ser exactos. No es ningún truco. Estoy usando el año estándar terrestre como unidad. Si tengo suerte, me cuido, y sobre todo, si no padezco ninguna enfermedad terrestre, puede que doble esa edad. Los hombres en Aurora llegan a vivir más de trescientos cincuenta años. Y la esperanza de vida sigue subiendo.

Baley miró a R. Daneel, que a lo largo de la conversación había estado escuchando en silencio, como si buscase confirmación.

—¿Cómo es posible? —dijo.

—En una sociedad con poca población, es práctico concentrar los estudios en la gerontología, investigar el proceso del envejecimiento. En un mundo como el suyo, una esperanza de vida extendida sería desastrosa. No podrían permitirse el incremento resultante de la población. En Aurora hay espacio para los tricentenarios. Además, por supuesto, una larga vida se vuelve dos y tres veces más preciosa.

»Si muriese usted ahora, perdería usted quizá cuarenta años de vida, probablemente menos. Si muriese yo, perdería ciento cincuenta años, probablemente más. En una cultura como la nuestra, por tanto, la vida individual es de la mayor importancia. Nuestra tasa de nacimiento es baja y el crecimiento de la población está rígidamente controlado. Mantenemos una proporción estricta robot/hombre pensada para que cada individuo viva con el mayor confort. Lógicamente, según crecen los niños, se les selecciona cuidadosamente para encontrar defectos físicos y mentales antes de permitirles madurar.

Baley le interrumpió.

—Quiere decir que los matan si no...

—Si no están a la altura. De forma indolora, se lo aseguro. La idea le resulta chocante, de la misma forma que la reproducción incontrolada de los terrestres nos choca a nosotros.

—Estamos controlados, doctor Fastolfe. A cada familia sólo se le permite un número limitado de hijos.

El doctor Fastolfe sonrió con tolerancia.

—Un número limitado de hijos; no de hijos sanos. Y aun así, hay muchos casos de hijos ilegítimos y su población aumenta.

—¿Quién puede juzgar qué niños deben vivir?

—Eso resulta bastante complicado y no puede responderse con una sola frase. Algún día podremos hablarlo con todo detalle.

—Bueno, ¿y cuál es su problema? Parece usted satisfecho con su sociedad.

—Es estable. Ése es el problema. Es demasiado estable.

—No está usted contento con nada —dijo Baley—. Nuestra civilización se encuentra al mismo borde del caos, según usted, y la suya es demasiado estable.

—Es posible ser demasiado estable. Ningún Mundo Exterior ha colonizado un planeta nuevo en dos siglos y medio. No hay planes para colonizar en el futuro. Nuestras vidas en los Mundos Exteriores son demasiado largas para arriesgarlas y demasiado cómodas para alterarlas.

—No sé si eso es cierto, doctor Fastolfe. Usted ha venido a la Tierra. Se arriesga a contraer alguna enfermedad.

—Así es. Algunos entre nosotros, señor Baley, pensamos que el futuro de la raza humana vale incluso la posibilidad de la pérdida de una larga vida. No demasiados, siento decirlo.

—De acuerdo. Nos acercamos al núcleo de su argumento. ¿En qué ayuda la existencia del Enclave Espacial?

—Al intentar introducir los robots en la Tierra, estamos haciendo todo lo que podemos para alterar el equilibrio de la economía de las Ciudades.

—¿Ésa es su forma de ayudar? —Los labios de Baley temblaron—. ¿Quiere decir que están creando a propósito un grupo cada vez mayor de hombres marginados y sin cualificación?

—No por crueldad o insensibilidad, créame. Un grupo de hombres marginados, como usted los llama, es lo que necesitamos para formar un núcleo de colonización. Su antigua América fue descubierta por barcos tripulados por presidiarios. ¿No ve que el refugio de la Ciudad ha fallado al hombre marginado? No tiene nada que perder, y todo que ganar, si abandona la Tierra.

—Pero eso no está funcionando.

—No, en efecto —dijo el doctor Fastolfe con tristeza—. Algo va mal. El resentimiento de los terrícolas hacia los robots bloquea las cosas. Sin embargo, esos mismo robots pueden acompañar a los humanos, suavizar las dificultades de la adaptación inicial a un mundo nuevo, hacer que la colonización sea posible.

—¿Y luego qué? ¿Más Mundos Exteriores?

—No. Los Mundos Exteriores fueron fundados antes de que el civismo se extendiera sobre la Tierra, antes de las Ciudades. Las nuevas colonias serán construidas por humanos que tienen el contexto de la Ciudad más la semilla de una cultura C/Fe. Será una síntesis, una hibridación. Tal y como están ahora las cosas, la propia estructura de la Tierra se irá desmoronando en el futuro cercano, los Mundos Exteriores degenerarán lentamente y entrarán en declive en un futuro algo más lejano, pero las nuevas colonias serán de una cepa nueva y sana, que combine lo mejor de ambas culturas. Mediante su reacción sobre los mundos más antiguos, incluyendo la Tierra, nosotros mismos quizá ganemos una nueva vida.

—No sé. Es todo muy nebuloso, doctor Fastolfe.

—Es un sueño, sí. Piense sobre ello. —Abruptamente, el espacial se puso en pie—. He pasado más tiempo con usted del que pretendía. De hecho, más tiempo del que permiten nuestras normas sanitarias. ¿Me disculpa?

Baley y R. Daneel salieron de la cúpula. La luz del sol, en un ángulo distinto, algo más amarilla, cayó sobre ellos de nuevo. Baley se preguntó vagamente si la luz del sol sería diferente en otro mundo. Menos dura y directa, quizá. Más aceptable.

¿Otro mundo? El feo espacial de orejas prominentes había llenado su cabeza con curiosas ideas. ¿Habían mirado alguna vez a Fastolfe de niño los doctores de Aurora, preguntándose si debía permitírsele madurar? ¿No era demasiado feo? ¿O es que sus criterios no incluían en absoluto la apariencia física? ¿Cuándo se convertía la fealdad en deformidad y qué deformidades...?

Pero cuando la luz del sol se desvaneció y entraron por la

primera puerta que llevaba al Personal, estas ideas se hicieron más difíciles de aceptar.

Baley negó con la cabeza, exasperado. Era todo ridículo. ¡Obligar a los terrestres a emigrar, a establecer una nueva sociedad! ¡Era absurdo! ¿Qué buscaban realmente los espaciales?

Pensó en ello, sin llegar a ninguna conclusión.

Lentamente, su coche patrulla avanzó por el carril para vehículos. La realidad volvía a rodear a Baley. Su desintegrador era un peso cálido y agradable contra su cadera. El ruido y la vida vibrante de la Ciudad eran igual de cálidos, igual de agradables.

Por un momento, mientras la Ciudad se cerraba sobre él, su nariz cosquilleó con un ligero y fugitivo olor acre.

La Ciudad huele, pensó sorprendido.

Pensó en veinte millones de seres humanos amontonados entre los muros de acero de la gran caverna y por primera vez en su vida los olió con una nariz que había sido limpiada por el aire exterior.

¿Sería diferente en otro mundo?, pensó. ¿Con menos gente, con más aire... más limpio?

Pero el rugido vespertino de la Ciudad los rodeaba por completo, el olor se desvaneció y desapareció, y se sintió un poco avergonzado.

Presionó la varilla de impulso lentamente y aumentó la conexión de energía. El coche patrulla aceleró súbitamente mientras entraba diagonalmente en la carretera desierta.

—Daneel —dijo.

—Sí, Elijah.

—¿Por qué me ha contado todo eso el doctor Fastolfe?

—Me parece probable, Elijah, que quisiera hacer que te dieras cuenta de la importancia de la investigación. No estamos aquí sólo para resolver un asesinato, sino para salvar al Enclave Espacial y, con él, el futuro de la raza humana.

—Creo que habría sido mejor si me hubiera permitido ver

el lugar del crimen e interrogar a los hombres que encontraron el cuerpo —dijo Baley secamente.

—Dudo que hubieras podido añadir nada, Elijah. Hemos sido muy exhaustivos.

—¿Sí? No tenéis nada. Ni una pista. Ni un sospechoso.

—No, tienes razón. La respuesta debe de estar en la Ciudad. Aunque para ser precisos, sí que teníamos un sospechoso.

—¿Qué? No me habías dicho nada de esto.

—No pensé que fuera necesario, Elijah. Entiendo que debe ser obvio para ti que existe automáticamente un sospechoso.

—¿Quién? Por todos los diablos, ¿quién?

—El único terrícola que estaba en el lugar del crimen. El comisario Julius Enderby.

10

La tarde de un detective

El coche patrulla viró hacia un lado y se detuvo contra el muro de cemento sin marcas de la carretera. Sin el zumbido del motor, el silencio era total.

Baley miró al robot a su lado y dijo con una voz incongruentemente tranquila:

—¿Qué?

El tiempo se estiró mientras Baley esperaba una respuesta. Una pequeña y solitaria vibración se alzó, alcanzó un pequeño máximo, y luego se desvaneció. Era el sonido de otro coche patrulla, abriéndose camino a su lado en una misión desconocida, a unos dos kilómetros. O si no era un coche de bomberos apresurándose a su propia cita con la combustión.

Una parte separada de la mente de Baley se preguntó si había algún hombre que conociera todas las carreteras que se entrecruzaban en las tripas de Nueva York. En ningún momento del día o de la noche el sistema de carreteras estaría completamente vacío, y sin embargo debía de haber pasajes individuales donde ningún hombre había entrado desde hacía años. Con repentina y devastadora claridad, recordó un relato que había visto de joven.

Se refería a las carreteras de Londres y empezaba, sin sobresaltos, con un asesinato. El asesino huyó a un escondrijo elegido previamente en la esquina de una carretera cuyo polvo habían perturbado sus propias huellas por primera vez en un siglo. En aquel agujero abandonado podía esperar en completa seguridad hasta que cesara la búsqueda.

Pero se equivocó al elegir en un cruce, y en el silencio y la soledad de aquellos pasillos que se retorcían, hizo el juramento loco y blasfemo de que, a pesar de la Trinidad y todos los santos, conseguiría encontrar su refugio.

Desde ese momento, se equivocó en cada cruce. Vagabundeó por un laberinto interminable desde el Sector de Brighton en el Canal hasta Norwich y desde Coventry hasta Canterbury. Fue cada vez más profundamente bajo la gran Ciudad de Londres, de una punta a otra de su extensión a lo largo y ancho de la esquina sudeste de la Inglaterra medieval. Sus ropas y zapatos se habían hecho jirones, su fuerza decrecía pero nunca se agotaba. Estaba cansado, muy cansado, pero era incapaz de detenerse. Sólo podía seguir adelante, encontrando sólo cruces equivocados ante él.

A veces oía el sonido de los coches que pasaban, pero siempre estaban en el pasillo de al lado, y por mucho que corriese (puesto que para entonces se habría entregado sin pensarlo), los pasillos a los que llegaba siempre estaban vacíos. A veces veía una salida en la distancia que le conduciría hasta la vida y el aliento de la Ciudad, pero siempre brillaba un poco más lejos según se acercaba, hasta que llegaba a un cruce... y desaparecía.

De vez en cuando, los londinenses que atravesaban los subterráneos por asuntos oficiales veían una figura nebulosa que cojeaba en silencio hacia ellos, con un brazo semitransparente alzado en un ruego, con una boca abierta que se movía, sin emitir sonido. Según se acercaba, fluctuaba y desaparecía.

Era una historia que había perdido los atributos de la ficción normal y había entrado en el reino del folclore. El «londinense errante» se había convertido en una expresión familiar en todo el mundo.

En las profundidades de la Ciudad de Nueva York, Baley recordó el relato y se removió inquieto.

R. Daneel habló, y su voz tenía un pequeño eco.

—Puede que alguien nos oiga.

—¿Aquí abajo? Imposible. Venga, ¿qué pasa con el comisario?

—Estaba en el lugar del crimen, Elijah. Es un habitante de la Ciudad. Inevitablemente, era sospechoso.

—¡Era! ¿Lo es todavía?

—No. Su inocencia fue rápidamente demostrada. Para empezar, no llevaba ningún desintegrador. No podría llevarlo. Había entrado en el Enclave Espacial de la forma habitual; eso es seguro; y, como sabes, los desintegradores se retienen siempre a la entrada.

—Por cierto, ¿se llegó a encontrar el arma del crimen?

—No, Elijah. Se comprobaron todos los desintegradores en el Enclave Espacial y ninguno había sido disparado en las últimas semanas. La revisión de las cámaras de radiación es concluyente.

—Entonces, quienquiera que cometiese el asesinato había o bien escondido perfectamente el arma...

—No pudo haber sido escondida en ninguna parte del Enclave Espacial. Fuimos muy exhaustivos.

—Estoy intentando considerar todas las posibilidades —dijo Baley con impaciencia—. O bien fue escondida, o el asesino se la llevó consigo cuando se marchó.

—Exactamente.

—Y si sólo se admite la segunda posibilidad, entonces el comisario queda exculpado.

—Sí. Por precaución, por supuesto, se le sometió a un análisis cerebral.

—¿Qué?

—Por análisis cerebral, me refiero a la interpretación de los campos electromagnéticos de las células cerebrales.

—Oh —dijo Baley, sin saber más que antes—. ¿Y qué averiguáis con eso?

—Nos da información respecto a la estructura del temperamento y las emociones de un individuo. En el caso del comisario Enderby, nos dijo que era incapaz de asesinar al doctor Sarton. Absolutamente incapaz.

—No —estuvo de acuerdo Baley—. No es el tipo. Yo podría habéroslo dicho.

—Es mejor disponer de información objetiva. Naturalmente, todos los nuestros en el Enclave Espacial permitieron que se les analizase también.

—Todos incapaces, supongo.

—Sin duda. Ésa es la razón por la que sabemos que el asesino debe ser un habitante de la Ciudad.

—Bueno, entonces lo único que tenemos que hacer es conseguir que la Ciudad entera se someta a vuestro bonito procedimiento.

—No sería muy práctico, Elijah. Puede haber millones de personas que sean temperamentalmente capaces de realizar un acto así.

—Millones —gruñó Baley, pensando en la multitud de aquel día lejano que había gritado a los sucios espaciales, y en la multitud amenazadora y babeante ante la zapatería la noche anterior.

Pobre Julius, pensó. ¡Sospechoso!

Podía oír la voz del comisario describiendo el momento después del descubrimiento del cuerpo: «Fue brutal, brutal». No era de extrañar que se le hubieran roto las gafas del shock y la consternación. Ni que no quisiera volver al Enclave Espacial. «Los odio», había mascullado entre dientes.

Pobre Julius. El hombre que sabía cómo tratar a los espaciales. El hombre cuyo mayor valor para la Ciudad residía en su habilidad para llevarse bien con ellos. ¿Cuánto había contribuido eso a su rápido ascenso?

No era de extrañar que el comisario hubiera querido que Baley se ocupase del caso. El buen y viejo Baley, leal y discreto. ¡Camarada de universidad! Mantendría la boca cerrada si averiguaba algo sobre aquel pequeño incidente. Baley se preguntó cómo se llevaría a cabo el análisis cerebral. Imaginó grandes electrodos, atareadas agujas que trazaban líneas de tinta sobre papel pautado, engranajes que chasqueaban y cambiaban de posición de forma autónoma.

Pobre Julius. Si su estado de ánimo estaba tan decaído como casi tenía derecho a estarlo, puede que ya estuviera viendo el final de su carrera con una carta de dimisión forzada en manos del alcalde.

El coche patrulla subió por la rampa que conducía a los subniveles del Ayuntamiento.

Eran las 14.30 cuando Baley volvió a su mesa. El comisario no estaba. R. Sammy, sonriente, no sabía adónde había ido.

Baley pasó un rato pensando. Tenía hambre, pero apenas lo notó.

A las 15.20, R. Sammy se acercó a su mesa y dijo:

—El comisario ha llegado, Lije.

—Gracias —dijo Baley.

Por una vez, escuchó a R. Sammy sin sentirse molesto. R. Sammy, después de todo, era una especie de pariente de R. Daneel, y R. Daneel obviamente no era una persona (o más bien una cosa) que le molestase. Baley se preguntó cómo sería estar en un nuevo planeta, con hombres y robots partiendo de cero en una cultura de Ciudad. Pensó en la situación fríamente.

El comisario estaba repasando unos documentos cuando Baley entró, deteniéndose de vez en cuando para tomar notas.

—Lo que has hecho en el Enclave Espacial ha sido una metedura de pata de proporciones gigantescas —dijo.

Todo volvió a su mente. El duelo verbal con Fastolfe...

Su rostro alargado adquirió una expresión lúgubre de mortificación.

—Admito que lo fue, comisario. Lo siento.

Enderby alzó la vista. Su expresión tras las gafas era de alerta. Parecía más entero que en cualquier momento de las últimas treinta horas.

—No importa, en realidad —dijo—. A Fastolfe no pareció importarle, así que lo olvidaremos. Estos espaciales son impredecibles. No te mereces la suerte que tienes, Lije. La próxima vez cuéntamelo todo antes de hacerte el héroe solitario de subetérico.

Baley asintió. Un gran peso desapareció de sus hombros. Había intentado una acrobacia en público y no le había funcionado. Vale. Estaba sorprendido de que no le diera más importancia, pero así era.

—Mire, comisario —dijo—. Quiero disponer de un apartamento doble para Daneel y para mí. No voy a llevarlo a casa esta noche.

—¿Cuál es el problema?

—Se ha extendido la noticia de que es un robot. ¿Recuerda? Quizá no pase nada, pero si hay un disturbio, no quiero que mi familia esté en medio.

—Tonterías, Lije. He comprobado eso. No existe tal rumor en la Ciudad.

—Jessie se enteró en alguna parte, comisario.

—Bueno, no existe ningún rumor organizado. Nada peligroso. He estado comprobándolo desde que apagué el tridimensional con la cúpula de Fastolfe. Ésa es la razón por la que no estaba. Tenía que rastrearlo, naturalmente, y rápido. En todo caso, aquí están los informes. Puedes verlo tú mismo. El informe de Doris Gillid. Fue a una docena de Personales de Mujeres en diferentes partes de la Ciudad. Ya conoces a Doris. Es una chica competente. Bueno, no encontró nada. En ninguna parte.

—Entonces, ¿cómo escuchó Jessie el rumor, comisario?

—Puede explicarse. R. Daneel se dejó ver claramente en la zapatería. ¿De verdad desenfundó el desintegrador, Lije, o estabas exagerando un poco?

—Lo desenfundó. Y apuntó con él.

El comisario Enderby negó con la cabeza.

—De acuerdo. Alguien lo reconoció. Como robot, quiero decir.

—Un momento —dijo Baley, indignado—. No se nota que es un robot.

—¿Por qué no?

—¿Pudo usted? Yo no.

—¿Qué prueba eso? No somos expertos. Imagina que hubiera un técnico de las fábricas de robots de Westchester en la multitud. Un profesional. Un hombre que ha pasado la vida construyendo y diseñando robots. Nota algo raro en R. Daneel. Quizá su forma de hablar o su actitud. Especula sobre ello. Quizá se lo dice a su mujer. Ella se lo cuenta a algunas amigas. Y ahí queda todo. Es demasiado improbable. La gente no se lo cree. Sólo que llegó a Jessie antes de desvanecerse.

—Quizá —dijo Baley, dudando—. Pero ¿qué me dice si de todas formas nos asigna una habitación de soltero para dos?

El comisario se encogió de hombros y alzó el intercom. Al cabo de un rato, dijo:

—Lo mejor que he conseguido es la sección Q-27. No es un buen barrio.

—Servirá —dijo Baley.

—¿Dónde está ahora R. Daneel, por cierto?

—Está en los archivos. Intenta conseguir información sobre los agitadores medievalistas.

—Dios santo, si hay millones.

—Lo sé, pero le hace feliz.

Baley casi había cruzado la puerta cuando se volvió, a medias por instinto, y dijo:

—Comisario, ¿alguna vez le habló el doctor Sarton sobre el programa del Enclave Espacial? ¿Es decir, sobre la introducción de la cultura C/Fe?

—¿La qué?

—La introducción de robots.

—Ocasionalmente. —El tono del comisario no denotaba ningún interés particular.

—¿Alguna vez le explicó cuál era el objetivo del Enclave Espacial?

—Oh, mejorar la sanidad, elevar el nivel de vida. La cháchara habitual; no me impresionó. Oh, estuve de acuerdo con él. Asentí con la cabeza y todo eso. ¿Qué podía hacer? Se trata sólo de seguirles la corriente y esperar que sus ideas no salgan de lo razonable. Quizá algún día...

Baley espero, pero el comisario no dijo qué es lo que ese día podría traer.

—¿Alguna vez le mencionó algo sobre la emigración?

—¡La emigración! Nunca. Que un terrícola entre en un Mundo Exterior es como encontrar un asteroide de diamante en los anillos de Saturno.

—Me refiero a la emigración a nuevos mundos.

Pero el comisario respondió a eso con una simple mirada de incredulidad.

Baley lo pensó un momento, y entonces dijo con repentina brusquedad:

—¿Qué es el análisis cerebral, comisario? ¿Ha oído hablar de él?

El rostro redondo del comisario no se frunció; sus ojos no parpadearon.

—No, ¿qué se supone que es? —dijo con voz calmada.

—Nada. Sólo algo que oí.

Salió del despacho y siguió pensando en su mesa. Desde luego, el comisario no era tan buen actor. Bueno, entonces...

A las 16.05 Baley llamó a Jessie y le dijo que no volvería a casa esa noche ni probablemente ninguna de las siguientes. Después de eso le llevó un rato conseguir que se conformase.

—Lije, ¿hay algún problema? ¿Estás en peligro?

Un policía siempre se encuentra en peligro en alguna medida, le explicó sin darle importancia. Esto no la satisfizo.

—¿Dónde vas a dormir?

No se lo dijo.

—Si vas a quedarte sola esta noche —le dijo—, ve a casa de tu madre.

Cerró la conexión abruptamente, lo que probablemente era mejor.

A las 16.20 hizo una llamada a Washington. Le llevó un buen rato contactar con el hombre que necesitaba y un rato casi igual de largo convencerle para que volase a Nueva York al día siguiente. A eso de las 16.40, lo había conseguido.

A las 16.55 el comisario se marchó, pasando junto a él con una sonrisa insegura. El turno de día se marchó en bloque. La población más escasa que llenaba las oficinas por la tarde y la noche fue entrando y le saludó con diversos tonos de sorpresa.

R. Daneel se acercó a su mesa con un fajo de papeles.

—¿Y eso qué es? —preguntó Baley.

—La lista de los hombres y mujeres que pueden pertenecer a una organización medievalista.

—¿Cuántos hay en la lista?

—Más de un millón —dijo R. Daneel—. Y esto es sólo una parte.

—¿Esperas comprobarlos a todos, Daneel?

—Evidentemente eso no sería práctico, Elijah.

—Verás, Daneel, casi todos los terrícolas son medievalistas de una u otra forma. El comisario, Jessie, yo mismo. Mira cómo el comisario lleva... —Casi dijo «gafas», pero recordó que los terrícolas debían apoyarse entre sí y que el aspecto del comisario debía protegerse tanto figurativa como literalmente. Concluyó sin convicción—: Adornos oculares.

—Sí —dijo R. Daneel—. Los había notado, pero pensé que quizá no sería discreto referirme a ellos. No he visto que otros habitantes de la Ciudad lleven tales adornos.

—Es algo muy pasado de moda.

—¿Sirven para algún tipo de propósito?

—¿Cómo obtuviste esa lista? —dijo Baley, cortante.

—Una máquina la obtuvo por mí. Al parecer, basta con asignar un tipo específico de delito y ella se encarga del resto. Le pedí que buscase todos los casos de disturbios relacionados con robots de los últimos veinticinco años. Otra máquina rastreó todos los periódicos de la Ciudad en un período de tiempo equivalente, para encontrar los nombres de aquellas personas implicadas en declaraciones desfavorables relativas a los robots o a los hombres de los Mundos Exteriores. Es sorprendente lo que puede hacerse en tres horas. La máquina incluso eliminó los nombres de los fallecidos de las listas.

—¿Estás sorprendido? Pensaba que teníais ordenadores en los Mundos Exteriores.

—De muchos tipos, desde luego. Muy avanzados. Sin embargo, ninguno tan enorme y complejo como los de aquí. Por supuesto, debes recordar que incluso el mayor Mundo Exterior apenas alcanza la población de una de vuestras Ciudades, y no se necesita una complejidad extrema.

—¿Has estado alguna vez en Aurora? —dijo Baley.

—No —dijo R. Daneel—. Fui construido aquí en la Tierra.

—Entonces, ¿cómo sabes todo eso sobre los ordenadores de los Mundos Exteriores?

—Pensaba que era evidente, compañero Elijah. Mi banco de datos ha sido tomado del que tenía el fallecido doctor Sarton. Puedes asumir que contiene abundante material fáctico relativo a los Mundos Exteriores.

—Ya veo. ¿Puedes comer, Daneel?

—Funciono con energía nuclear. Creía que lo sabías.

—Lo sé perfectamente. No te he preguntado si necesitas comer. Te he preguntado si podrías comer. Si puedes meterte comida en la boca, masticarla y tragarla. Pienso que sería algo importante para parecer humano.

—Entiendo tu argumento. Sí, puedo realizar las operaciones mecánicas de masticar y tragar. Por supuesto, mi capacidad es muy limitada, y tendría que retirar el material ingerido de lo que llamarías mi estómago antes o después.

—De acuerdo. Puedes regurgitar, o hacer lo que sea que haces, en la intimidad de nuestra habitación esta noche. Lo que pasa es que tengo hambre. No he almorzado, maldita sea, y quiero que estés conmigo cuando coma. Y no puedes quedarte ahí sentado y no comer sin atraer la atención. Así que, si puedes comer, eso es lo que quería escuchar. ¡Vamos!

Las cocinas de Sección eran idénticas en toda la Ciudad. Lo que es más, Baley había estado en Washington, Toronto, Los Ángeles, Londres y Budapest por asuntos oficiales, y eran iguales allí también. Quizá en tiempos medievales había sido diferente, cuando los idiomas eran distintos y las dietas también. Hoy en día, los productos de la levadura eran los mismos desde Shanghai hasta Tashkent y desde Winnipeg hasta Buenos Aires; y el inglés podía no ser el «inglés» de Shakespeare o Churchill, pero era el popurrí final que se hablaba en todos los continentes y, con algunas modificaciones, también en los Mundos Exteriores.

Pero idiomas y dietas aparte, existían semejanzas más profundas. Estaba siempre el aroma particular, indefinible pero completamente característico de «cocina». Estaba la triple cola que se movía lentamente hacia delante, convergiendo en la puerta y volviendo a dividirse a la derecha, la izquierda y el centro. Estaba el rumor de la humanidad, hablando y moviéndose, con el estruendo más agudo del plástico contra plástico. Estaba el brillo de la madera simulada, muy pulida, los reflejos en los cristales, las largas mesas, el toque de vapor en el aire.

Baley avanzó lentamente según se movía la cola (con todas las combinaciones posibles de horarios de comidas, una espera de al menos diez minutos era casi inevitable) y dijo a R. Daneel con repentina curiosidad:

—¿Puedes sonreír?

R. Daneel, que había estado mirando al interior de la cocina con fría atención, dijo:

—¿Disculpa, Elijah?

—Sólo me lo estaba preguntando, Daneel. ¿Puedes sonreír? —Hablaba en un susurro informal.

R. Daneel sonrió. El gesto fue repentino y sorprendente. Sus labios se retiraron y la piel a ambos lados se plegó. Sin embargo, sólo la boca sonreía. El resto de la cara del robot seguía igual.

Baley negó con la cabeza.

—No te molestes, R. Daneel. No te sienta nada bien.

Estaban en la entrada. Una persona tras otra introducía su chapa metálica de alimentación en la ranura apropiada, donde era comprobada. Click... click... click.

Alguien calculó una vez que una cocina que funcionase apropiadamente podía permitir la entrada de doscientas personas por minuto, con cada una de las chapas cuidadosamente comprobadas para impedir el abuso de las cocinas, de las comidas y de las raciones. También habían calculado cuán larga debía ser una cola para lograr la máxima eficiencia y cuánto tiempo se perdía cuando una persona en concreto requería un tratamiento especial.

Por lo tanto, era siempre una calamidad el interrumpir ese click, click constante pasando a la ventana manual, como hicieron Baley y R. Daneel, para mostrar un pase de permiso especial a la encargada.

Jessie, con el conocimiento de una asistente dietista, se lo había explicado en una ocasión a Baley.

—Perturba las cosas por completo —le dijo—. Echa a perder las cifras de consumo y las estimaciones del inventario. Significa revisiones especiales. Tienes que coordinar las notas con todas las diferentes cocinas de Sección para asegurarte de que el equilibrio no se desequilibra, si entiendes lo que quiero decir. Hay una hoja de balance distinta para cada semana. Si algo va mal y te pasas, siempre es culpa tuya. Nunca es culpa del gobierno de la Ciudad por entregar pases especiales a todo a quien se le antoja. Oh, no. Y cuando tenemos que decir que en una comida se suspende la posibilidad de escoger, vaya jaleo que monta la gente en la cola. Siempre es culpa de los que están tras el mostrador...

Baley conocía la historia hasta los detalles más nimios, de forma que entendía completamente la mirada seca y venenosa que recibió de la mujer tras la ventana. Les tomó unos datos rápidamente. Sección de origen, ocupación, razón del desplazamiento en el almuerzo («asuntos oficiales», una razón muy irritante, pero también imposible de negar). Luego dobló la nota con firmes movimientos de los dedos y la metió en una ranura. Un ordenador la tomó, devoró su contenido, y digirió la información.

Ella se volvió hacia R. Daneel.

Baley no le ahorró nada.

—Mi amigo viene de fuera —dijo.

La mujer finalmente parecía completamente enfadada.

—Ciudad de origen, por favor.

Baley interceptó la pelota de Daneel de nuevo.

—El Departamento de Policía se encarga de todos los archivos. No hacen falta más detalles. Asuntos oficiales.

La mujer sacó un cuaderno de notas con un movimiento súbito del brazo y rellenó lo necesario de forma experta con un código aplicado mediante presiones de los dos primeros dedos de su mano derecha.

—¿Hasta cuándo comerá usted aquí? —dijo.

—Hasta nueva orden —dijo Baley.

—Apriete los dedos aquí —dijo, dando la vuelta a la nota.

Baley tuvo un momento de duda cuando los dedos de R. Daneel con sus uñas brillantes apretaron la hoja. Suponía que no habrían olvidado dotarle de huellas dactilares.

La mujer retiró la nota y la introdujo en la voraz máquina

a su lado. Ésta no eructó nada como respuesta y Baley respiró tranquilo.

Ella les dio pequeñas chapas de metal del color rojo brillante que significaba «temporal».

—No se puede escoger. Esta semana andamos cortos. Vayan a la mesa DF —dijo.

Se dirigieron hacia la DF.

—Tengo la impresión de que la mayoría de tu gente come en este tipo de cocinas normalmente —dijo R. Daneel.

—Sí. Por supuesto, es bastante horrible comer en una cocina desconocida. No hay nadie cerca a quien conozcas. En tu propia cocina es muy diferente. Tienes tu propio sitio que ocupas siempre. Estás con tu familia, con tus amigos. Especialmente cuando eres joven, la hora de comer es el mejor momento del día. —Baley sonrió, recordando fugazmente.

La mesa DF era al parecer una de las reservadas a los temporales. Los que ya estaban sentados miraban a sus platos con expresión incómoda y no hablaban entre ellos. Dirigían miradas sigilosas de envidia a la multitud sonriente de las otras mesas.

No hay nadie tan incómodo, pensó Baley, como un hombre comiendo fuera de su Sección. Por humilde que sea, decía el viejo refrán, no hay lugar como la cocina de origen. Incluso la comida sabe mejor, por mucho que los químicos juren que no es diferente de la comida en Johannesburgo.

Se sentó en un taburete y R. Daneel se sentó a su lado.

—No se puede elegir —le dijo Baley, mostrando con la mano—, así que sólo tienes que tocar el interruptor y esperar.

Tardó dos minutos. Un disco se desplazó en la superficie de la tabla y surgió un plato.

—Puré de patatas, salsa de zimoternera, y compota de albaricoque. Oh, bueno —dijo Baley.

Un tenedor y dos rebanadas de pan de levadura integral aparecieron en un hueco justo frente a la larga barra que seguía todo el centro de la mesa.

—Puedes servirte de mi ración, si quieres —dijo R. Daneel en voz baja.

Por un momento, Baley se sintió escandalizado. Entonces se acordó y murmuró:

—Eso sería de mala educación. Venga. Come.

Baley comió con aplicación pero sin la tranquilidad que permite un disfrute completo. Con cuidado, levantaba la vista para mirar ocasionalmente a R. Daneel. El robot comía con movimientos precisos de su mandíbula. Demasiado precisos. No acababa de resultar natural.

¡Era extraño! Ahora que Baley sabía a ciencia cierta que R. Daneel era realmente un robot, todo tipo de pequeños detalles lo revelaban claramente. Por ejemplo, no había movimiento de la nuez cuando R. Daneel tragaba.

Sin embargo, no le importaba demasiado. ¿Se estaba acostumbrando a la criatura? Supongamos que la gente comenzase desde cero en un nuevo mundo (cuánto pensaba en eso desde que Fastolfe le había hablado de ello); supongamos que Bentley, por ejemplo, tuviera que abandonar la Tierra; ¿podría ser que no le importase trabajar y vivir junto a los robots? ¿Por qué no? Los espaciales lo hacían.

—Elijah, ¿es de mala educación observar a otro hombre mientras come? —dijo R. Daneel.

—Si te refieres a quedarse mirándolo directamente, por supuesto. Es de sentido común, ¿no? Todos tenemos derecho a nuestra privacidad. Se puede hablar normalmente, pero no se mira fijamente a un hombre cuando traga.

—Entiendo. Entonces, ¿por qué puedo contar a ocho personas que nos observan con mucha atención?

Baley dejó su tenedor. Miró a su alrededor como si estuviera buscando el salero.

—Yo no veo nada raro.

Pero lo dijo sin convicción. La masa de comensales era sólo una vasta aglomeración de caos a su alrededor. Y cuando R. Daneel volvió sus ojos castaños e impersonales hacia él, Baley sospechó con incomodidad que no se trataba de ojos, sino de escáneres capaces de revisar, con precisión fotográfica y cada milisegundo, todo lo que veían.

—Estoy seguro —dijo R. Daneel con calma.

—Bueno, ¿y qué? Es un comportamiento maleducado, pero ¿qué prueba?

—No lo sé, Elijah, pero ¿es una coincidencia que seis de los que nos observan estuvieran anoche en la multitud de la zapatería?

11

Huida por las pistas

Baley apretó convulsivamente el tenedor.

—¿Estás seguro? —preguntó automáticamente, y mientras lo decía comprendió que la pregunta era inútil.

No se pregunta a un ordenador si está seguro de la respuesta que vomita; ni siquiera a un ordenador con brazos y piernas.

—¡Absolutamente! —dijo R. Daneel.

—¿Están cerca de nosotros?

—No mucho. Están dispersos.

—De acuerdo, entonces. —Baley volvió a su comida, moviendo mecánicamente el tenedor. Tras el ceño fruncido en su rostro alargado, su mente trabajaba furiosamente.

Supongamos que el incidente de la noche anterior hubiera sido organizado por un grupo de fanáticos antirrobot, que no hubiera sido el disturbio espontáneo que parecía. Una grupo de agitadores como ése podría incluir fácilmente a hombres que hubieran estudiado a los robots con una intensidad nacida de su profunda oposición. Uno de ellos podría haber reconocido lo que era R. Daneel. (El comisario había sugerido eso, en cierta forma. Maldita sea, aquel hombre tenía algunas cosas sorprendentemente profundas.)

El desarrollo era lógico. Admitiendo que hubieran sido incapaces de actuar de forma organizada la noche anterior a causa de la sorpresa, aún habrían podido hacer planes para el futuro. Si podían reconocer a un robot como R. Daneel, seguro que se habían dado cuenta de que el propio Baley era agente de policía. Un agente de policía en la poco habitual compañía de un robot humanoide sería, probablemente, un hombre con responsabilidades en la organización. (Con la ventaja de la perspectiva, Baley no tenía problemas en seguir la línea de razonamiento.)

De ahí se seguía que los observadores en el Ayuntamiento (o quizá agentes en el propio Ayuntamiento) podrían localizar a Baley, R. Daneel o ambos antes de que pasase mucho tiempo. Que lo hubieran hecho en veinticuatro horas no resultaba sorprendente. Podrían haberlo hecho en menos tiempo si Baley no hubiera pasado una parte tan grande del día en el Enclave Espacial y por la carretera.

R. Daneel había terminado de comer. Se sentó y esperó tranquilamente, con sus manos perfectas descansando con ligereza sobre la mesa.

—¿No sería mejor que hiciéramos algo? —preguntó.

—Estamos a salvo en la cocina —dijo Baley—. Deja que yo me encargue. Por favor.

Baley miró a su alrededor con cuidado y fue como si viera la cocina por primera vez.

¡Gente! Miles de personas. ¿Cuál era la capacidad de una cocina media? Alguna vez había visto la cifra. Dos mil doscientos, pensaba. Ésta era mayor que la media.

Supongamos que el grito «¡Robot!» se lanzase al aire. Supongamos que se lo arrojasen de uno a otro entre las miles de personas como un...

No se le ocurría ninguna comparación, pero no importaba. Eso no iba a suceder.

Un disturbio espontáneo podía estallar en cualquier parte, en las cocinas como en los pasillos o en los ascensores. Con más facilidad, quizá. Había cierta falta de inhibición a la hora de la comida, una sensación de poder hacer payasadas que podía degenerar a la mínima en algo más serio.

Pero un disturbio organizado sería diferente. Allí en la cocina, los organizadores quedarían también atrapados en una habitación enorme con la muchedumbre. Una vez que los platos empezasen a volar y las mesas empezasen a partirse, no habría forma fácil de escapar. Centenares de personas morirían con seguridad, y ellos mismos bien podrían estar entre ellas.

No, un disturbio seguro tendría que organizarse en las avenidas de la Ciudad, en algún pasaje relativamente estrecho. El pánico y la histeria se propagarían lentamente a lo largo de esta constricción y habría tiempo para desaparecer rápidamente por un pasaje lateral o para subir a una pista local que les llevase a un nivel superior donde esfumarse.

Baley se sintió atrapado. Probablemente había otros esperando fuera. Baley y R. Daneel serían seguidos a un punto adecuado y entonces se prendería la mecha.

—¿Por qué no los arrestamos? —dijo R. Daneel.

—Eso sólo haría que los problemas comenzasen antes. Conoces sus caras, ¿verdad? ¿No las olvidarás?

—No soy capaz de olvidar.

—Entonces los atraparemos en otro momento. Por ahora, nos limitaremos a salir de la trampa. Sígueme. Haz exactamente lo que yo.

Se levantó, dio la vuelta cuidadosamente a su plato, centrándolo en el disco móvil de donde había salido. Colocó de nuevo el tenedor en su hueco. R. Daneel, observándolo, hizo lo mismo. Los platos y cubiertos fueron absorbidos y desaparecieron.

—Se están levantando también —dijo R. Daneel.

—De acuerdo. Mi impresión es que no se van a acercar demasiado. No aquí.

Los dos se pusieron en marcha, aproximándose a una salida donde el click, click, click de las chapas sonaba de forma ritual, con cada click señalando el gasto de una ración.

Baley miró hacia atrás a través del aire cargado de vapor y

el ruido y, con incongruente agudeza, pensó en una visita al zoo de la Ciudad con Ben hacía seis o siete años. No, ocho, porque Ben acababa de cumplir ocho años. (¡Jehoshaphat! ¿Adónde había ido el tiempo?)

Había sido la primera visita de Ben y estaba muy emocionado. Después de todo, nunca antes había visto un gato o un perro. Luego, además, estaba el aviario. Incluso Baley, que lo había visto una docena de veces antes, no era inmune a su fascinación.

Hay algo en la primera vez que ves un objeto vivo que se lanza por el aire que es incomparablemente sorprendente. Era la hora de comer en la jaula de los gorriones y un asistente estaba arrojando avena en un largo hoyo. (Los seres humanos se habían acostumbrado a los sustitutos de levadura, pero los animales, más conservadores a su manera, insistían en tomar auténticos cereales.)

Los gorriones se arremolinaron en una bandada de centenares. Ala con ala, con un trino que resonaba en los oídos, se dispusieron a lo largo del hoyo...

Eso era; ésa era la imagen que le venía a Baley a la cabeza al mirar a su espalda a la cocina que dejaba. Gorriones en el hoyo. La idea le resultó repulsiva.

Jehoshaphat, debe de haber un camino mejor, pensó.

Pero ¿cuál? ¿Qué problema tenía éste? Antes eso nunca le había molestado.

—¿Estás listo, Daneel? —dijo abruptamente a R. Daneel.

—Listo, Elijah.

Salieron de la cocina, y escapar era ahora lisa y llanamente cosa de Baley.

Hay un juego que practican los jóvenes que se llama «correr por las pistas». Sus reglas varían ligeramente de Ciudad en Ciudad, pero lo fundamental es eterno. Un chico de San Francisco podría entrar enseguida en un juego de El Cairo.

Su objetivo es llegar del punto A al punto B a través del sistema de tráfico rápido de la Ciudad de tal manera que el «perseguido» consiga despistar a tantos de sus perseguidores como le sea posible. Un perseguido que llega a su destino solo se considera muy hábil, como lo es un perseguidor que consiga no ser despistado.

El juego se lleva a cabo normalmente durante la hora punta de la tarde, cuando la alta densidad de viajeros lo hace más peligroso y más complicado al mismo tiempo. El perseguido sale corriendo por las pistas de aceleración. Hace lo que puede para sorprender, quedándose quieto en una pista dada el máximo posible, y luego saltando de repente en cualquier dirección. Corre rápidamente a través de varias pistas, y luego se queda esperando una vez más.

Pobre del perseguidor que sin darse cuenta se precipite a una pista de más. Antes de darse cuenta de su error, a menos que sea extraordinariamente ágil, se habrá adelantado al perseguido o habrá quedado muy atrás. El perseguido inteligente aprovechará el error moviéndose rápidamente en la dirección apropiada.

Un movimiento pensado para multiplicar por diez la complejidad de la tarea requiere abordar las pistas locales o las propias autopistas, y lanzarse por el otro lado. Se considera poco deportivo evitarlas por completo y también el permanecer mucho tiempo en ellas.

El atractivo del juego no es fácil de explicar a un adulto, especialmente a un adulto que nunca haya sido un corredor de pistas adolescente. Los jugadores reciben un trato duro por parte de los viajeros en cuyo camino se acaban cruzando inevitablemente. La policía los persigue acerbamente y sus padres los castigan. Se los denuncia en las escuelas y en el subetérico. No pasa un año sin que haya cuatro o cinco adolescentes que mueren jugando, docenas de heridos, y casos de transeúntes inocentes que sufren daños de diversa consideración.

Sin embargo, nada puede hacerse para erradicar a las bandas de corredores de pistas. Cuando mayor es el peligro, más reciben los corredores el premio más valioso, el honor ante los ojos de sus colegas. Uno con éxito bien puede pavonearse; un perseguido célebre es un gallito.

Elijah Baley, por ejemplo, recordaba con satisfacción aún hoy que en tiempos había sido corredor de pistas. Había sido el perseguido de una banda de veinte chicos desde el Sector de la Explanada hasta las fronteras de Queens, cruzando tres autopistas. Durante dos horas incansables e implacables, había despistado a algunos de los perseguidores más ágiles del Bronx, y había llegado a su punto de destino solo. Se habló de aquella carrera durante meses.

Ahora Baley tenía más de cuarenta años, claro. No había corrido por las pistas desde hacía más de veinte, pero recordaba algunos de los trucos. Lo que había perdido en agilidad lo compensaba con otro aspecto. Era policía. Nadie sino otro policía con la misma experiencia que él podría conocer la Ciudad tan bien, saber dónde empezaba y terminaba casi cada callejón bordeado de metal.

Se alejó de la cocina caminando a paso ligero, pero no demasiado rápido. A cada momento esperaba que el grito de «robot, robot» se elevase tras él. Ese momento inicial era el más peligroso. Contó los pasos hasta que sintió la primera pista de aceleración moviéndose bajo él.

Se detuvo un momento mientras R. Daneel le alcanzaba sin esfuerzo.

—¿Siguen detrás de nosotros, Daneel? —preguntó Baley, susurrando.

—Sí. Se están acercando.

—No por mucho tiempo —dijo Baley confiadamente. Miró las pistas que se alejaban en ambas direcciones, con su carga humana pasando a su izquierda cada vez más deprisa según aumentaba su distancia respecto a él. Había sentido las pistas bajo sus pies muchas veces al día casi todos los días de su vida, pero no había flexionado las rodillas anticipándose a correr por ellas desde hacía muchos miles de días. Sintió la vieja y familiar emoción y su respiración se aceleró.

Prácticamente había olvidado la única vez en que había pillado a Ben jugando. Le había echado una bronca interminable y le había amenazado con ponerle bajo vigilancia policial.

Con ligereza y rapidez, al doble del ritmo considerado seguro, subió por las pistas. Se inclinó hacia delante para contrarrestar la aceleración. La pista local pasaba a su lado con un zumbido. Por un momento, pareció como si fuera a montarse en ella, pero de repente desapareció hacia atrás, muy atrás, esquivando a la multitud a izquierda y derecha cuando se hizo más concurrida en las pistas más lentas.

Se detuvo, y se dejó llevar a unos meros treinta kilómetros por hora.

—¿Cuántos nos siguen, Daneel?

—Sólo uno, Elijah. —El robot estaba a su lado, inalterado y respirando normalmente.

—Tiene que haber sido también de los buenos en sus tiempos, pero no va a durar mucho más.

Lleno de confianza en sí mismo, sintió una sensación que apenas recordaba de su juventud. Consistía en parte en el sentimiento de estar inmerso en un rito místico del que otros estaban excluidos, en parte en la sensación puramente física del viento contra su pelo y su cara, y en parte de una ligera sensación de peligro.

—A esto lo llaman un deslizamiento lateral —le dijo a R. Daneel en voz baja.

A largos pasos recorrió una distancia, pero moviéndose por una sola pista, esquivando a la multitud de viajeros con un mínimo esfuerzo. Siguió así, moviéndose cada vez más cerca del borde de la pista, hasta que el movimiento permanente de su cabeza en la multitud se empezó a hacer hipnótico por su velocidad constante... tal y como deseaba.

Y entonces, sin interrumpir el paso, se deslizó cinco centímetros hacia un lado y se encontró en la pista adyacente. Sintió una punzada en los músculos de los muslos al mantener el equilibrio.

Pasó como un relámpago entre un grupo de viajeros y se encontró en la pista de setenta kilómetros.

—¿Cómo vamos, Daneel? —preguntó.

—Sigue detrás de nosotros —fue la tranquila respuesta.

Los labios de Baley se fruncieron. No había otra solución que usar las propias plataformas móviles, y eso sí que requería coordinación; quizá más de la que aún conservaba.

Miró alrededor rápidamente. ¿Dónde estaban ahora exactamente? La calle B-22 pasó de largo. Hizo un cálculo rápido y se puso en marcha. Subió por las pistas que quedaban, suave y constantemente, y luego se montó de un salto en la plataforma de la pista local.

Las caras impersonales de los hombres y las mujeres, embotadas por el aburrimiento del viaje en la pista, se alteraron en algo parecido a la indignación cuando Baley y R. Daneel subieron a bordo y se abrieron paso a través de la barandilla.

—Eh, oiga —gritó una mujer estridentemente, aferrándose el sombrero.

—Lo siento —dijo Baley, sin aliento.

Se abrió camino entre los viajeros de pie y retorciéndose un poco salió al otro lado. En el último momento, un pasajero que había recibido un empujón le golpeó la espalda con ira. Siguió tambaleándose.

Desesperadamente, intentó recuperar pie. Se precipitó sobre el límite de una pista y el súbito cambio de velocidad le hizo caer de rodillas y luego sobre su costado.

Tuvo una visión repentina y llena de pánico de hombres chocando con él y siendo derribados, de una confusión que se extendía por las pistas, uno de los temidos «atascos» que sin duda haría que decenas de personas acabasen en el hospital con miembros rotos.

Pero el brazo de R. Daneel apareció bajo su espalda. Se sintió levantado con una fuerza superior a la humana.

—Gracias —jadeó Baley, y no hubo tiempo para más.

Volvió a ponerse en marcha por las pistas de deceleración siguiendo una pauta complicada y pensada para que sus pies tocasen el punto exacto de acceso a las pistas adyacentes a la autopista. Sin la pérdida de ritmo, se encontró acelerando de nuevo, y luego subiendo a la autopista y atravesándola.

—¿Sigue con nosotros, Daneel?

—No veo a nadie, Elijah.

—Bien. ¡Pero qué buen corredor de pistas habrías sido, Daneel! Ups, ¡ahora, ahora!

En marcha por otra pista local en un remolino y abajo por las pistas con un entrechocar de talones hasta un umbral, amplio y de aspecto oficial. Un guardia se levantó.

Baley mostró su identificación.

—Asuntos oficiales. —Y estuvieron dentro—. La central eléctrica —dijo Baley, secamente—. Esto hará que pierdan nuestra pista por completo.

Había estado antes en centrales eléctricas, incluyendo ésta. La familiaridad no mitigó su sentimiento de asombro incómodo. El sentimiento se veía subrayado por el pensamiento perturbador de que su padre había estado una vez muy arriba en la jerarquía de una central como ésa. Es decir, antes...

Le rodearon el zumbido de los tremendos generadores escondidos en el pozo principal de la central, el vago rastro acre de ozono en el aire, la seria y silenciosa amenaza de las líneas rojas que marcaban los límites más allá de los cuales nadie podía pasar sin un traje de protección.

En algún lugar de la central (Baley no sabía dónde exactamente), medio kilo de material fisionable se consumía cada día. Cada tanto tiempo, el producto radiactivo de la fisión, la llamada «ceniza caliente», se expulsaba mediante aire comprimido a través de tuberías de plomo a cavernas distantes situadas a unos veinte kilómetros mar adentro y a un kilómetro bajo el lecho marino. Baley a veces se preguntaba qué sucedería cuando las cavernas se llenasen.

—Mantente lejos de las líneas rojas —dijo a R. Daneel con repentina brusquedad. Entonces lo volvió a pensar y añadió tímidamente—: Aunque supongo que no es algo que deba preocuparte.

—¿Se trata de radiactividad? —preguntó Daneel.

—Sí.

—Entonces sí que me preocupa. La radiación gamma destruye el delicado equilibrio de un cerebro positrónico. Me afectaría a mí mucho antes de afectarte a ti.

—¿Quieres decir que te mataría?

—Necesitaría un nuevo cerebro positrónico. Puesto que no hay dos iguales, yo sería un nuevo individuo. El Daneel con el que hablas ahora estaría, por así decirlo, muerto.

Baley le miró dubitativo.

—Nunca había oído hablar de eso. Ah, por esa rampa.

—No se insiste mucho en ello. El Enclave Espacial desea convencer a los terrícolas de la utilidad de aquéllos como yo, no de nuestra debilidad.

—Entonces, ¿por qué me lo cuentas?

R. Daneel dirigió su mirada directamente hacia su acompañante humano.

—Eres mi compañero, Elijah. Es bueno que conozcas mis debilidades e insuficiencias.

Baley se aclaró la garganta y no tuvo más que decir al respecto.

—Seguiremos esta dirección —dijo un momento después—, y estaremos a sólo medio kilómetro de nuestro apartamento.

Se trataba de un feo apartamento de clase baja. Una pequeña habitación con dos camas. Dos sillas plegables y un armario. Una pantalla de subetérico empotrada que no se podía ajustar manualmente, y que funcionaba sólo en horas prefijadas, pero al menos funcionaba. Sin lavabo, ni siquiera uno desactivado, y sin nada para cocinar o hervir agua siquiera. Había una pequeña tubería para los desperdicios en la esquina del cuarto, un objeto feo, sin adornos y desagradablemente funcional.

Baley se encogió de hombros.

—Esto es lo que hay. Supongo que podemos soportarlo.

R. Daneel se acercó a la tubería de desperdicios. Su camisa se abrió al tocarla, revelando un torso sin vello y, a lo que parecía, musculoso.

—¿Qué estás haciendo? —le preguntó Baley.

—Me deshago de la comida que ingerí. Si la dejase, se pudriría y me convertiría en objeto de desagrado.

R. Daneel se colocó dos dedos con cuidado bajo un pezón y los apretó siguiendo una pauta clara de presión. Su torso se abrió longitudinalmente. R. Daneel metió la mano y del entresijo de metal reluciente extrajo un saco estrecho y traslúcido, parcialmente distendido. Lo abrió mientras Baley le observaba con una especie de terror.

R. Daneel dudó un momento.

—La comida está perfectamente limpia —dijo—. No salivo ni mastico. Fue absorbida en el esófago mediante succión, sabes. Es comestible.

—De acuerdo —dijo Baley con amabilidad—. No tengo hambre. Puedes tirarla.

El saco de comida de R. Daneel era de plástico de fluorocarbono, decidió Baley. Al menos, la comida no se quedaba pegada. Salió sin problemas y fue colocada poco a poco en la tubería. Un desperdicio de buena comida, pensó.

Se sentó en una de las camas y se quitó la camisa.

—Sugiero que mañana salgamos temprano —dijo.

—¿Por alguna razón específica?

—La situación de este apartamento es todavía desconocida para nuestros amigos. O al menos así lo espero. Si nos marchamos temprano, estaremos más seguros. Una vez en el Ayuntamiento, tendremos que decidir si el ser compañeros sigue siendo práctico.

—¿Crees que quizá ya no lo sea?

Baley se encogió de hombros y dijo severamente:

—No podemos pasar por esto cada día.

—Pero yo creo que...

R. Daneel se vio interrumpido por el centelleo rojo de la señal de la puerta.

Baley se levantó silenciosamente y desenfundó su desintegrador. La señal de la puerta parpadeó de nuevo.

Se movió en silencio hacia la puerta, puso el pulgar en el botón del desintegrador y tocó el interruptor que activaba la mirilla transparente de un solo lado. No era una buena mirilla; era pequeña y tenía un efecto distorsionador, pero era lo suficientemente buena para permitirles ver al hijo de Baley, Ben, ante la puerta.

Baley actuó rápidamente. Abrió la puerta de golpe, atrapó brutalmente la muñeca de Ben cuando el muchacho alzaba la mano para llamar una tercera vez, y le arrastró hacia dentro.

La mirada de miedo y sorpresa se desvaneció lentamente de los ojos de Ben mientras se apoyaba sin aliento en la pared contra la que había sido arrojado. Se masajeó la muñeca.

—¡Papá! —dijo en tono lastimoso—. No tenías por qué agarrarme de esa forma.

Baley estaba atisbando por la mirilla de la puerta, nuevamente cerrada. Hasta donde podía decir, el pasillo estaba vacío.

—¿Viste a alguien ahí fuera, Ben?

—No. Vaya, papá, sólo vine a ver si estabas bien.

—¿Y por qué no iba a estarlo?

—No sé. Es por mamá. Estaba llorando y eso. Dijo que yo debería buscarte. Si no iba yo, dijo que iría ella misma, y que entonces no sabría lo que pasaría. Me ha obligado a venir, papá.

—¿Cómo me has encontrado? —dijo Baley—. ¿Sabía tu madre dónde estaba?

—No, no lo sabía. Llamé a tu oficina.

—¿Y te lo dijeron?

Ben pareció sobresaltarse ante la vehemencia de su padre.

—Claro. ¿No tendrían que haberlo hecho? —dijo en voz baja.

Baley y Daneel se miraron entre sí.

Baley se levantó pesadamente.

—¿Dónde está ahora tu madre, Ben? ¿En el apartamento? —dijo.

—No, fuimos a casa de la abuela a cenar y nos quedamos allí. Tengo que volver ya. Quiero decir, siempre que estés bien, papá.

—Mejor te quedas aquí. Daneel, ¿viste cuál es la posición exacta del comuno de este piso?

—Sí —dijo el robot—. ¿Pretendes salir de la habitación para usarlo?

—Tengo que hacerlo. Debo hablar con Jessie.

—¿Puedo sugerir que sería más lógico dejar que Bentley lo hiciera? Es un riesgo, y él resulta menos valioso.

Baley se le quedó mirado.

—Pero ¿qué...?

Jehoshaphat, pensó, ¿por qué me voy a enfadar?

—No lo entiendes, Daneel —dijo, más calmado—. Entre nosotros, va contra la costumbre que un hombre envíe a su hijo pequeño a un posible peligro, incluso si es lógico hacerlo.

—¡Peligro! —chilló Ben con una especie de satisfacción horrorizada—. ¿Qué está pasando, papá? ¿Eh, papá?

—Nada, Ben. Mira, esto no es asunto tuyo. ¿Entiendes? Prepárate para meterte en la cama. Quiero que estés en la cama cuando vuelva. ¿Me oyes?

—Oh, jolín. Podrías decírmelo. No diré nada.

—¡A la cama!

—Jolín.

Baley abrió su chaqueta al situarse ante el comuno del piso, de forma que la culata de su desintegrador estuviera a su alcance. Pronunció su número personal en el receptor y esperó mientras un ordenador a veinte kilómetros de distancia lo comprobaba para asegurarse de que la llamada podía efectuarse. La espera fue muy corta, puesto que un detective no tenía limitado el número de sus llamadas oficiales. Pronunció el número de código del apartamento de su suegra.

La pequeña pantalla en la base del instrumento se encendió, y la cara de ella apareció mirándole.

—Madre, póngame con Jessie —dijo él en voz baja.

Jessie debía de haber estado esperándole. Se puso enseguida. Baley miró su cara y luego oscureció la pantalla deliberadamente.

—De acuerdo, Jessie. Ben está aquí. ¿Qué es lo que sucede? —Sus ojos se movieron de un lado a otro continuamente, observando.

—¿Estás bien? ¿No tienes ningún problema?

—Evidentemente estoy bien, Jessie. Ahora cálmate.

—Oh, Lije. Estaba muy preocupada.

—¿Por qué? —preguntó secamente.

—Ya sabes. Por tu amigo.

—¿Qué pasa con él?

—Te lo dije anoche. Va a haber problemas.

—Eso son tonterías. Ben se va a quedar conmigo esta noche y puedes irte a la cama. Adiós, cariño.

Cerró la conexión y esperó unos segundos antes de emprender el camino de vuelta. Su rostro estaba gris de aprensión y miedo.

Ben estaba de pie en medio del cuarto cuando Baley volvió. Una de sus lentes de contacto estaba limpiamente metida en una pequeña cazoleta de succión. La otra estaba aún en su ojo.

—Jolín, papá, ¿es que no tenéis agua en este sitio? El señor Olivaw dice que no puedo ir al Personal.

—Tiene razón. No puedes. Vuelve a ponerte esa cosa en el ojo, Ben. No te hará daño dormir con ellas por una noche.

—Vale. —Ben se la volvió a poner, guardó la cazoleta de succión y se metió en la cama—. ¡Chico, vaya colchón!

—Supongo que no te importa quedarte sentado —dijo Baley a R. Daneel.

—Claro que no. Me ha interesado, por cierto, el curioso cristal que Bentley lleva sobre los ojos. ¿Los llevan todos los terrícolas?

—No. Sólo algunos —dijo Baley, distraído—. Yo no, por ejemplo.

—¿Por qué razón los llevan?

Baley estaba demasiado sumido en sus pensamientos para responder. Sus inquietantes pensamientos.

Las luces se apagaron.

Baley siguió despierto. Percibía apenas la respiración de Ben que se iba haciendo más profunda y regular, y un poco pesada. Cuando giró la cabeza, sintió de alguna forma a R. Daneel, sentado en la silla con seria inmovilidad, con la cara vuelta hacia la puerta.

Luego se quedó dormido, y durmiendo, soñó.

Soñó que Jessie estaba cayendo en la cámara de fisión de una central nuclear, cayendo y cayendo. Ella estiró sus brazos hacia él, gritando, pero él sólo podía quedarse paralizado justo al otro lado de la línea roja y contemplar su figura distorsionada girar mientras caía, haciéndose cada vez más pequeña hasta que sólo fue un punto.

Sólo podía mirarla, en el sueño, sabiendo que había sido él, él mismo, quien la había empujado.

12

Palabras de un experto

Elijah Baley alzó la vista cuando el comisario Julius Enderby entró en la oficina. Le saludó con la cabeza, cansado.

El comisario miró el reloj y gruñó:

—¡No me digas que has estado aquí toda la noche!

—No lo haré —dijo Baley.

—¿Tuviste algún problema anoche? —preguntó el comisario en voz baja.

Baley negó con la cabeza.

—He estado pensando que quizá he subestimado la posibilidad de que se produzcan disturbios —dijo el comisario—. Si hay algo que...

—Por el amor de Dios, comisario, si sucediera algo, se lo diría —dijo Baley secamente—. No hubo ningún problema en absoluto.

—De acuerdo. —El comisario siguió su camino, atravesando la puerta que señalaba la rara privacidad que correspondía a su alta posición.

Baley lo siguió con la mirada y pensó: Seguro que él sí que ha dormido esta noche.

Baley se inclinó sobre el informe rutinario que estaba intentando escribir como tapadera de las actividades reales de los dos últimos días, pero las palabras que había escrito mediante toque digital se volvieron borrosas y bailaron. Poco a poco, se dio cuenta de que había un objeto de pie junto a su mesa.

Levantó la cabeza.

—¿Qué quieres?

Era R. Sammy. Baley pensó: el lacayo privado de Julius. Ventajas de ser comisario.

—El comisario quiere verte, Lije —dijo R. Sammy a través de su sonrisa fatua—. Dice que enseguida.

Baley agitó una mano.

—Me acaba de ver. Dile que iré después.

—Dice que enseguida.

—Vale. Vale. Ahora vete.

El robot retrocedió, diciendo:

—El comisario quiere verte enseguida, Lije. Dice que enseguida.

—Jehoshaphat—dijo Baley entre dientes—. Ya voy. Ya voy. —Se levantó de su mesa, caminando hacia el despacho, y R. Sammy se calló.

—Maldita sea, comisario, no envíe a esa cosa a buscarme, ¿quiere? —dijo Baley al entrar.

Pero el comisario sólo dijo:

—Siéntate, Lije. Siéntate.

Baley se sentó y se le quedó mirando. Quizá había sido injusto con el viejo Julius. Quizá el hombre no había dormido, después de todo. Parecía bastante machacado.

El comisario tamborileó con los dedos sobre el papel que tenía ante sí.

—Hay constancia de que hiciste una llamada a un tal doctor Gerrigel en Washington mediante haz protegido.

—Así es, comisario.

—No existe constancia de la conversación, por supuesto, ya que estaba protegida. ¿De qué se trataba?

—Estoy buscando información de fondo.

—Es robotista, ¿verdad?

—Así es.

El comisario alzó su labio inferior y de repente tuvo el aspecto de un niño a punto de hacer pucheros.

—Pero ¿cuál es el motivo? ¿Qué tipo de información estás buscando?

—No estoy seguro, comisario. Sólo tengo la sensación de que en un caso como éste, la información sobre los robots puede ayudar. —Baley cerró la boca tras decir esto.

No iba a dar detalles, pasara lo que pasase.

—Yo no lo haría, Lije. No lo haría. No creo que sea sensato.

—¿Cuál es su objeción, comisario?

—Cuanta menos gente sepa sobre esto, mejor.

—Le diré lo menos que pueda. Por supuesto.

—Aun así, no creo que sea sensato.

Baley se sentía lo suficientemente mal para perder la paciencia.

—¿Me está ordenando que no lo vea?

—No. No. Haz lo que te parezca bien. Tú llevas esta investigación. Sólo...

—¿Sólo qué?

El comisario negó con la cabeza.

—Nada. ¿Dónde está? Ya sabes a quién me refiero.

Baley lo sabía.

—Daneel sigue en los archivos —dijo.

El comisario permaneció en silencio un largo rato, y luego dijo:

—¿Sabes?, no estamos progresando mucho.

—No estamos progresando nada hasta ahora. Aun así, las cosas pueden cambiar.

—De acuerdo, entonces —dijo el comisario, pero no parecía como si realmente estuviese de acuerdo.

R. Daneel estaba junto a la mesa de Baley cuando éste volvió.

—Bueno, ¿qué es lo que tienes? —preguntó Baley bruscamente.

—He terminado mi primera búsqueda, bastante apresurada, por los archivos, compañero Elijah, y he localizado a dos de las personas que intentaron seguirnos anoche y que, además, estaban en la zapatería durante el incidente anterior.

—Veamos.

R. Daneel puso las pequeñas tarjetas, del tamaño de un sello, ante Baley. Estaban cubiertas de pequeños puntos que servían como código. El robot sacó también un decodificador portátil y puso una de las tarjetas en la ranura correspondiente. Los puntos poseían propiedades de conductividad eléctrica diferentes de las de la propia tarjeta. El campo eléctrico que pasaba por la tarjeta era por tanto distorsionado de una forma perfectamente específica, y en respuesta a esa especificidad la pantalla de tres por seis pulgadas sobre el decodificador se llenó de palabras. Palabras que, sin codificar, habrían llenado varias hojas de papel normal. Palabras, además, que no podían ser interpretadas en absoluto por nadie que no tuviera un decodificador oficial de la policía.

Baley leyó el material, impasible. La primera persona era Francis Clousarr, de treinta y tres años en el momento de su arresto hacía dos; causa del arresto, incitación al disturbio; empleado en Levaduras de Nueva York; domicilio, tal y cual; pelo, ojos, rasgos distintivos, currículum educativo y de empleo, perfil psicoanalítico, perfil físico, datos por aquí, datos por allá y finalmente una referencia a una foto en la galería de pillos.

—¿Comprobaste la fotografía? —preguntó Baley.

—Sí, Elijah.

La segunda persona era Gerhard Paul. Baley echó un vistazo al material en su tarjeta y dijo:

—Esto no sirve de nada.

—Estoy seguro de que no puede ser así —dijo R. Daneel—. Si hay una organización de terrestres capaces de cometer el crimen que estamos investigando, éstos son sus miembros. ¿No es una probabilidad evidente? ¿No deberíamos entonces interrogarles?

—No les sacaríamos nada.

—Estaban allí, tanto en la zapatería como en la cocina. No pueden negarlo.

—Estar allí no es un delito. Además, sí que pueden negarlo. Pueden decir que no estuvieron allí. Así de simple. ¿Cómo podemos probar que mienten?

—Yo los vi.

—Eso no es una prueba —dijo Baley, salvajemente—. Ningún tribunal, si es que se llegara hasta eso, creería que puedes recordar dos caras entre millones.

—Es evidente que puedo.

—Claro. Diles lo que eres. En cuanto lo hagas, dejas de ser un testigo. Tu especie no puede presentarse ante ningún tribunal terrestre.

—Entiendo, entonces, que has cambiado de idea —dijo R. Daneel.

—¿Qué quieres decir?

—Ayer, en la cocina, dijiste que no era necesario arrestarlos. Dijiste que mientras recordase sus caras, los podríamos arrestar en cualquier momento.

—Bueno, no lo pensé a fondo —dijo Baley—. Era una locura. No se puede hacer.

—¿Ni siquiera por razones psicológicas? Ellos no sabrían que no tenemos pruebas válidas de su complicidad en la conspiración.

—Mira, estoy esperando al doctor Gerrigel de Washington dentro de media hora —dijo Baley, tenso—. ¿Te importa esperar hasta que se haya ido? ¿Te importa?

—Esperaré —dijo R. Daneel.

Anthony Gerrigel era un hombre de altura media, preciso y muy educado, que no tenía en absoluto el aspecto de ser uno de los robotistas más eruditos de la Tierra. Llegó con casi veinte minutos de retraso, finalmente, y se disculpó por ello.

Baley, blanco de una ira nacida de la aprensión, obvió llanamente las disculpas. Comprobó la reserva del Cuarto de Conferencias D, repitió sus instrucciones de que no debían ser molestados bajo ninguna circunstancia durante una hora, y condujo al doctor Gerrigel y a R. Daneel pasillo abajo, rampa arriba y a través de una puerta que llevaba a una de las cámaras con aislamiento ante haces espía.

Baley inspeccionó con cuidado las paredes antes de sentarse, y escuchó el suave zumbido del pulsómetro en su mano, esperando encontrar cualquier desaparición del sonido constante que pudiera indicar una brecha, incluso una pequeña, en el aislamiento. Lo apuntó hacia el techo, el suelo y, con cuidado especial, la puerta. No había ninguna brecha.

El doctor Gerrigel sonrió ligeramente. Parecía el tipo de hombre que nunca sonreía más que ligeramente. Estaba vestido con una pulcritud que sólo podía describirse como fastidiosa. Su pelo gris acerado estaba cuidadosamente peinado hacia atrás y su cara estaba sonrosada y recién lavada. Se sentaba con una postura de remilgada rigidez, como si el repetido consejo maternal de sus años de infancia sobre lo deseable que era una buena postura hubiera solidificado para siempre su columna vertebral.

—Hace usted que todo esto parezca formidable —le dijo a Baley.

—Es muy importante, doctor. Necesito una información sobre los robots que quizá sólo usted puede darme. Cualquier cosa que digamos aquí, por supuesto, es alto secreto, y la Ciudad espera que usted lo olvide cuando se marche. —Baley miró su reloj.

La sonrisita en el rostro del robotista se desvaneció.

—Permita que le explique por qué llegué tarde —dijo. El asunto evidentemente le preocupaba—. Decidí no venir por aire. Me mareo cuando vuelo.

—Qué pena —dijo Baley.

Guardó el pulsómetro, después de comprobar sus parámetros normales para asegurarse por última vez de que funcionaba perfectamente, y se sentó.

—O al menos no me mareo exactamente, sino que me pongo nervioso. Un poco de agorafobia. No es nada particularmente anormal, pero hay que vivir con ello. Así que vine por las autopistas.

Baley sintió un repentino interés.

—¿Agorafobia?

—Suena peor de lo que es —dijo enseguida el robotista—. Es sólo la sensación que uno tiene en un avión. ¿Ha estado usted en alguno, señor Baley?

—Varias veces.

—Entonces debe de saber a lo que me refiero. Es esa sensación de estar rodeado por nada; de estar separado del... del puro aire por un par de centímetros de metal. Es muy desagradable.

—¿Así que vino por la autopista?

—Sí.

—¿Desde Washington?

—Oh, lo he hecho antes. Desde que construyeron el túnel de Baltimore a Filadelfia, es muy sencillo.

Así era. Baley nunca había hecho el viaje, pero sabía perfectamente que era posible. Washington, Baltimore, Filadelfia y Nueva York habían crecido, en los últimos dos siglos, hasta el punto de que casi se tocaban. El Área de las Cuatro Ciudades era casi el nombre oficial del tramo completo de costa, y había un número considerable de personas que defendían la consolidación administrativa y la formación de una sola super Ciudad. Baley no estaba de acuerdo. La Ciudad de Nueva York sola ya era casi demasiado grande para un gobierno centralizado. Una Ciudad más grande, con más de cincuenta millones de habitantes, se rompería bajo su propio peso.

—El problema fue —estaba diciendo el doctor Gerrigel— que no alcancé una conexión en el Sector de Chester, Filadelfia, y perdí tiempo. Eso, y una pequeña dificultad en conseguir que me asignaran una habitación temporal, acabó retrasándome.

—No se preocupe por eso, doctor. Lo que dice, sin embargo, es interesante. A la vista de su disgusto hacia los aviones, ¿qué diría acerca de salir de los límites de la Ciudad a pie, doctor Gerrigel?

—¿Por qué razón? —Pareció sobresaltado y más que un poco aprensivo.

—Es sólo una pregunta retórica. No estoy sugiriendo que deba hacerlo. Quiero saber qué piensa de la idea, eso es todo.

—Me parece muy desagradable.

—Imagine que tuviera que salir de la Ciudad de noche y caminar a campo traviesa un kilómetro o más.

—No... no creo que pudieran convencerme para que lo hiciera.

—¿Sin importar lo muy necesario que pudiera ser?

—Si fuera para salvar mi vida o las vidas de mi familia, podría intentarlo... —Pareció avergonzado—. ¿Puedo preguntarle cuál es el propósito de estas preguntas, señor Baley?

—Se lo diré. Se ha cometido un crimen muy serio, un asesinato particularmente perturbador. No estoy autorizado a darle los detalles. Sin embargo, existe la teoría de que el asesino, para cometer su crimen, hizo justo lo que estamos discutiendo; cruzó a campo traviesa de noche y solo. Me preguntaba qué tipo de hombre podría hacer eso.

El doctor Gerrigel se estremeció.

—Nadie que conozca. Desde luego, yo no. Por supuesto, entre los millones de habitantes supongo que pueden encontrarse unos pocos individuos audaces.

—Pero ¿pensaría usted que es algo que un ser humano haría con cierta probabilidad?

—No. Desde luego, no sería probable.

—De hecho, si existe cualquier otra explicación para este crimen, cualquier otra explicación concebible, debería ser examinada.

El doctor Gerrigel pareció más molesto que nunca al incorporarse en la silla con sus manos bien cuidadas cruzadas con precisión sobre el regazo.

—¿Tiene usted una explicación alternativa en mente?

—Sí. Se me ocurre que un robot, por ejemplo, no tendría ninguna dificultad en cruzar a campo traviesa.

El doctor Gerrigel se levantó.

—¡Estimado señor!

—¿Qué sucede?

—¿Quiere decir que un robot puede haber cometido el crimen?

—¿Por qué no?

—¿Un asesinato? ¿De un ser humano?

—Sí. Por favor, siéntese, doctor.

El robotista hizo lo que le decía.

—Señor Baley, hay dos actos implicados: caminar a campo traviesa, y asesinar —dijo—. Un ser humano podría cometer este último fácilmente, pero encontraría difícil hacer el primero. Un robot podría hacer el primero con facilidad, pero el último acto sería completamente imposible. Si va a sustituir una teoría improbable por una imposible...

—Imposible es una palabra muy fuerte, doctor.

—¿Ha oído hablar de la Primera Ley de la Robótica, señor Baley?

—Claro. Incluso puedo citarla: «Un robot no debe causar daño a un ser humano o, por medio de la inacción, permitir que un ser humano sea dañado». —Baley apuntó de repente al robotista con un dedo y continuó—: ¿Por qué no puede construirse un robot sin la Primera Ley? ¿Qué es lo que la hace tan sagrada?

El doctor Gerrigel pareció sorprendido, y luego se rió disimuladamente.

—Oh, señor Baley.

—Bueno, ¿cuál es la respuesta?

—Señor Baley, si sabe aunque sólo sea un poco de robótica, sabrá que construir un cerebro positrónico es una tarea gigantesca, tanto matemática como electrónicamente.

—Tengo cierta idea —dijo Baley.

Recordaba bien su visita a la fábrica de robots por asuntos oficiales. Había visto su biblioteca de películas-libro, de las largas, cada una de las cuales contenía el análisis matemático de un solo tipo de cerebro positrónico. Para visualizar una de esas películas-libro a la velocidad normal, se requería más de una hora, por muy condensados que estuvieran sus simbolismos. Y no había dos cerebros iguales, incluso aunque se prepararan siguiendo las especificaciones más rígidas. Eso, según Baley creía haber entendido, era consecuencia del Principio de Indeterminación de Heisenberg. Esto quería decir que cada película-libro debía ser suplementada con apéndices que se referían a las variaciones posibles.

Oh, era un buen trabajo, desde luego. Baley no iba a negar eso.

—Bien —dijo el doctor Gerrigel—, entonces debe usted entender que un diseño para un tipo nuevo de cerebro positrónico, incluso uno que sólo implique innovaciones menores, no es asunto de una noche de trabajo. Habitualmente requiere a todo el personal de investigación de una fábrica de talla mediana y lleva hasta un año. Incluso esta enorme inversión en trabajo no sería suficiente si no fuera porque la teoría básica de estos circuitos ya está estandarizada y puede usarse como cimiento para elaboraciones más sofisticadas. La teoría básica estándar incluye las Tres Leyes de la Robótica: la Primera Ley, que ya ha citado usted; la Segunda Ley, que dice «Un robot debe obedecer las órdenes de los seres humanos, excepto cuando esas órdenes contravengan la Primera Ley», y la Tercera Ley, que dice «Un robot debe proteger su propia existencia, mientras tal protección no contravenga la Primera o Segunda Ley». ¿Lo entiende?

R. Daneel, que, según todas las apariencias, había estado siguiendo la conversación con mucha atención, intervino.

—Si me permites, Elijah, quisiera ver si entiendo al doctor Gerrigel. Lo que viene usted a decir, señor, es que cualquier intento de construir a un robot cuyo cerebro positrónico no esté orientado en su funcionamiento por las Tres Leyes requeriría en primer lugar el establecimiento de una nueva teoría básica y eso, a su vez, llevaría muchos años.

El robotista pareció satisfecho.

—Eso es exactamente lo que quería decir, señor...

Baley esperó un momento, y luego le presentó cuidadosamente a R. Daneel:

—Daneel Olivaw, doctor Gerrigel.

—Buenos días, señor Olivaw. —El doctor Gerrigel ofreció su mano y estrechó la de Daneel. Prosiguió—: Estimo que se tardaría cincuenta años en desarrollar la teoría básica de un cerebro positrónico no aseniano, es decir, uno en el que las asunciones básicas de las Tres Leyes queden anuladas, y en llevarlo hasta el punto en que pudieran construirse robots similares a los modelos modernos.

—¿Y esto nunca se ha hecho? —preguntó Baley—. Quiero decir, doctor, que hemos estado construyendo robots durante varios miles de años. En todo este tiempo, ¿nadie ni ningún grupo ha dispuesto de cincuenta años para dedicarse a ello?

—Ciertamente —dijo el robotista—, pero no es el tipo de trabajo que nadie querría hacer.

—Encuentro eso difícil de creer. La curiosidad humana se atreve con todo.

—No se ha atrevido con un robot no aseniano. La raza humana, señor Baley, sufre de un fuerte complejo de Frankenstein.

—¿Un qué?

—Se trata de un nombre popular derivado de una novela medieval que describía cómo un robot se volvía contra su creador. En realidad, nunca he leído la novela. Pero eso no importa. Lo que quiero decir es que sencillamente no se construyen robots sin la Primera Ley.

—¿Y ni siquiera existe la teoría que lo permita?

—Hasta donde llega mi conocimiento, no, y mi conocimiento —dijo, y sonrió tímidamente— es bastante amplio.

—¿Y un robot que incorpore la Primera Ley no podría matar a un hombre?

—Nunca. Salvo que esa muerte fuera completamente accidental o a menos que fuera necesaria para salvar las vidas de dos o más hombres. En ambos casos, el potencial positrónico acumulado destruiría sin remedio el cerebro.

—De acuerdo —dijo Baley—. Todo esto representa la situación en la Tierra. ¿Verdad?

—Sí. Ciertamente.

—¿Y qué me dice de los Mundos Exteriores?

Una parte de la seguridad en sí mismo del doctor Gerrigel pareció desvanecerse.

—Oh, cielos, señor Baley, no podría decirlo por mi propia experiencia, pero estoy seguro de que si alguna vez se hubieran diseñado cerebros positrónicos no asenianos o si se hubiera desarrollado la teoría matemática que los permitiese, habríamos sabido de ello.

—¿Eso cree? Bueno, permítame que siga otra idea que tengo en la cabeza, doctor Gerrigel. Espero que no le importe.

—No. En absoluto. —Miró indeciso primero a Baley y luego a R. Daneel—. Después de todo, si es tan importante como dice, me alegra poder ayudar en lo que pueda.

—Gracias, doctor. Mi pregunta es: ¿por qué se construyen robots humanoides? Quiero decir que los he dado por sentado toda mi vida, pero ahora se me ocurre que no conozco la razón para su existencia. ¿Por qué debe un robot tener una cabeza y cuatro miembros? ¿Por qué debe parecer más o menos humano?

—¿Quiere decir que por qué no se los construye funcionalmente, como cualquier otra máquina?

—Exacto —dijo Baley—. ¿Por qué no?

El doctor Gerrigel sonrió apenas.

—Realmente, señor Baley, ha nacido usted demasiado tarde. La literatura más antigua sobre robótica está plagada justo con la discusión de ese tema, y las polémicas que se desarrollaron fueron terribles. Si desea tener una buena referencia sobre las disputas entre los funcionalistas y los antifuncionalistas, puedo recomendarle la Historia de la robótica de Hanford. No contiene muchas matemáticas. Creo que la encontrará muy interesante.

—La consultaré —dijo Baley, pacientemente—. Mientras tanto, ¿puede darme una primera idea?

—La decisión se tomó sobre una base económica. Mire, señor Baley, si estuviese usted supervisando una granja, ¿qué preferiría usted? ¿Construir un tractor con cerebro positrónico, una cosechadora, una grada, una ordeñadora, un automóvil, etcétera, cada una con su cerebro positrónico? ¿O preferiría tener maquinaria normal y sin extras, con un solo robot positrónico que manejase todo? Le advierto de que la segunda alternativa representa sólo una quincuagésima o una centésima parte del gasto.

—Pero ¿por qué forma humana?

—Porque la forma humana es la forma generalizada con más éxito de la naturaleza. No somos animales especializados, señor Baley, salvo por nuestro sistema nervioso y algunos otros elementos. Si se desea un diseño capaz de hacer un gran número de cosas de una enorme diversidad, y todas razonablemente bien, no hay mejor opción que imitar la forma humana. Además, toda nuestra tecnología está basada en la forma humana. Un automóvil, por ejemplo, tiene los controles construidos de tal forma que puedan ser tomados y manipulados fácilmente por manos y pies humanos de una cierta talla y forma, conectados con el cuerpo por miembros de una cierta longitud y articulaciones de un cierto tipo. Incluso objetos tan simples como las sillas y las mesas o los cuchillos y los tenedores están diseñados para responder a las necesidades de las medidas y la forma de funcionar humanas. Es más sencillo hacer que los robots imiten la figura humana que rediseñar radicalmente la propia filosofía de nuestras herramientas.

—Ya veo. Tiene sentido. Pero ¿no es cierto, doctor, que los robotistas de los Mundos Exteriores han fabricado robots que son mucho más humanoides que los nuestros?

—Creo que así es.

—¿Podrían fabricar un robot tan humanoide que pudiera ser confundido con un ser humano en condiciones normales?

El doctor Gerrigel alzó las cejas y pensó en ello.

—Creo que podrían, señor Baley. Sería terriblemente caro. Dudo que el resultado pudiera ser rentable.

—¿Supone —continuó incansable Baley— que podrían hacer un robot capaz de hacerle creer a usted mismo que era un ser humano?

El robotista se rió discretamente.

—Oh, cielos, señor Baley. Lo dudo. En serio. Hay más en un robot que su mera apari...

El doctor Gerrigel se detuvo a mitad de la palabra. Lentamente, se volvió hacia R. Daneel, y su rostro sonrosado se puso muy pálido.

—Oh, cielos —susurró—. Oh, cielos.

Acercó una mano y tocó la mejilla de R. Daneel cautelosamente. R. Daneel no se apartó, sino que devolvió la mirada tranquilamente al robotista.

—Cielos —dijo el doctor Gerrigel con lo que parecía casi un sollozo en la voz—, usted es un robot.

—Le ha llevado un buen rato darse cuenta —dijo Baley secamente.

—No me lo esperaba. Nunca había visto uno como éste. ¿Fabricado en los Mundos Exteriores?

—Sí —dijo Baley.

—Ahora es evidente. Su postura. Su forma de hablar. No es una imitación perfecta, señor Baley.

—Pero es bastante buena, ¿verdad?

—Oh, es maravilloso. Dudo que nadie pudiera reconocer

la impostura a primera vista. Le agradezco mucho que me haya permitido verlo. ¿Puedo examinarlo? —El robotista se había levantado, ansioso.

Baley alzó una mano.

—Por favor, doctor. Dentro de un momento. Primero, el tema del asesinato, ya sabe.

—¿Es cierto, entonces? —El doctor Gerrigel estaba amargamente decepcionado y se notaba—. Pensé que quizá era sólo una truco para mantener mi mente ocupada y ver cuánto tiempo podría ser engañado por...

—No es un truco, señor Gerrigel. Dígame, al construir un robot tan humanoide como éste, con el propósito deliberado de hacerlo pasar por humano, ¿no es necesario hacer que su cerebro posea propiedades tan próximas a las del cerebro humano como sea posible?

—Ciertamente.

—Muy bien. ¿No podría un humanoide así carecer de la Primera Ley? Quizá se excluyó accidentalmente. Dice usted que la teoría se desconoce. El mismo hecho de que sea desconocida quiere decir que los constructores podrían configurar un cerebro sin la Primera Ley. No sabrían qué deben evitar.

El doctor Gerrigel estaba negando vigorosamente con la cabeza.

—No. No. Imposible.

—¿Está usted seguro? Podemos comprobar la Segunda Ley, por supuesto... Daneel, déjame tu desintegrador.

Los ojos de Baley no se despegaron del robot. Su propia mano, echada a un lado, aferró firmemente su propio desintegrador.

—Aquí lo tienes, Elijah —dijo R. Daneel con calma, y se lo ofreció por la culata.

—Un detective no debe jamás abandonar su desintegrador —dijo Baley—, pero un robot no tiene más elección que obedecer a un ser humano.

—Salvo, señor Baley —dijo el doctor Gerrigel—, cuando obedecer implica quebrantar la Primera Ley.

—¿Sabe, doctor, que Daneel apuntó con su desintegrador a un grupo de hombres y mujeres desarmados y amenazó con disparar?

—Pero no disparé —dijo Daneel.

—Así es, pero la amenaza era anormal en sí misma, ¿no le parece, doctor?

El doctor Gerrigel se mordió el labio.

—Necesitaría conocer las circunstancias exactas para juzgarlo. Parece anormal.

—Piense en esto, entonces. R. Daneel estaba en el lugar del crimen en el momento del asesinato, y si omite la posibilidad de que un terrícola se haya movido a campo traviesa, llevando un arma con él, Daneel y sólo Daneel entre todas las personas que estaban allí podría haber escondido el arma.

—¿Escondido el arma? —preguntó el doctor Gerrigel.

—Permita que se lo explique. El desintegrador con el que se cometió el asesinato no ha sido encontrado. El lugar del crimen fue registrado minuciosamente y no se encontró. Sin embargo, no pudo desvanecerse. Sólo hay un lugar en el que pudiera haber estado, sólo un lugar en el que nadie hubiera pensado en mirar.

—¿Dónde, Elijah? —preguntó R. Daneel.

Baley sacó el desintegrador a la vista, apuntando con él firmemente en dirección al robot.

—En tu saco de comida —dijo—. ¡En tu saco de comida, Daneel!

13

El turno de la máquina

—Eso no es así —dijo R. Daneel en tono bajo.

—¿Sí? Dejemos que decida el doctor. ¿Doctor Gerrigel?

—¿Señor Baley? —El robotista, cuya mirada había ido pasando rápidamente del detective al robot mientras hablaban, dejó que descansara ahora sobre el ser humano.

—Le he pedido que venga para ofrecer un análisis experto de este robot. Puedo hacer que disponga usted de los laboratorios de la Oficina de Pesos y Medidas de la Ciudad. Si necesita cualquier equipo del que carezcan, se lo conseguiré. Lo que quiero es una respuesta rápida y clara, y al infierno el gasto y las molestias.

Baley se levantó. Sus palabras habían surgido tranquilamente, pero sentía una histeria creciente tras ellas. En ese momento, sentía que si sólo pudiera agarrar al doctor Gerrigel por la garganta y ahogarle hasta que hiciera la declaración que necesitaba, prescindiría de toda ciencia.

—¿Y bien, doctor Gerrigel? —dijo.

El doctor Gerrigel se rió nerviosamente y dijo:

—Estimado señor Baley, no necesitaré el laboratorio.

—¿Por qué no? —preguntó Baley con aprensión.

Se quedó allí de pie, con los músculos en tensión, sintiéndose hormiguear.

—No es difícil comprobar la Primera Ley. Nunca he tenido que hacerlo, como puede entender, pero es muy sencillo.

Baley aspiró por la boca y espiró lentamente.

—¿Querría explicarme a qué se refiere? ¿Está diciendo que puede comprobarlo aquí?

—Sí, claro. Mire, señor Baley, le haré una analogía. Si fuera doctor en medicina y tuviera que comprobar el azúcar en sangre de un paciente, necesitaría un laboratorio químico. Si necesitase medir su ritmo metabólico basal, o comprobar su función cortical, o revisar sus genes para localizar una alteración congénita, necesitaría un equipo sofisticado. Por otra parte, podría comprobar si está ciego simplemente pasando la mano ante sus ojos, y podría comprobar si está muerto simplemente tomándole el pulso.

»A lo que quiero llegar es a que cuanto más importante y fundamental es la propiedad que se comprueba, más sencillo es el equipo necesario. Lo mismo sucede con un robot. La Primera Ley es fundamental. Afecta a todo. Si estuviera ausente, el robot no podría reaccionar apropiadamente de una veintena de formas evidentes.

Mientras hablaba, sacó un objeto plano y negro que se abrió y mostró que era un librovisor. Insertó un carrete muy usado en el receptáculo. Luego sacó un cronómetro y una serie de fragmentos de plástico blanco que encajaban entre sí para formar algo que parecía una regla de cálculo con tres escalas móviles independientes. Los símbolos en ella no le sonaban de nada a Baley.

El doctor Gerrigel dio unos toquecitos a su librovisor y sonrió ligeramente, como si la perspectiva de un poco de trabajo de campo le animase.

—Es mi *Manual de robótica* —dijo—. No voy a ninguna parte sin él. Es parte de mi traje. —Soltó una risilla tímida.

Se colocó el ocular del visor contra los ojos y su dedo manipuló delicadamente los controles. El visor zumbó y se detuvo, zumbó y se detuvo.

—Lleva un índice incorporado —dijo el robotista con orgullo. Su voz estaba un poco apagada por la forma en que el visor cubría su boca—. Lo construí yo mismo. Ahorra mucho tiempo. Pero en realidad ahora no se trata de eso, ¿verdad? Veamos. Hum, ¿puedes colocar tu silla más cerca de mí, Daneel?

R. Daneel lo hizo. Durante los preparativos del robotista, observaba con atención y sin emoción.

Baley cambió el desintegrador de posición.

Lo que siguió le confundió y le decepcionó. El doctor Gerrigel se dedicó a hacer preguntas y realizar acciones que parecían carecer de sentido, puntuadas con referencias a su triple regla de cálculo y de vez en cuando al visor.

En una ocasión, preguntó:

—Si tengo dos primos que se llevan cinco años entre sí, y el más joven es una chica, ¿de qué sexo es el mayor?

—Es imposible decirlo con la información aportada —respondió Daneel (de forma inevitable, pensó Baley).

A lo cual la única respuesta del doctor Gerrigel, aparte de echar un vistazo a su cronómetro, fue extender su mano derecha a un lado tan lejos como pudo y decir:

—¿Puedes tocar la punta de mi dedo medio con la punta del tercer dedo de tu mano izquierda?

Daneel lo hizo inmediatamente y sin dificultad.

En quince minutos y no más, el doctor Gerrigel había terminado. Usó su regla para realizar un último cálculo, y luego la desmontó con una serie de chasquidos. Guardó su cronómetro, retiró el *Manual* del visor, y cerró éste.

—¿Eso es todo? —dijo Baley, frunciendo el ceño.

—Eso es todo.

—Pero es ridículo. No le ha preguntado nada que se refiera a la Primera Ley.

—Oh, estimado señor Baley, cuando un médico le golpea en la rodilla con un pequeño martillo de goma y ésta se mueve, ¿no le parece a usted que esto aporta información sobre la presencia o la ausencia de alguna enfermedad nerviosa degenerativa? Cuando le mira de cerca a los ojos y examina la reacción de su iris a la luz, ¿le sorprende que pueda decirle algo relativo a su posible adicción al uso de ciertos alcaloides?

—Bueno, ¿y entonces? —dijo Baley—. ¿Cuál es su decisión?

—¡Daneel está perfectamente equipado con la Primera Ley! —El robotista asintió con la cabeza para subrayar su afirmación.

—No puede estar seguro —dijo Baley roncamente.

Baley no habría podido creer que el doctor Gerrigel pudiera estirarse de forma aún más rígida que su posición habitual. Sin embargo, lo hizo visiblemente. Los ojos del hombre se estrecharon y se endurecieron.

—¿Me está diciendo cuál es mi trabajo?

—No quiero decir que sea usted incompetente —dijo Baley. Alzó una gran mano en un ruego—. Pero ¿no puede ser que se equivoque? Ha dicho usted mismo que nadie sabe nada sobre la teoría de los robots no asenianos. Un ciego puede leer usando braille o un audioescriba. Imagine que no supiera que existen el braille y los audioescribas. ¿No podría usted decir, con toda sinceridad, que un hombre tiene ojos porque conoce el contenido de cierta película-libro, y estar equivocado?

—Sí. —El robotista recuperó la cordialidad—. Entiendo lo que quiere decir. Pero aun así, un ciego no podría leer usando sus ojos, y eso es lo que yo estaba comprobando, si puedo continuar con la analogía. Acepte mi palabra: a pesar de lo que un robot no aseniano pudiera o no hacer, estoy seguro de que R. Daneel está equipado con la Primera Ley.

—¿No podría haber falsificado sus respuestas? —Baley estaba perdiendo la iniciativa, y lo sabía.

—Claro que no. Ésa es la diferencia entre un robot y un hombre. Un cerebro humano, o cualquier cerebro de mamífero, no puede ser completamente analizado por ninguna disciplina matemática que conozcamos. Ninguna respuesta puede ser considerada, por tanto, como segura. El cerebro robótico es perfectamente analizable, o no podría ser construido. Sabemos exactamente cuáles deben ser las respuestas a estímulos dados. Ningún robot puede realmente falsificar las respuestas. Lo que usted llama falsificación sencillamente no existe en el horizonte mental del robot.

—Entonces atengámonos al caso. R. Daneel apuntó con un desintegrador a una multitud de seres humanos. Yo lo vi. Estaba allí. Admitiendo que no disparó, ¿la Primera Ley no le habría hecho caer en una especie de neurosis? No lo hizo, ya lo sabe. Se comportó luego de forma perfectamente normal.

El robotista se llevó una mano a la barbilla, dudando.

—En efecto, es una anomalía.

—En absoluto —dijo R. Daneel de repente—. Compañero Elijah, ¿quieres mirar el desintegrador que te he dado?

Baley bajó la vista al desintegrador que sostenía en la mano izquierda.

—Abre la recámara de la carga —le animó R. Daneel—. Inspecciónala.

Baley se lo pensó un momento, luego dejó lentamente su propio desintegrador sobre la mesa a su lado. Con un movimiento rápido, abrió el desintegrador del robot.

—Está vacía —dijo inexpresivamente.

—No tiene carga —asintió R. Daneel—. Si miras más de cerca, verás que nunca la ha tenido. Ese desintegrador no tiene dispositivo de ignición y no puede usarse.

—¿Dirigiste un desintegrador descargado a la multitud? —dijo Baley.

—Tenía que llevar un desintegrador para mi papel de detective —dijo R. Daneel—. Sin embargo, llevar un desintegrador cargado y utilizable podría haber hecho posible que dañara a un ser humano por accidente, algo que es, por supuesto, impensable. Te lo habría explicado en aquel momento, pero estabas enfadado y no querías escucharme.

Baley se quedó mirando desolado al desintegrador inútil que tenía en la mano y dijo en voz baja:

—Creo que eso es todo, doctor Gerrigel. Gracias por ofrecernos su ayuda.

Baley mandó traer el almuerzo, pero cuando llegó (pastel de nueces de levadura y una extravagante loncha de pollo frito sobre una galleta) sólo pudo mirarlo.

Una y otra vez le dio vueltas a la cabeza. Las facciones de su rostro alargado estaban marcadas con profundo pesar.

Estaba viviendo en un mundo irreal, un mundo cruel y vuelto del revés.

¿Cómo había sucedido? El pasado inmediato se extendía tras él como un sueño nebuloso e improbable desde el momento en que había entrado en el despacho de Julius Enderby y se había encontrado repentinamente sumergido en una pesadilla de asesinato y robótica.

¡Jehoshaphat! Sólo había empezado hacía cincuenta horas.

Con persistencia, había buscado la solución en el Enclave Espacial. Dos veces había acusado a R. Daneel, una de ellas como ser humano disfrazado, y la otra como robot real y admitido, y ambas de ser un asesino. Y dos veces la acusación había sido rechazada y quebrada.

Estaba siendo forzado a cambiar su objetivo. Contra su deseo se veía obligado a dirigir sus pensamientos hacia la Ciudad, y desde la noche anterior no se atrevía. Ciertas preguntas martilleaban su mente consciente, pero no quería escucharlas; sentía que no podría. Si las escuchaba, no podría evitar responderlas, y por Dios, no quería enfrentarse a las respuestas.

—¡Lije! ¡Lije! —Una mano sacudió duramente el hombro de Baley.

Baley se agitó y dijo:

—¿Qué hay, Phil?

Philip Norris, detective C-5, se sentó, apoyó las manos

en las rodillas y se inclinó hacia delante, mirando a la cara de Baley.

—¿Qué te ha pasado? ¿Te has estado alimentando de gotas aturdidoras últimamente? Estabas ahí sentado con los ojos abiertos y, por lo que me parecía, estabas muerto.

Se pasó la mano por su escaso pelo rubio claro, y sus ojos poco separados evaluaron con codicia el almuerzo de Baley, que se enfriaba.

—¡Pollo! —dijo—. Las cosas están tan mal que ya no puedes comerlo más que por prescripción médica.

—Coge un poco —dijo Baley con indiferencia.

El decoro se impuso y Norris dijo:

—Bueno, en realidad voy a salir a comer enseguida. Quédatelo. Oye, ¿qué pasa con el comi?

—¿Qué?

Norris intentó parecer despreocupado, pero sus manos no dejaban de moverse.

—Vamos. Sabes a qué me refiero. Has estado viviendo con él desde que volvió. ¿Qué está pasando? ¿Se está preparando un ascenso?

Baley frunció el ceño y sintió que la realidad volvía en cierta medida ante el toque de la política de oficina. Norris tenía aproximadamente su misma antigüedad y era normal que vigilase con interés cualquier signo de preferencia oficial en la dirección de Baley.

—Ningún ascenso —dijo—. Créeme. No es nada. Nada. Y si es al comisario al que quieres, ojalá pudiera dártelo. ¡Jehoshaphat! ¡Quédatelo!

—No me malinterpretes —dijo Norris—. No me importa si te ascienden. Sólo quiero decir que, si tienes influencia sobre el comisario, ¿por qué no la usas con el chico?

—¿Qué chico?

No hubo necesidad de responder a eso. Vincent Barrett, el muchacho que había sido despedido de su puesto para que R. Sammy lo ocupase, se acercó arrastrando los pies desde una esquina de la habitación donde había permanecido discretamente. Una gorra giraba inquieta en sus manos y la piel sobre sus pómulos se movió al intentar sonreír.

—Hola, señor Baley.

—Oh, hola, Vince. ¿Qué tal te va?

—No demasiado bien, señor Baley.

Miraba a su alrededor ávidamente. Baley pensó: Parece perdido, medio muerto... descualificado.

Luego, brutalmente, con los labios casi moviéndose por la fuerza de su emoción, pensó: Pero ¿qué quiere de mí?

—Lo siento, chico —dijo. ¿Qué otra cosa podía decir?

—No dejo de pensar en que... quizá haya algún puesto.

Norris se acercó y habló al oído de Baley.

—Alguien tiene que detener estas cosas. Ahora van a despedir a Chen-low.

—¿Cómo?

—¿No lo has oído?

—No. Maldita sea, es un C-3. Lleva aquí diez años.

—Eso seguro. Pero una máquina con piernas puede hacer su trabajo. ¿Quién será el próximo?

El joven Vince Barrett no prestaba atención a los susurros. Desde las profundidades de sus propios pensamientos, dijo:

—¿Señor Baley?

—¿Sí, Vince?

—¿Sabe lo que se dice? Se dice que Lyrane Millane, la bailarina del subetérico, en realidad es un robot.

—Qué tontería.

—¿Sí? Se dice que se pueden construir robots que parezcan humanos, con una especie de piel de plástico especial.

Baley pensó con culpabilidad en R. Daneel y se quedó sin palabras. Negó con la cabeza.

—¿Cree usted que a alguien le importará si doy una vuelta por aquí? —dijo el chico—. Me gusta volver a ver este sitio.

—Adelante, muchacho.

El joven se alejó. Baley y Norris le observaron marchar.

—Parece que los medievalistas tienen razón —dijo Norris.

—¿Te refieres a que hay que volver a la Tierra? ¿De eso se trata, Phil?

—¡No! Me refiero a los robots. Volver a la Tierra. ¡Ja! La Vieja Tierra tiene un futuro ilimitado. No necesitamos robots, eso es todo.

—¡Ocho mil millones de personas y el uranio agotándose! ¿Qué hay de ilimitado en esto? —murmuró Baley.

—¿Y qué si el uranio se agota? Lo importaremos. O descubriremos otros procesos nucleares. No hay forma de parar a la humanidad, Lije. Hay que ser optimista y tener fe en el viejo cerebro humano. Nuestro mayor recurso es el ingenio y eso nunca se agotara, Lije.

»Para empezar —continuó—, podemos usar energía solar, que valdrá durante miles de millones de años. Podemos construir estaciones espaciales más allá de la órbita de Mercurio para hacer de acumuladores de energía. Transmitiremos esta energía a la Tierra mediante un haz directo.

Este proyecto no era nuevo para Baley. Los elementos especulativos de la ciencia habían estado jugueteando con la idea desde hacía al menos ciento cincuenta años. Lo que la obstaculizaba era la imposibilidad, por el momento, de proyectar un haz lo suficientemente estrecho para alcanzar los ochenta millones de kilómetros sin dispersarse tanto que fuera inútil. Baley así lo dijo.

—Cuando sea necesario, podrá hacerse. ¿Por qué preocuparse? —dijo Norris.

Baley se imaginó una Tierra con energía ilimitada. La población podría seguir aumentando. Las granjas de levadura podrían expandirse, los cultivos hidropónicos se intensificarían. La energía era lo único indispensable. Se podrían traer minerales desde las rocas deshabitadas del sistema. Si alguna vez el agua escaseaba, se podría conseguir más en las lunas de Júpiter. Demonios, los océanos podrían ser congelados y lanzados al espacio, donde podrían girar en torno a la Tierra como pequeñas lunas de hielo. Allí estarían, siempre disponibles para usarlas, mientras que el lecho del océano representaría más tierra para ser cultivada, más espacio para vivir. Incluso el carbono y el oxígeno podrían ser mantenidos e incrementados en la Tierra mediante el uso de la atmósfera de metano de Titán y del oxígeno congelado de Umbriel.

La población de la Tierra podría alcanzar un billón o dos. ¿Por qué no? En una época, la actual población de ocho mil millones hubiera sido considerada imposible. En una época una población de sólo mil millones habría sido impensable. Siempre había habido profetas del desastre maltusiano en cada generación desde los tiempos medievales y siempre habían resultado estar equivocados.

Pero ¿qué diría Fastolfe? ¿Un mundo de un billón de habitantes? ¡Ya! Pero dependería de la importación del aire y del agua y del suministro de energía desde almacenes sofisticados a ochenta mil kilómetros de distancia. Eso sería increíblemente inestable. La Tierra estaría, y permanecería, a sólo un paso de la catástrofe más completa ante el más mínimo fallo de cualquier parte de ese mecanismo que ocuparía el sistema entero.

—Yo creo que sería más fácil que parte de la población sobrante emigrase —dijo Baley.

Era más una respuesta a la imagen que le había asaltado que a lo que Norris había dicho.

—¿Quién iba a aceptarnos? —dijo Norris con amarga ligereza.

—Cualquier planeta no habitado.

Norris se levantó y tocó a Baley en el hombro.

—Lije, cómete tu pollo y recupérate. Seguro que estás alimentándote a base de píldoras aturdidoras. —Y se alejó, riendo para sí.

Baley le observó alejarse con una mueca desprovista de humor. Norris se lo contaría a todo el mundo y los humoristas de la oficina (todas las oficinas los tienen) no le dejarían en paz durante semanas. Pero al menos se había librado del tema del joven Vince, los robots o la descualificación.

Suspiró mientras aplicaba el tenedor al pollo, ahora frío y un poco fibroso.

Baley se comió el resto del pastel de levadura y sólo entonces salió R. Daneel de detrás de su propia mesa (que le habían asignado esa mañana) y se acercó.

—¿Y bien? —Baley le miró con incomodidad.

—El comisario no está en su despacho y nadie sabe cuándo volverá. Le he dicho a R. Sammy que vamos a usarlo y que no debe permitir que entre nadie más que el comisario —dijo R. Daneel.

—¿Para qué vamos a usarlo?

—Para mayor privacidad. Supongo que estarás de acuerdo en que debemos planear nuestro próximo movimiento. Después de todo, no tienes intenciones de abandonar esta investigación, ¿verdad?

Eso era lo que Baley ansiaba hacer más intensamente, pero evidentemente no podía decirlo. Se levantó y entró el primero en el despacho de Enderby.

Una vez en el despacho, Baley dijo:

—De acuerdo, Daneel. ¿De qué se trata?

—Compañero Elijah, desde anoche no eres tú mismo. Hay una clara alteración de tu aura mental —dijo el robot.

Un horrible pensamiento surgió de ninguna parte en la mente de Baley.

—¿Eres telépata? —gritó.

No era una posibilidad que se le habría ocurrido en un momento de más calma.

—No. Claro que no —dijo R. Daneel.

El pánico de Baley se redujo.

—Entonces, ¿qué diablos quieres decir al hablar de mi aura mental? —dijo.

—Es sólo una expresión que uso para describir una sensación que no compartes conmigo.

—¿Qué sensación?

—Es difícil de explicar, Elijah. Recordarás que fui diseñado inicialmente para estudiar la psicología humana para los nuestros en el Enclave Espacial.

—Sí, lo sé. Fuiste adaptado al trabajo de detective mediante la simple instalación de un circuito de deseo de justicia. —Baley no intentó esconder el sarcasmo en su voz.

—Exactamente, Elijah. Pero mi diseño inicial permanece esencialmente igual. Fui construido con el objetivo de realizar análisis cerebrales.

—¿Para analizar las ondas del cerebro?

—Pues claro. Puede hacerse mediante mediciones de campo sin necesidad de contacto directo con un electrodo, siempre que exista el receptor adecuado. Mi mente es ese receptor. ¿No se aplica ese principio en la Tierra?

Baley no lo sabía. Hizo caso omiso a la pregunta y dijo con cuidado:

—Si mides las ondas cerebrales, ¿qué es lo que obtienes?

—Pensamientos no, Elijah. Obtengo un atisbo de las emociones y, sobre todo, puedo analizar el temperamento, los impulsos y actitudes subyacentes de un hombre. Por ejemplo, fui yo quien pudo determinar que el comisario Enderby era incapaz de matar a un hombre en las circunstancias que rodearon el asesinato.

—Y lo dejaron de considerar sospechoso porque tú lo dijiste.

—Sí. Era seguro hacerlo. En ese sentido, soy una máquina muy precisa.

De nuevo una idea sacudió a Baley.

—¡Espera! El comisario Enderby no sabía que estaba siendo analizado cerebralmente, ¿verdad?

—No había necesidad de herir sus sentimientos.

—Quiero decir que te limitaste a quedarte ante él y mirarle. Sin maquinaria. Sin electrodos. Sin agujas ni gráficos.

—Desde luego que no. Soy una unidad autocontenida.

Baley se mordió el labio inferior con ira y disgusto. Ésa había sido la única inconsistencia que quedaba, el único agujero por el que se podría haber hecho un intento desesperado para intentar responsabilizar del crimen al Enclave Espacial.

R. Daneel había declarado que el comisario había sido analizado cerebralmente y una hora después el comisario mismo había negado, con aparente sinceridad, todo conocimiento de esos términos. Desde luego, ningún hombre podría haber padecido la experiencia demoledora de una medición electroencefalográfica con electrodos y gráficos bajo la sospecha de asesinato sin retener una impresión indudable de lo que era el análisis cerebral.

Pero ahora esa discrepancia se había evaporado. El comisario había sido analizado sin saberlo. R. Daneel dijo la verdad; y el comisario también.

—Bueno —dijo Baley secamente—, ¿qué te dice el análisis cerebral sobre mí?

—Estás preocupado.

—Eso sí que es un descubrimiento importante, ¿no? Claro que estoy preocupado.

—Específicamente, sin embargo, tu preocupación se debe a un choque entre diferentes motivaciones en tu interior. Por un lado tu devoción hacia los principios de tu profesión te urge a investigar en profundidad esta conspiración de terrícolas que nos persiguieron anoche. Otra motivación, igualmente fuerte, te fuerza en la dirección opuesta. Todo esto está claramente escrito en el campo cerebral de tus células cerebrales.

—Mis células cerebrales, y un cuerno —dijo Baley febrilmente—. Mira, te diré por qué no tiene sentido investigar tu supuesta conspiración. No tiene nada que ver con el asesinato. Pensé que quizá sí. Lo admito. Ayer en la cocina pensé que estábamos en peligro. Pero ¿qué pasó? Nos siguieron al salir, se perdieron rápidamente en las pistas, y se acabó. No fueron acciones propias de hombres bien organizados y desesperados.

»Mi propio hijo averiguó dónde estábamos fácilmente. Llamó al Departamento. Ni siquiera tuvo que identificarse. Nuestros queridos conspiradores podrían haber hecho lo mismo si realmente hubieran querido hacernos daño.

—¿No lo querían?

—Evidentemente no. Si hubieran querido causar un tumulto, podrían haber empezado uno en la zapatería, y sin embargo se echaron atrás mansamente ante un hombre y un desintegrador. O más bien un robot, y un desintegrador que debían de saber que serías incapaz de disparar una vez reconocieron lo que eras. Son medievalistas. Son chiflados inofensivos. Tú no podías saberlo, pero yo debía haberlo pensado. Y lo hubiera hecho, si no fuera por el hecho de que todo este asunto me está haciendo pensar en... en términos estúpidamente melodramáticos.

»Te diré que conozco al tipo de persona que se hace medievalista. Son personas sin carácter y soñadoras que encuentran que la vida aquí es demasiado dura para ellos y se pierden en un mundo ideal del pasado que en realidad nunca existió. Si pudieras analizar cerebralmente al movimiento de la misma forma en que analizas a un individuo, verías que no son más capaces de asesinar que el propio Julius Enderby.

—No puedo aceptar tu declaración por sí sola —dijo R. Daneel lentamente.

—¿Qué quieres decir?

—Tu convencimiento de este punto de vista es demasiado repentino. Existen, además, ciertas discrepancias. Pediste la cita con el doctor Gerrigel horas antes de la comida nocturna. Entonces no conocías mi saco de alimentos y no podrías haber sospechado que fuera el asesino. ¿Por qué lo llamaste, entonces?

—Sospechaba de ti incluso entonces.

—Y anoche hablaste en sueños.

Los ojos de Baley se abrieron.

—¿Qué dije?

—Sólo la palabra «Jessie» repetida varias veces. Creo que te referías a tu mujer.

Baley dejó que sus músculos se relajasen.

—Tuve una pesadilla. ¿Sabes lo que es? —dijo, temblando aún un poco.

—No lo sé por experiencia personal, por supuesto. La definición del diccionario es que se trata de un mal sueño.

—¿Y sabes lo que es un sueño?

—De nuevo, sólo conozco la definición del diccionario. Es la ilusión de realidad experimentada durante la suspensión temporal del pensamiento consciente que llamáis sueño.

—De acuerdo. Me vale. Una ilusión. A veces las ilusiones pueden parecer muy reales. Bueno, soñé que mi mujer estaba en peligro. Es un tipo de sueño que las personas tienen a menudo. La llamé. Eso sucede también bajo estas circunstancias. Puedes creerme.

—Estoy dispuesto a hacerlo. Pero eso me recuerda algo. ¿Cómo averiguó Jessie que yo era un robot?

La frente de Baley se volvió a humedecer.

—No vamos a volver a eso, ¿verdad? El rumor...

—Siento interrumpirte, compañero Elijah, pero no existe tal rumor. Si lo hubiera, la Ciudad estaría hoy muy agitada. He comprobado los informes que llegan al Departamento y no es así. Sencillamente, no hay ningún rumor. Por tanto, ¿cómo lo averiguó tu mujer?

—¡Jehoshaphat! ¿Qué estás intentando decir? ¿Crees que mi mujer es uno de los miembros de... de...?

—Sí, Elijah.

Baley juntó las manos y las apretó con firmeza.

—Bueno, pues no lo es, y no vamos a discutir más sobre eso.

—Ésta no es tu forma de comportarte, Elijah. Siguiendo tu deber, me acusaste dos veces de asesinato.

—¿Y ésta es tu forma de devolvérmela?

—No estoy seguro de entender lo que quieres decir con esa frase. Desde luego, apruebo tu disposición a acusarme.

Tenías tus razones. Estabas equivocado, pero habrías podido tener razón. Hay pruebas igualmente serias que apuntan a tu mujer.

—¿Como asesina? Vaya, maldita sea, si Jessie no haría daño ni a su peor enemigo. No podría poner un pie fuera de la Ciudad. No podría... Oye, si fueras de carne y hueso, te iba...

—Sólo digo que es miembro de la conspiración. Digo que debería ser interrogada.

—Ni lo sueñes. O lo que sea que hagas en lugar de soñar. Mira, escúchame. Los medievalistas no van detrás de nosotros. No es su forma de actuar. Pero están intentando sacarte de la Ciudad. Eso está claro. Y lo están intentando con una especie de ataque psicológico. Están intentando ponernos las cosas difíciles a ti y a mí, puesto que estoy contigo. Pueden haber averiguado fácilmente que Jessie era mi mujer, y era un movimiento obvio por su parte el dejar que supiera las noticias. Ella es como todos los demás seres humanos. No le gustan los robots. No querría que me asociase con uno, especialmente si pensase que implica un peligro, y por tanto ellos lo habrán subrayado. Te puedo decir que ha funcionado. Ella me rogó toda la noche que dejase el caso o que te sacase de la Ciudad de alguna forma.

—Presumo —dijo R. Daneel— que tienes un deseo muy fuerte de proteger a tu mujer de un interrogatorio. Me parece evidente que estás argumentando sin creer en tus propias palabras.

—¿Quién demonios te crees que eres? —exclamó Baley—. No eres un detective. Eres una máquina de análisis cerebral como los electroencefalógrafos que tenemos en este edificio. Tienes brazos, piernas, cabeza y puedes hablar, pero no eres nada más que una máquina. Con ponerte un circuito de nada no te conviertes en detective, así que, ¿qué puedes saber? Mantén la boca cerrada, y deja que yo me ocupe de pensar.

—Creo que sería mejor que bajases la voz, Elijah —dijo el robot suavemente—. Admitiendo que no soy un detective en el mismo sentido en el que lo eres tú, aún querría llamarte la atención sobre una cosa.

—No tengo ningún interés en escucharte.

—Por favor. Si me equivoco, puedes decírmelo, y no pasará nada. Es sólo lo siguiente. Anoche saliste de nuestra habitación para llamar a Jessie por el teléfono del pasillo. Te sugerí que tu hijo fuera en tu lugar. Me dijiste que no era la costumbre entre los terrestres que un padre enviase a su hijo a algún peligro. ¿Existe entonces la costumbre de que la madre sí lo haga?

—No, cla... —empezó Baley, y se detuvo.

—Ves adónde quiero llegar —dijo R. Daneel—. Normalmente, si Jessie temiese por tu seguridad y deseease avisarte, arriesgaría su propia vida, no enviaría a su hijo. El hecho de que enviase a Bentley sólo puede querer decir que pensaba que él estaría seguro mientras que ella misma no lo estaría. Si la conspiración consistiese en gente desconocida para Jessie, no sería así, o al menos no tendría razón para pensar que fuera así. Por otra parte, si fuera miembro de la conspiración, ella sabría... lo sabría, Elijah... que sería advertida y reconocida, mientras que Bentley podría pasar sin ser reconocido.

—Oye, espera —dijo Baley, sintiéndose desfallecer—, ese razonamiento está un poco traído por los pelos, pero...

No hubo necesidad de esperar. La señal en la mesa del comisario estaba parpadeando locamente. R. Daneel esperó a que Baley respondiese, pero éste sólo se la quedó mirando con indecisión. El robot pulsó el interruptor.

—¿Qué pasa?

La voz indistinta de R. Sammy dijo:

—Hay una señora aquí que desea ver a Lije. Le dije que estaba ocupado, pero no quiere irse. Dice que su nombre es Jessie.

—Déjale entrar —dijo R. Daneel con calma, y su mirada castaña se alzó sin emoción para encontrar los ojos llenos de pánico de Baley.

14

El poder de un nombre

Baley se quedó de pie, paralizado por la sorpresa, cuando Jessie se acercó corriendo, lo agarró por los hombros, y se abrazó contra él.

Sus pálidos labios formaron una palabra:

—¿Bentley?

Ella lo miró y negó con la cabeza, haciendo que su pelo castaño volase con la fuerza de su movimiento.

—Está bien.

—Bueno, entonces...

—No puedo seguir así, Lije —dijo Jessie a través de un súbito torrente de sollozos, en una voz tan baja que apenas podían distinguirse sus palabras—. No puedo. No puedo comer ni dormir. Tengo que decírtelo.

—No digas nada —dijo Baley, angustiado—. Por el amor de Dios, ahora no.

—Tengo que hacerlo. He hecho algo terrible. Algo tan terrible... Oh, Lije... —Y cayó en la incoherencia.

—No estamos solos, Jessie —dijo Baley, desesperado.

Ella alzó la vista y miró a R. Daneel sin dar muestras de reconocerlo. Las lágrimas en las que nadaban sus ojos podían estar convirtiendo al robot en un borrón sin rasgos.

—Buenas tardes, Jessie —dijo R. Daneel con un murmullo grave.

Ella jadeó.

—¿Es el... el robot?

Se pasó rápidamente el dorso de la mano por los ojos y apartó el brazo derecho de Baley, que la abrazaba. Respiró profundamente y por un momento se formó una sonrisa trémula en sus labios.

—Sí que eres tú, ¿verdad?

—Sí, Jessie.

—¿No te importa que te llamen robot?

—No, Jessie. Es lo que soy.

—Y a mí no me importa que me llamen tonta e idiota y... agente subversiva, porque eso es lo que soy.

—¡Jessie! —gimió Baley.

—No sirve de nada, Lije —dijo ella—. Él también puede saberlo, si es tu compañero. Ya no puedo vivir más con esto. Lo he pasado fatal desde ayer. No me importa ir a la cárcel. No me importa si me envían a los niveles más inferiores y me obligan a vivir de levadura cruda y agua. No me importa si... No les dejarás, ¿verdad, Lije? No les dejes que me hagan nada. Estoy asu... asustada.

Baley abrazó sus hombros y la dejó llorar.

—No se encuentra bien —dijo a R. Daneel—. No debe quedarse aquí. ¿Qué hora es?

—Las catorce cuarenta y cinco —dijo R. Daneel sin ningún signo visible de consultar un reloj.

—El comisario podría volver en cualquier momento. Oye, pide un coche patrulla y podemos hablar de esto en la carretera.

La cabeza de Jessie se alzó súbitamente.

—¿La carretera? Oh, no, Lije.

—Venga, Jessie, no seas supersticiosa —dijo en el tono más apaciguador que pudo—. No puedes ir por la autopista así. Sé una buena chica y cálmate o ni siquiera podremos atravesar la sala común. Te daré un poco de agua.

Ella se limpió la cara con un pañuelo húmedo y dijo tristemente:

—Oh, mira mi maquillaje.

—No te preocupes por tu maquillaje —dijo Baley—. Daneel, ¿qué hay del coche patrulla?

—Nos está esperando, compañero Elijah.

—Vamos, Jessie.

—Espera. Espera sólo un momento, Lije. Tengo que hacer algo con mi cara.

—Ahora no importa.

Pero ella se apartó.

—Por favor. No puedo pasar por la sala común así. No tardaré ni un segundo.

El hombre y el robot esperaron, el hombre apretando los puños espasmódicamente, el robot impasible.

Jessie rebuscó en su bolso el instrumental necesario. (Si había algo que había resistido los intentos de mejora mecánica desde tiempos medievales, había dicho cierta vez Baley con solemnidad, era el bolso de mujer. Ni siquiera se había conseguido sustituir el cierre metálico por uno magnético.) Jessie sacó un pequeño espejo y la polvera cosmética plateada que Baley le había comprado hacía tres cumpleaños.

La polvera tenía varios orificios y ella los usó de uno en uno. Todas salvo la última rociada eran invisibles. Las usó con ese toque preciso y ese control delicado que parecen ser patrimonio de las mujeres incluso en momentos de la mayor tensión.

La base fue lo primero, en una capa suave y homogénea que tapó todos los brillos y las asperezas de la piel y la dejó reluciente y suavemente dorada, el tono que una larga experiencia decía a Jessie que era el más apropiado para el color natural de su pelo y sus ojos. Luego un toque de bronceado por la frente y la barbilla, y suave roce de colorete en cada mejilla, haciendo una línea hasta el ángulo de la mandíbula; y un delicado resto de azul en los párpados superiores y por los lóbulos de las orejas. Finalmente, se aplicó el suave carmín a los labios. Esto requería la única rociada visible, una niebla levemente rosa que brillaba como un líquido en el aire, pero que se secaba y se oscurecía al contacto con los labios.

—Ya está —dijo Jessie, con unos toques a su cabello y una mirada de profunda satisfacción—. Supongo que así vale.

El proceso había durado más del segundo prometido, pero menos de quince. Sin embargo, a Baley le había parecido interminable.

—Ven —dijo.

Ella apenas tuvo tiempo de devolver la polvera al bolso antes de verse empujada a pasar por la puerta.

El inquietante silencio de la carretera se extendía ambos lados.

—De acuerdo, Jessie —dijo Baley.

La impasividad que había cubierto la cara de Jessie desde que salieron del despacho del comisario mostraba signos de resquebrajarse. Miró a su marido y a Daneel con un silencio desvalido.

—Acabemos de una vez, Jessie —dijo Baley—. Por favor. ¿Has cometido algún delito? ¿Un delito de verdad?

—¿Un delito? —Ella negó con la cabeza, insegura.

—Venga, no te vengas abajo. No te pongas histérica. Sólo di sí o no, Jessie. ¿Has... —dudó un instante—... matado a alguien?

El aspecto del rostro de Jessie cambió al instante a indignación.

—¡Vaya, Lije Baley!

—Sí o no, Jessie.

—No, claro que no.

El nudo apretado en el estómago de Baley se aflojó perceptiblemente.

—¿Has robado algo? ¿Falsificado los datos de las raciones? ¿Atacado a alguien? ¿Destruido alguna propiedad? Cuéntame, Jessie.

—No he hecho nada... nada específico. No me refería a

nada como eso. —Miró por encima del hombro de él—. Lije, ¿tenemos que quedarnos aquí abajo?

—Justo aquí hasta que terminemos. Ahora, empieza por el principio. ¿Qué venías a decirnos? —Por encima de la cabeza gacha de Jessie, los ojos de Baley se encontraron con los de R. Daneel.

Jessie habló con una voz suave que fue cobrando fuerza y elocuencia según proseguía.

—Es esa gente, estos medievalistas; ya los conoces, Lije. Están siempre por todas partes, siempre hablando. Incluso en los viejos tiempos cuando era asistente dietista, ya era así. ¿Te acuerdas de Elizabeth Thornbowe? Era medievalista. Siempre estaba hablando de que nuestros problemas venían de la Ciudad y de que las cosas eran mejores antes del comienzo de las Ciudades.

»Yo solía preguntarle cómo estaba tan segura de que era así, especialmente después de que tú y yo nos encontrásemos, Lije (recuerda las charlas que teníamos), y entonces citaba esas pequeñas películas-libro que circulan por todas partes. Ya sabes, como *La vergüenza de las Ciudades* escrita por aquel tipo. No recuerdo su nombre.

—Ogrinsky —dijo Baley, distraídamente.

—Sí, sólo que la mayoría era aún peores. Luego, cuando me casé contigo, ella se puso muy sarcástica. Dijo: «Supongo que vas a convertirte en una auténtica mujer de la Ciudad ahora que estás casada con un policía». Después de eso, ya no me habló mucho y luego dejé mi trabajo y eso fue todo. Muchas de las cosas que solía decirme eran sólo para chocarme, creo, o para hacerle parecer misteriosa y atractiva. Era una solterona, sabes; nunca se casó hasta el día de su muerte. Muchos de esos medievalistas son gente que no encaja, de una forma u otra. Acuérdate, Lije, que una vez dijiste que la gente a veces confunde sus propias carencias con las de la sociedad y quieren arreglar las Ciudades porque no saben cómo arreglarse a sí mismos.

Baley se acordaba, y sus palabras ahora sonaban frívolas y superficiales a sus propios oídos. Con amabilidad, dijo:

—No divagues, Jessie.

—En todo caso —continuó ella—, Lizzy siempre hablaba de que llegaría el día, y que la gente debía unirse. Decía que todo era por culpa de los espaciales, que querían que la Tierra siguiera siendo débil y decadente. Ésa era una de sus palabras favoritas, «decadente». Miraba el menú que yo preparaba para la semana siguiente, hacía un gesto despectivo y decía: «Decadente, decadente». Jane Myers solía imitarla en la sala de los cocineros y nos moríamos de risa. Ella decía, me refiero a Elizabeth, que algún día destruiríamos las Ciudades y volveríamos a la tierra y les ajustaríamos las cuentas a los espaciales, que estaban intentando atarnos para siempre a las Ciudades al forzarnos a usar robots. Sólo que nunca los llamaba robots. Solía decir «monstruosas máquinas desalmadas», si perdonas la expresión, Daneel.

—No conozco el significado del adjetivo que has usado, Jessie, pero en todo caso, la expresión está perdonada —dijo el robot—. Por favor, sigue.

Baley se agitó inquieto. Jessie siempre era así. Ninguna emergencia ni crisis podía hacer que contase una historia de otra manera que no fuera su propia forma indirecta.

—Elizabeth siempre intentaba hablar como si hubiera mucha gente en aquello con ella —dijo—. Decía: «En la última reunión», y entonces se paraba y me miraba de una forma medio orgullosa, medio atemorizada, como si quisiera que le preguntase por ello para que ella pudiera hacerse la importante y sin embargo estuviera asustada de que pudiera meterla en líos. Por supuesto, nunca le pregunté. No quería darle esa satisfacción.

»En fin, después de casarme contigo, Lije, todo eso terminó, hasta que...

Se detuvo.

—Continúa, Jessie —dijo Baley.

—¿Te acuerdas, Lije, de la discusión que tuvimos? ¿Sobre Jezebel, quiero decir?

—¿Qué pasa con eso? —A Baley le llevó un segundo o dos el recordar que era el propio nombre de Jessie, y no una referencia a otra mujer.

Se volvió hacia R. Daneel para ofrecer automáticamente una explicación defensiva:

—El nombre completo de Jessie es Jezebel. No le gusta y no lo usa.

R. Daneel asintió con seriedad y Baley pensó: Jehoshaphat, ¿por qué preocuparse por lo que él piense?

—Me molestó mucho, Lije —dijo Jessie—. De verdad. Supongo que era una tontería, pero no pude dejar de pensar en lo que dijiste. Quiero decir, lo de que Jezebel sólo era una conservadora que luchaba por las tradiciones de sus antepasados contra las extrañas costumbres que habían traído los recién llegados. Después de todo, yo era Jezebel, y siempre...

Se quedó buscando la palabra y Baley se la proporcionó:

—¿Te identificaste con ella?

—Sí. —Pero negó con la cabeza casi inmediatamente y apartó la vista—. En realidad no, claro. No literalmente. La forma en que yo pensaba que ella se comportaba, ya sabes. Yo no era así.

—Ya lo sé, Jessie. No seas tonta.

—Pero aun así pensaba mucho en ella y, de alguna manera, me puse a pensar que era lo mismo ahora que entonces. Quiero decir que nosotros los terrícolas teníamos nuestras viejas tradiciones y aquí están los espaciales que llegan con toda esa carga de nuevas costumbres, intentando que sigamos las nuevas costumbres que nosotros mismos habíamos encontrado, y quizá los medievalistas tenían razón. Quizá deberíamos volver a nuestras viejas y buenas tradiciones. Así que volví y encontré a Elizabeth.

—Sí. Continúa.

—Dijo que no sabía de qué estaba hablando y además yo

era la mujer de un poli. Le dije que eso no tenía nada que ver, y finalmente ella dijo que bueno, que hablaría con alguien, y entonces un mes después se me acercó y me dijo que de acuerdo y me uní y he estado acudiendo a las reuniones desde entonces.

Baley la miró con tristeza.

—¿Y nunca me lo dijiste?

La voz de Jessie tembló.

—Lo siento, Lije.

—Bueno, eso no sirve de nada. Sentirlo, quiero decir. Quiero que me hables de las reuniones. Para empezar, ¿dónde tienen lugar?

Una sensación de distancia empezaba a invadirle, un entumecimiento de las emociones. Lo que había intentado no creer era cierto, era abiertamente cierto, era inequívocamente cierto. De alguna forma, era un alivio que hubiese terminado la incertidumbre.

—Aquí abajo —dijo ella.

—¿Aquí abajo? ¿Quieres decir en este sitio? ¿Qué quieres decir?

—Aquí en la carretera. Ésa es la razón por la que no quería bajar aquí. Pero era un sitio estupendo para reunirse. Nos juntábamos...

—¿Cuántos?

—No estoy segura. Unos sesenta o setenta. Era sólo una especie de capítulo local. Había sillas plegables y algunas cosas para picar y alguien daba un discurso, sobre todo acerca de la maravillosa vida de los viejos tiempos, y de que algún día nos libraríamos de los monstruos, es decir, de los robots, y también de los espaciales. En realidad los discursos eran un poco aburridos, porque siempre eran iguales. Pero los soportábamos. Era por lo divertido de juntarnos y sentirnos importantes. Nos comprometíamos mediante juramentos y había formas secretas de saludarse si nos encontrábamos en el exterior.

—¿Nunca os interrumpieron? ¿No pasó nunca un coche patrulla o un camión de bomberos?

—No. Nunca.

—¿Es eso anormal, Elijah? —interrumpió R. Daneel.

—Quizá no —respondió Baley reflexivamente—. Hay algunos pasajes laterales que casi no se usan nunca. Pero es bastante complicado saber dónde se encuentran. ¿Eso es todo lo que hacíais es las reuniones, Jessie? ¿Dar discursos y jugar a las conspiraciones?

—Eso era todo. Y cantar canciones, a veces. Y, por supuesto, comer. No gran cosa. Normalmente bocadillos y zumo.

—En ese caso —dijo, casi brutalmente—, ¿qué es lo que te molesta ahora?

—Estás enfadado. —Jessie acusó el golpe.

—Por favor —dijo Baley, con paciencia férrea—, responde a mi pregunta. Si todo era tan inofensivo como me has contado, ¿por qué has estado muerta de pánico durante el último día y medio?

—Pensé que iban a hacerte daño, Lije. Por el amor de Dios, ¿por qué te comportas como si no lo entendieras? Ya te lo he explicado.

—No, no lo has hecho. Aún no. Me has hablado de una pequeña tertulia secreta e inofensiva a la que pertenecías. ¿Alguna vez organizaron manifestaciones abiertamente? ¿Alguna vez destruyeron robots? ¿Comenzaron disturbios? ¿Mataron a alguien?

—¡Nunca! Lije, yo no haría ninguna de esas cosas. No habría seguido siendo miembro si lo hubieran intentado.

—Bueno, entonces, ¿por qué dices que has hecho algo terrible? ¿Por qué supones que te mandarán a la cárcel?

—Bueno... Bueno, solían hablar sobre el día en que presionarían al gobierno. Se suponía que nos organizaríamos y luego habría enormes huelgas y paros. Obligaríamos al gobierno a prohibir a los robots y a hacer que los espaciales volvieran a su lugar de origen. Pensaba que eran sólo palabras, y entonces comenzó todo esto; lo de ti y Daneel, quiero decir. Entonces dijeron: «Ahora veremos acción», y «Vamos a convertirlos en un ejemplo y detendremos ahora mismo la invasión de robots». Lo dijeron justo allí en el Personal, sin saber que era de ti de quien estaban hablando. Pero yo lo supe. Enseguida.

Su voz se quebró.

Baley se ablandó.

—Vamos, Jessie. No era nada. Sólo palabras. Tú misma puedes ver que no ha sucedido nada.

—Estaba ta... tan asu... asustada. Y pensé: Formo parte de esto. Si va a haber muerte y destrucción, tú podrías morir y Bentley también, y en cierta forma sería todo cul... culpa mía, y deberían encarcelarme.

Baley dejó que sus sollozos se agotasen. Rodeó su hombro con un brazo y miró seriamente a R. Daneel, que le devolvió una mirada inexpresiva.

—Ahora quiero que pienses, Jessie. ¿Quién era el jefe de tu grupo?

Ella estaba más tranquila ya, pasándose un pañuelo por los ojos.

—El líder era un hombre llamado Joseph Klemin, pero en realidad no era nadie importante. No medía más de un metro setenta y creo que en casa era un buen calzonazos. No creo que pueda hacer ningún daño. No vas a arrestarle, ¿verdad, Lije? ¿Sólo por lo que he dicho? —Parecía perturbada por la culpa.

—Todavía no voy a arrestar a nadie. ¿De quién recibía Klemin sus instrucciones?

—No lo sé.

—¿Alguna vez venían desconocidos a las reuniones? Ya sabes a lo que me refiero: tipos de las altas esferas.

—A veces venía gente a dar discursos. No muy a menudo, quizá sólo dos veces al año o así.

—¿Puedes decirme sus nombres?

—No. Siempre nos los presentaban simplemente como «uno de nosotros» o «un amigo de Jackson Heights» o alguna cosa así.

—Ya veo. ¡Daneel!

—Sí, Elijah —dijo R. Daneel.

—Describe a los hombres que piensas que has identificado. Veremos si Jessie puede reconocerlos.

R. Daneel recitó la lista con exactitud clínica. Jessie escuchaba con una expresión de consternación mientras las categorías de medidas físicas se sucedían y negaba con la cabeza con cada vez más firmeza.

—No sirve de nada. No sirve de nada —lloró—. ¿Cómo puedo recordarlos? No puedo recordar el aspecto de ninguno de ellos. No puedo...

Se detuvo, y pareció pensárselo mejor.

Entonces dijo:

—¿Dijiste que uno de ellos era un granjero de levadura?

—Francis Clousarr —dijo R. Daneel— es empleado en Levaduras de Nueva York.

—Bueno, sabes, una vez había un hombre dando un discurso y por casualidad yo estaba sentada en la primera fila, y todo el rato me llegaba un olor, en realidad sólo un poco, de levadura pura. Ya sabes a lo que me refiero. La única razón por la que lo recuerdo es porque aquel día tenía el estómago alterado y el olor me daba náuseas. Tuve que levantarme y ponerme en un sitio en la parte de atrás, y por supuesto no podía explicar a nadie lo que pasaba. Fue muy embarazoso. Quizá ése es el hombre del que estás hablando. Después de todo, cuando trabajas con levadura todo el rato, el aroma se te pega a la ropa. —Arrugó la nariz.

—¿No recuerdas el aspecto que tenía? —dijo Baley.

—No —respondió ella con decisión.

—De acuerdo, entonces. Mira, Jessie, voy a llevarte a casa de tu madre. Bentley se quedará contigo, y ninguno de los dos saldrá de la Sección. Ben puede dejar de ir a la escuela y pediré que os envíen las comidas y que la policía vigile los pasillos en torno al apartamento.

—¿Y qué hay de ti? —dijo ella con voz trémula.

—No estaré en peligro.

—Pero ¿durante cuánto tiempo?

—No lo sé. Quizá sólo un día o dos. —Las palabras sonaron infundadas incluso a sus propios oídos.

Una vez de vuelta en la carretera, Baley y R. Daneel estuvieron solos. La expresión de Baley era de pensamiento concentrado.

—Me parece —dice— que nos enfrentamos a una organización construida en dos niveles. En primer lugar, una base sin programa específico, cuyo objetivo es sólo aportar un apoyo masivo a un posible golpe. En segundo lugar, una élite mucho más pequeña que debemos encontrar. Los grupos de opereta de los que Jessie habló pueden ser descartados.

—Todo esto —dijo R. Daneel— es lógico, quizá, si podemos aceptar la historia de Jessie sin más pruebas.

—Creo —dijo Baley rígidamente— que la historia de Jessie puede aceptarse como completamente cierta.

—Eso parece —dijo R. Daneel—. No hay nada en sus impulsos cerebrales que indique una adicción patológica a la mentira.

Baley dirigió una mirada ofendida al robot.

—Yo diría que no. Y no será necesario mencionar su nombre en nuestros informes. ¿Entiendes eso?

—Si así lo deseas, compañero Elijah —dijo R. Daneel tranquilamente—, pero nuestro informe entonces no será ni completo ni preciso.

—Bueno, quizá sea así —dijo Baley—, pero no se causará ningún daño. Ella ha venido a nosotros a darnos toda la información que tenía y mencionar su nombre sólo hará que quede fichada. No quiero que eso suceda.

—En ese caso, desde luego que no, si estamos seguros de que no queda nada más que averiguar.

—No queda nada más, en lo relativo a ella. Te lo garantizo.

—¿Podrías explicarme entonces porqué esa palabra, Jezabel, el mero sonido de un nombre, puede haberla inducido a abandonar sus convicciones formadas y asumir otras? La motivación me parece poco clara.

Viajaban lentamente a través del túnel curvo y vacío.

—Es difícil de explicar —dijo Baley—. Jezebel es un nombre poco frecuente. En tiempos perteneció a una mujer de muy mala reputación. Mi esposa creía que eso era valioso. Le proporcionaba una sensación indirecta de maldad y compensaba su vida, que era uniformemente correcta.

—¿Por qué iba a querer sentirse malvada una mujer respetuosa de la ley?

Baley casi sonrió.

—Las mujeres son así, Daneel. En fin, hice algo muy estúpido. En un momento de irritación, insistí en que la Jezebel histórica no era particularmente malvada y que, en todo caso, era una buena esposa. Lo he lamentado desde entonces.

»Resultó —continuó— que había conseguido que Jessie se pusiera amargamente triste. Le había estropeado algo que no podía ser reemplazado. Supongo que lo que siguió fue su forma de vengarse. Imagino que deseaba castigarme al implicarse en una actividad que sabría que no me gustaría. No quiero decir que el deseo fuera consciente.

—¿Puede un deseo no ser consciente? ¿No es eso una contradicción en los términos?

Baley se quedó mirando a R. Daneel y no tuvo la fuerza de intentar explicar el inconsciente. En su lugar, dijo:

—Además, la Biblia tiene una gran influencia en el pensamiento y la emoción humanos.

—¿Qué es la Biblia?

Por un momento Baley se sorprendió, y luego se sorprendió de sí mismo por haberse sorprendido. Sabía que los espaciales vivían bajo una filosofía completamente mecanicista, y R. Daneel sólo podía conocer lo que los espaciales conocían, y nada más.

—Es el libro sagrado de cerca de la mitad de la población de la Tierra —dijo secamente.

—No capto el significado de ese adjetivo.

—Quiere decir que se considera muy importante. Diversas partes del libro, cuando se interpretan correctamente, contienen un código de comportamiento que muchos hombres consideran ideal para conseguir la felicidad definitiva de la humanidad.

R. Daneel pareció meditar sobre esto.

—¿Se ha incorporado este código a vuestras leyes?

—Me temo que no. El código no se presta a ser ejecutado mediante leyes. Debe ser obedecido espontáneamente por cada individuo basándose en el deseo de hacerlo. En cierto sentido, es superior a lo que pueda ser ninguna ley.

—¿Superior a la ley? ¿No es eso una contradicción en los términos?

Baley sonrió irónicamente.

—¿Permites que te cite una parte de la Biblia? ¿Sientes curiosidad por escucharla?

—Por favor, sí.

Baley dejó que el coche frenase hasta pararse y durante un momento se quedó sentado con los ojos cerrados, recordando. Le habría gustado usar el sonoro inglés medio de la Biblia medieval, pero para R. Daneel el inglés medio sería incomprensible. Comenzó a hablar, usando de forma casi espontánea las palabras de la versión moderna, como si estuviera contando una historia de la vida contemporánea, en lugar de sacando a la luz un relato del pasado más oscuro de la humanidad:

—Jesús fue al Monte de los Olivos, y al amanecer volvió al templo. Todo el pueblo se acercó a él, y él se sentó y les predicó. Y los escribas y fariseos le trajeron una mujer sorprendida en adulterio, y cuando la hubieron colocado ante él, le dijeron: «Maestro, esta mujer fue sorprendida en adulterio, en pleno acto. La ley de Moisés nos ordena lapidar a quien obre así. ¿Qué dices a esto?».

»Le dijeron esto esperando atraparlo, de forma que tuvieran argumentos para acusarlo. Pero Jesús se agachó, y con el dedo escribió en la tierra, como si no les hubiese oído. Pero cuando continuaron preguntándole, se levantó y les dijo: "Aquel que esté libre de pecado entre vosotros, que le tire la primera piedra".

»Y de nuevo se agachó y escribió en la tierra. Y aquellos que escucharon esto, condenados por su propia conciencia, se marcharon uno tras otro, empezando por el hombre más viejo y hasta el último: y Jesús se quedó solo, con la mujer de pie ante él. Cuando Jesús se levantó y no vio a nadie más que a la mujer, le dijo: "Mujer, ¿dónde están tus acusadores? ¿Nadie te ha condenado?". Ella dijo: "No hay nadie, Señor". Y Jesús le dijo: "Ni yo te condeno tampoco. Ve, y no peques más".

R. Daneel escuchó con atención.

—¿Qué es adulterio? —preguntó.

—Eso no importa. Era un delito, y en esa época, el castigo aceptado era la lapidación; es decir, se arrojaban piedras al culpable hasta que moría.

—¿Y la mujer era culpable?

—Lo era.

—Entonces, ¿por qué no fue lapidada?

—Ninguno de los acusadores sintió que podía hacerlo después de la declaración de Jesús. La historia quiere decir que hay algo superior a la justicia que se te ha incorporado. Existe un impulso humano conocido como piedad; un acto humano conocido como perdonar.

—No estoy familiarizado con esas palabras, compañero Elijah.

—Lo sé —murmuró Baley—. Lo sé.

Puso en marcha el coche patrulla con una sacudida y dejó que avanzase salvajemente. Se sintió apretado contra los cojines del asiento.

—¿Adónde vamos? —preguntó R. Daneel.

—Al Barrio Levadura —dijo Baley—, a sacarle la verdad a Francis Clousarr, el conspirador.

—¿Tienes un método para conseguir esto, Elijah?

—Yo precisamente no. Pero tú si, Daneel. Uno muy sencillo.

Aceleraron hacia su destino.

15

Arresto de un conspirador

Baley podía sentir el ligero olor del Barrio Levadura, que se hacía cada vez más intenso, más omnipresente. No lo encontraba tan desagradable como algunos; Jessie, por ejemplo. Más bien, incluso le gustaba. Tenía connotaciones agradables.

Cada vez que olía levadura pura, la alquimia de la percepción sensorial le retrotraía más de tres décadas al pasado. Tenía de nuevo diez años, y visitaba a su tío Boris, que era granjero de levadura. El tío Boris siempre tenía un pequeño almacén de delicias de levadura: galletitas, cosas chocolateadas llenas de líquido dulce, figuras duras en forma de gatos y perros. Aunque era pequeño, sabía que el tío Boris realmente no debería poder regalar estas cosas y siempre se las comía en silencio, sentado en una esquina con la espalda vuelta hacia el centro de la habitación. Se las comía rápidamente por miedo a que lo cogieran.

Sabían mucho mejor por eso.

¡Pobre tío Boris! Sufrió un accidente y murió. Nunca le dijeron lo que había pasado exactamente, y había llorado amargamente porque pensaba que el tío Boris había sido arrestado por sacar ilegalmente levadura de la planta. Suponía que a él también lo arrestarían y ejecutarían. Años después, buscó discretamente en los archivos policiales y encontró la verdad. El tío Boris había caído bajo los neumáticos de un transporte. Fue un final desilusionante para un mito romántico.

Y sin embargo el mito siempre volvía a su cabeza, al menos durante unos momentos, al olfatear levadura pura.

Barrio Levadura no era el nombre oficial de ninguna parte de la Ciudad de Nueva York. No se podía encontrar en ningún callejero ni en ningún mapa oficial. Lo que el habla popular conocía como Barrio Levadura era, para Correos, meramente los condados de Newark, New Brunswick y Trenton. Era una amplia franja que cruzaba lo que fue en tiempos el New Jersey medieval, punteada por zonas residenciales, sobre todo en Newark Central y Trenton Central, pero en su mayoría dedicado a las granjas de múltiples niveles en las que crecían y se multiplicaban mil clases de levadura.

Una quinta parte de la población de la Ciudad trabajaba en las granjas de levadura; otra quinta parte trabajaba en las industrias subsidiarias. Comenzando con las montañas de madera y celulosa sin tratar que se traían a la Ciudad desde los espesos bosques de los Alleghenies, pasando por las cubas de ácido que las hidrolizaban hasta convertirlas en glucosa, las carretadas de piedra de nitro y fosfato que constituían los aditivos más importantes, y terminando por los jarros de materia orgánica aportada por los laboratorios químicos, todo se reducía a una sola cosa: levadura y más levadura.

Sin levadura, seis de los ocho mil millones de habitantes de la Tierra morirían de hambre en un año.

Baley se estremeció al pensarlo. Tres días antes la posibilidad existía tanto como ahora, pero tres días antes nunca se le habría ocurrido.

Salieron zumbando de la carretera a través de una salida en los alrededores de Newark. Las avenidas escasamente pobladas, flanqueadas a ambos lados por las manzanas sin rasgos distintivos que eran las granjas, ofrecían poca resistencia a su velocidad.

—¿Qué hora es, Daneel? —preguntó Baley.

—Las dieciséis cero cinco —respondió R. Daneel.

—Entonces estará trabajando, si está en turno de día.

Baley aparcó el coche patrulla en una zona de descarga y congeló los controles.

—¿Esto es entonces Levaduras de Nueva York, Elijah? —preguntó el robot.

—Una parte, sí.

Entraron en un pasillo flanqueado por una doble fila de despachos. Una recepcionista en una curva del pasillo les recibió con una sonrisa instantánea.

—¿A quién desean ver?

Baley abrió su cartera.

—Policía. ¿Hay un tal Francis Clousarr trabajando para Levaduras de Nueva York?

La chica pareció preocupada.

—Puedo comprobarlo.

Conectó su panel de control con un cable marcado claramente «Recursos Humanos», y movió los labios ligeramente, aunque no se oyó ningún sonido.

A Baley no le resultaban desconocidos los micrófonos de garganta que traducían los pequeños movimientos de la laringe en palabras.

—Hable en voz alta, por favor —dijo—. Deje que la oiga.

Sus palabras se hicieron audibles, pero sólo consistieron en:

—... Dice que es policía, señor.

Un hombre moreno y bien vestido salió de una puerta. Llevaba un fino bigote y empezaba a tener entradas. Sonrió deslumbrantemente y dijo:

—Soy Prescott, de Recursos Humanos. ¿Cuál es el problema, agente?

Baley le miró fríamente y la sonrisa de Prescott se volvió cada vez más forzada.

—No quiero molestar a los trabajadores —dijo Prescott—. Les inquieta la policía.

—Mala suerte, ¿eh? —dijo Baley—. ¿Está Clousarr en el edificio ahora?

—Sí, agente.

—Denos una vara, entonces. Y si se ha ido cuando lleguemos allí, volveré para hablar con usted.

La sonrisa del otro acabó de morir.

—Le traeré una vara, agente —murmuró.

La vara de guía estaba fijada para el Departamento CG, Sección 2. Lo que eso significaba en la terminología de la fábrica, Baley no lo sabía. No tenía por qué. La vara era un objeto discreto que podía llevarse en una mano. Su punta se calentaba ligeramente cuando se alineaba con la dirección para la que estaba fijada, y se enfriaba rápidamente cuando se volvía en otra dirección. La calidez aumentaba según se acercaba el objetivo final.

Para alguien poco familiarizado, la vara de guía era casi inútil, con sus pequeñas diferencias de calor, pero pocos habitantes de la Ciudad desconocían este sistema. Uno de los juegos de infancia más populares y perennes era el escondite por los pasillos de los niveles de la escuela usando varas de guía de juguete. («Caliente o no, encuentra el punto caliente. Las varas de guía apuntan al punto.»)

Baley había sabido caminar sin perderse por cientos de moles masivas mediante la vara de guía, y podía seguir el camino más corto con una en la mano como si se lo hubieran indicado con un mapa.

Cuando entró en una habitación grande e iluminada al cabo de diez minutos, la punta de la vara de guía estaba casi quemando.

Baley dijo al trabajador que estaba más cerca de la puerta:

—¿Está aquí Francis Clousarr?

El trabajador señaló con la cabeza. Baley siguió la dirección indicada. El olor de la levadura era agudo y penetrante, a pesar del aire acondicionado cuyo zumbido creaba un ruido de fondo constante.

Un hombre se había levantado en el otro extremo de la habitación y estaba quitándose un delantal. Era de altura media, con el rostro plagado de profundas arrugas a pesar de su juventud relativa, y su pelo comenzaba a encanecer. Tenía manos grandes y nudosas que se limpiaba lentamente con una toalla de celtex.

—Yo soy Francis Clousarr —dijo.

Baley miró brevemente a R. Daneel. El robot asintió.

—De acuerdo —dijo Baley—. ¿Hay algún sitio en el que podamos hablar?

—Quizá —dijo Clousarr despacio—, pero mi turno está a punto de terminar. ¿Qué le parece mañana?

—Hay muchas horas entre hoy y mañana. Que sea ahora. —Baley abrió su cartera y se la mostró al granjero de levadura.

Pero las manos de Clousarr no temblaron mientras seguían frotándose contra el delantal. Dijo con calma:

—No conozco el sistema en el Departamento de Policía, pero por aquí tenemos horarios de comida muy ajustados y sin excepciones. O como de 17 a 17.45 o no como.

—No pasa nada —dijo Baley—. Ordenaré que le traigan la cena.

—Bueno, bueno —dijo Clousarr, sin ninguna alegría—. Justo como a un aristócrata, o un poli clase C. ¿Qué será lo siguiente? ¿Un baño privado?

—Limítese a responder a las preguntas, Clousarr —dijo Baley—, y deje las bromas para su novia. ¿Dónde podemos hablar?

—Si quiere hablar, ¿por qué no vamos a la sala de los pesos? Vea usted si le conviene. Yo no tengo nada que decir.

Baley condujo a Clousarr a la sala de los pesos. Era cuadrada y de un blanco antiséptico, con un aire acondicionado independiente de la sala mayor (y más eficiente), y con paredes cubiertas de delicados pesos electrónicos, encerrados tras cristales y manipulables sólo mediante campos de fuerza. Baley había usado modelos más baratos en sus tiempos de universidad. Un modelo, que reconoció, podía pesar incluso sólo mil millones de átomos.

—Nadie debería entrar aquí en un buen rato —dijo Clousarr.

Baley gruñó, luego se volvió hacia Daneel y le dijo:

—¿Quieres salir y pedir que traigan una comida? Y si no te importa, espera fuera a que llegue.

Observó cómo R. Daneel salía, y luego dijo a Clousarr:

—¿Es usted químico?

—Soy zimólogo, si no le importa.

—¿Cuál es la diferencia?

Clousarr le miró altivamente.

—Un químico es un empujasopas, un operador de pestes. Un zimólogo es un tipo que ayuda a mantener a unos cuantos miles de millones de personas vivas. Yo soy especialista en cultivo de levadura.

—De acuerdo —dijo Baley.

Pero Clousarr continuó:

—Este laboratorio mantiene en funcionamiento a Levaduras de Nueva York. No pasa un día, ni una maldita hora, sin que tengamos cultivos de cada cepa de levadura de la compañía creciendo en nuestras marmitas. Comprobamos y ajustamos los requerimientos del factor alimenticio. Nos aseguramos de que crece correctamente. Retorcemos los genes, comenzamos nuevas cepas y las espurgamos, ordenamos sus propiedades y las volvemos a moldear.

»Cuando los neoyorquinos comenzaron a encontrar fresas fuera de temporada hace un par de años, eso no eran fresas, amigo. Eran un cultivo especial de levadura alta en azúcar con color incorporado y sólo un toque de aditivo para el aroma. Fue desarrollada justo aquí, en esta sala.

»Hace veinte años la *Saccharomyces olei Benedictae* era

sólo una cepa minúscula con un sabor asqueroso a sebo y que no servía para nada. Sigue sabiendo a sebo, pero su contenido en grasa ha sido aumentado del quince al ochenta y siete por ciento. Si usó usted la autopista hoy, recuerde que se engrasa sólo con *S.O. Benedictae,* cepa Ag-7. Desarrollada justo en esta sala.

»Así que no me llame químico. Soy zimólogo.

Contra su voluntad, Baley retrocedió ante el feroz orgullo del otro.

—¿Dónde se encontraba usted anoche entre las dieciocho y las veinte horas? —dijo abruptamente.

Clousarr se encogió de hombros.

—Paseando. Me gusta dar un paseo tras la cena.

—¿Visitó a algunos amigos? ¿O fue a un subetérico?

—No. Sólo paseé.

Los labios de Baley se apretaron. Una visita al subetérico habría significado una muesca en la placa de raciones de Clousarr. Encontrarse con alguien habría implicado dar el nombre de un hombre o de una mujer, y poder comprobarlo.

—¿Nadie le vio, entonces?

—Quizá alguien me vio. No lo sé. No que yo sepa.

—¿Qué me dice de la noche anterior?

—Lo mismo.

—¿No tiene entonces coartada para ninguna de las dos noches?

—Si hubiera cometido algún delito, agente, tendría una. ¿Para qué necesito una coartada?

Baley no respondió. Consultó su libreta.

—En una ocasión fue llevado ante el magistrado. Por incitar al disturbio.

—De acuerdo. Una de esas cosas R me empujó al pasar y le puse una zancadilla. ¿Es eso incitar al disturbio?

—El tribunal así lo pensó. Fue usted condenado y multado.

—Y eso fue todo, ¿no? ¿O quiere volver a multarme?

—Hace dos noches estuvo a punto de estallar un tumulto en una tienda de zapatos del Bronx. Se le vio allí.

—¿Quién lo hizo?

—Era a su hora de comer —dijo Baley—. ¿Comió usted la comida de la tarde hace dos noches?

Clousarr dudó, luego negó con la cabeza.

—Tenía dolor de estómago. La levadura a veces provoca eso. Incluso a un veterano.

—Anoche hubo un conato de disturbio en Williamsburg, y se le vio también allí.

—¿Quién me vio?

—¿Niega haber estado presente en ambas ocasiones?

—No me está dando nada que negar. ¿Dónde sucedieron estas cosas exactamente y quién dice que me vio?

Baley se quedó mirando sin alterarse al zimólogo.

—Creo que sabe exactamente de lo que estoy hablando. Creo que es usted un miembro importante de una organización ilegal medievalista.

—No puedo impedirle que lo piense, agente, pero pensarlo no es ninguna prueba. Quizá ya sepa eso. —Clousarr sonreía.

—Quizá —dijo Baley, con su rostro alargado y pétreo— pueda sacarle alguna verdad a usted ahora mismo.

Baley se acercó a la puerta de la sala de pesos y la abrió. R. Daneel estaba esperando impasible en el exterior.

—¿Ha llegado la comida de Clousarr?

—Ya llega, Elijah.

—Tráela, ¿quieres, Daneel?

R. Daneel entró un momento después con una bandeja metálica compartimentada.

—Déjala ante el señor Clousarr, Daneel —dijo Baley.

Se sentó en uno de los taburetes que se alineaban ante la pared de los pesos, con las piernas cruzadas y un pie oscilando rítmicamente. Observó cómo Clousarr se mantenía rígidamente apartado mientras R. Daneel colocaba la bandeja en un taburete junto al zimólogo.

—Señor Clousarr —dijo Baley—, quiero presentarle a mi compañero, Daneel Olivaw.

Daneel ofreció su mano y dijo:

—¿Cómo está, Francis?

Clousarr no dijo nada. No hizo ningún movimiento para estrechar la mano extendida de Daneel. Daneel mantuvo su posición y Clousarr comenzó a ruborizarse.

—Está usted siendo maleducado, señor Clousarr —dijo Baley suavemente—. ¿Es usted demasiado orgulloso para estrechar la mano a un policía?

—Si no les importa, tengo hambre —murmuró Clousarr.

Abrió un tenedor de bolsillo de una navaja que sacó de su ropa y se sentó, con los ojos fijos en su comida.

—Daneel, creo que nuestro amigo está ofendido por tu fría actitud. No estás enfadado con él, ¿verdad?

—En absoluto, Elijah —dijo R. Daneel.

—Entonces muéstrale que no le guardas rencor. Pásale el brazo por los hombros.

—Me alegrará hacerlo —dijo R. Daneel, y dio un paso adelante.

Clousarr dejó su tenedor.

—¿Qué es esto? ¿Qué está sucediendo?

R. Daneel, sin inmutarse, extendió el brazo.

Clousarr le golpeó con el dorso de la mano brutalmente, apartando a un lado el brazo de R. Daneel.

—¡Maldita sea, no me toques!

Se apartó de un salto, volcando la bandeja de comida, que cayó al suelo con un sucio repique.

Baley, con dureza en la mirada, asintió secamente a R. Daneel, quien ante esto continuó avanzando impasible hacia el zimólogo en retirada. Baley se situó ante la puerta.

—Aparte a esta cosa de mí —chilló Clousarr.

—Ésa no es forma de hablar —dijo Baley con ecuanimidad—. Este hombre es mi compañero.

—Quiere decir que es un maldito robot —gritó Clousarr.

—Apártate de él, Daneel —dijo Baley al instante.

R. Daneel retrocedió y se quedó de pie tranquilamente ante la puerta, justo detrás de Baley. Clousarr, jadeando ásperamente, con los puños apretados, se encaró con Baley.

—De acuerdo, listillo —dijo Baley—. ¿Qué te hace pensar que Daneel es un robot?

—¡Cualquiera puede verlo!

—Eso dejaremos que lo decida el juez. Mientras tanto, creo que nos acompañarás a la comisaría, Clousarr. Nos gustaría que nos explicases exactamente por qué sabías que Daneel era un robot. Y mucho más, caballero, mucho más. Daneel, sal afuera y habla con el comisario. Estará en casa a esta hora. Dile que acuda a la oficina. Dile que tengo un tipo que hay que interrogar ya mismo.

R. Daneel salió.

—¿Qué es lo que tienes dentro, Clousarr? —dijo Baley.

—Quiero un abogado.

—Tendrás uno. Mientras tanto, ¿te importaría decirme qué os pasa a vosotros los medievalistas?

Clousarr apartó la mirada, dispuesto a mantener el silencio.

—Jehoshaphat, hombre, sabemos todo sobre ti y tu organización. No es un farol. Dímelo sólo por mi propia curiosidad: ¿qué es lo que queréis los medievalistas?

—Volver a la Tierra —dijo Clousarr con voz ahogada—. Es sencillo, ¿verdad?

—Es sencillo de decir —dijo Baley—. Pero no es sencillo de hacer. ¿Cómo va a alimentar la Tierra a ocho mil millones de personas?

—¿Dije acaso que volviéramos a la Tierra de un día a otro? Paso a paso, señor policía. No importa cuánto tardemos, pero empecemos a salir de estas cuevas en las que vivimos. Salgamos al aire libre.

—¿Has estado alguna vez al aire libre?

Clousarr se estremeció.

—De acuerdo, yo también estoy echado a perder. Pero los

niños aún no lo están. Todos los días nacen bebés. Saquémoslos fuera, por el amor de Dios. Dejemos que tengan espacio y aire libre y sol. Si tenemos que hacerlo, también reduciremos nuestra población poco a poco.

—De vuelta, en otras palabras, a un pasado imposible. —Baley no sabía por qué discutía, salvo por la extraña fiebre que estaba quemando sus propias venas—. De vuelta a la semilla, al óvulo, al útero. ¿Por qué no movernos hacia delante? No reduzcamos la población de la Tierra. Emigremos. Volvamos a la Tierra, pero volvamos a la tierra de otros planetas. ¡Colonicemos!

Clousarr se rió ásperamente.

—¿Y construir más Mundos Exteriores? ¿Más espaciales?

—No lo haremos. Los Mundos Exteriores fueron colonizados por terrícolas que venían de un planeta sin Ciudades, por terrícolas que eran individualistas y materialistas. Esas características se llevaron hasta un extremo insano. Ahora podemos colonizar desde una sociedad que se ha apoyado en la cooperación, incluso demasiado. Ahora el medio ambiente y la tradición pueden interactuar para crear una nueva vía intermedia, distinta tanto de la vieja Tierra como de los Mundos Exteriores. Algo nuevo y mejor.

Estaba repitiendo las palabras del doctor Fastolfe, lo sabía, pero le estaba saliendo como si él mismo lo hubiera pensado durante años.

—¡Tonterías! —dijo Clousarr—. ¿Colonizar mundos desiertos con un mundo que es nuestro al alcance de la mano? ¿Qué idiotas lo querrían intentar?

—Muchos. Y no serían idiotas. Tendrían robots para ayudarlos.

—No —dijo Clousarr ferozmente—. ¡Nunca! ¡Robots no!

—¿Por qué no, en nombre del cielo? A mí tampoco me gustan, pero no voy a causarme un daño en nombre de un prejuicio. ¿Qué es lo que tememos de los robots? Si quieres saber lo que pienso, es un sentimiento de inferioridad. Todos nos sentimos inferiores a los espaciales y odiamos eso. Tenemos que sentirnos superiores de alguna forma, en algún sitio, para compensarlo, y nos fastidia no poder sentirnos al menos superiores a los robots. Parecen ser mejores que nosotros... pero no lo son. Ésa es la maldita ironía de todo esto. —Baley sentía que la sangre se le calentaba mientras hablaba—. Mira a este Daneel con el que llevo más de dos días. Es más alto que yo, más fuerte, más atractivo. De hecho, parece un espacial. Tiene mejor memoria y conoce más hechos. No tiene que dormir ni que comer. No se preocupa por la enfermedad, el pánico, el amor o la culpa.

»Pero es una máquina. Puedo hacerle lo que quiera, de la misma forma que puedo hacérselo a ese micropeso de allí. Si doy un golpe al micropeso, no me responderá. Daneel tampoco. Puedo ordenarle que se dispare con un desintegrador y lo hará.

»Ni siquiera podemos construir un robot que sea tan bueno como un ser humano en todo lo que importa, y mucho menos mejor. No podemos crear un robot con sentido de la belleza, de la ética o de la religión. No hay manera de que podamos alzar a un cerebro electrónico ni un centímetro por encima del nivel del materialismo perfecto.

»No podemos, maldita sea, no podemos. No mientras no entendamos lo que hace funcionar a nuestros propios cerebros. No mientras existan cosas que la ciencia no pueda medir. ¿Qué es la belleza, o lo bueno, o el arte, o el amor, o Dios? Estamos constantemente al borde de lo incognoscible, e intentando entender lo que no puede ser entendido. Eso es lo que nos hace hombres.

»El cerebro de un robot debe ser finito o no podría ser construido. Debe ser calculado hasta la última posición decimal para quedar terminado. Jehoshaphat, ¿de qué tenéis miedo? Un robot puede tener el aspecto de Daneel, puede parecer un dios, y no ser más humano que un trozo de madera. ¿No podéis verlo?

Clousarr había intentado interrumpirle varias veces pero había fallado ante el furioso torrente de Baley. Ahora, cuando

Baley se detuvo por puro agotamiento emocional, dijo con voz débil:

—Un poli convertido en filósofo. ¡Qué cosas!

R. Daneel volvió a entrar.

Baley lo miró y frunció el ceño, en parte por la furia que aún no le había abandonado, y en parte por una nueva molestia.

—¿Por qué has tardado tanto? —dijo.

—Tuve dificultades para encontrar al comisario Enderby, Elijah —dijo R. Daneel—. Finalmente, lo encontré en su despacho.

Baley miró su reloj.

—¿A esta hora? ¿Por qué?

—Hay cierta confusión por el momento. Se ha descubierto un cadáver en el Departamento.

—¿Qué? Por Dios, ¿quién era?

—El chico de los recados, R. Sammy.

Baley se atragantó. Se quedó mirando al robot y dijo con voz ofendida:

—Pensé que habías dicho un cadáver.

—Un robot con el cerebro completamente desactivado, si lo prefieres —corrigió suavemente R. Daneel.

Clousarr se rió de repente y Baley se volvió hacia él, diciendo roncamente:

—¡Ni una palabra por tu parte! ¿Entiendes? —Con deliberación, desenfundó el desintegrador. Clousarr se quedó muy callado—. Bueno, ¿cuál es el problema? A R. Sammy se le saltaron los fusibles. ¿Y qué?

—El comisario Enderby fue muy poco claro, Elijah, pero aunque no lo dijo directamente, mi impresión es que el comisario cree que R. Sammy fue deliberadamente desactivado.

—Y mientras Baley asimilaba eso en silencio, R. Daneel añadió seriamente—: O, si prefieres la expresión... asesinado.

16

Preguntas acerca de un motivo

Baley volvió a enfundar su desintegrador, pero dejó la mano sobre la culata.

—Camina delante de nosotros, Clousarr, a la calle Diecisiete salida B —dijo.

—Aún no he comido —dijo Clousarr.

—Te aguantas —dijo Baley, impaciente—. Allí está tu comida, en el suelo, donde la tiraste.

—Tengo derecho a comer.

—Comerás cuando estés arrestado, o te perderás una comida. No te morirás de hambre. Andando.

Los tres permanecieron en silencio mientras recorrían el laberinto de Levaduras de Nueva York, con Clousarr andando sepulcralmente por delante, Baley justo detrás de él, y R. Daneel en la retaguardia.

Después de que Baley y R. Daneel se hubieran despedido en el mostrador de la recepcionista, después de que Clousarr hubiera rellenado una petición de baja por ausencia y hubiera pedido que se enviase a alguien a limpiar la sala de los pesos, después de que hubieran salido y estuvieran justo al lado del coche patrulla aparcado, Clousarr dijo:

—Esperad un minuto.

Se quedó un poco retrasado, se volvió hacia R. Daneel, y, antes de que Baley pudiera moverse para detenerle, dio un paso adelante y golpeó con la mano abierta la mejilla del robot.

—¿Qué demonios haces? —gritó Baley, agarrando violentamente a Clousarr.

Clousarr no se resistió.

—No pasa nada. Ya voy. Sólo quería comprobarlo por mí mismo. —Estaba sonriendo.

R. Daneel, que había esquivado la palmada pero no había escapado completamente de ella, miró con calma a Clousarr. Su mejilla no se había enrojecido, ni había marca alguna del golpe.

—Esa acción ha sido peligrosa, Francis —dijo—. Si no me hubiera movido hacia atrás, bien habría podido hacerse daño en la mano. Lamentablemente, debo de haberle causado dolor.

Clousarr se rió.

—Entra en el coche, Clousarr —dijo Baley—. Tú también, Daneel. En el asiento de atrás, con él. Y asegúrate de que no se mueve. No me importa si eso quiere decir que hay que romperle un brazo. Es una orden.

—¿Y qué pasa con la Primera Ley? —se burló Clousarr.

—Creo que Daneel es suficientemente fuerte y rápido para detenerte sin hacerte daño, pero puede que te sentase bien que te rompieran un brazo o dos.

Baley se sentó detrás del volante y el coche patrulla aceleró. El viento agitó su cabello y el de Clousarr, pero el de R. Daneel permaneció inmóvil.

—¿Teme usted a los robots por causa de su trabajo, señor Clousarr? —dijo R. Daneel en voz baja a Clousarr.

Baley no podía volverse para ver la expresión de Clousarr, pero estaba seguro de que sería un espejo de aborrecimiento duro y rígido, que estaría sentado muy tieso y tan lejos como pudiera de R. Daneel.

—Y por los trabajos de mis hijos —dijo la voz de Clousarr—. Y los de los hijos de todo el mundo.

—Supongo que se pueden hacer ajustes —dijo el robot—. Si sus hijos, por ejemplo, aceptasen ser preparados para emigrar...

—¿Tú también? —interrumpió Clousarr—. El policía habló de emigrar. Tiene un buena preparación robótica. Quizá sea un robot.

—¡Ya vale! —rugió Baley.

—Una escuela de preparación para emigrantes implicaría seguridad, cualificación garantizada, y una carrera —dijo R. Daneel calmadamente—. Si le preocupan sus hijos, es algo a considerar.

—No aceptaré nada de un robot, ni de un espacial, ni de ninguna de vuestras hienas amaestradas del gobierno.

Y eso fue todo. El silencio de la carretera los engulló y sólo se oyó el suave zumbido del motor del coche patrulla y el silbido de sus ruedas sobre el asfalto.

En el Departamento, Baley firmó un certificado de arresto para Clousarr y lo entregó en las manos apropiadas. Tras eso, él y R. Daneel tomaron la motoespiral hasta los niveles de Dirección.

R. Daneel no mostró ninguna sorpresa porque no hubieran tomado el ascensor, y Baley tampoco había esperado que lo hiciera. Se estaba acostumbrando a la curiosa mezcla de habilidad y sumisión del robot y tendía a no tenerle en cuenta. El ascensor era el método lógico de salvar el espacio vertical entre Arrestos y Dirección. La larga escalera mecánica que formaba la motoespiral era útil sólo para subir o bajar dos o tres niveles como máximo. Gente de todo tipo y variedad de ocupación administrativa entraba y salía de ellas en menos de un minuto. Sólo Baley y R. Daneel permanecían en ella continuamente, moviéndose hacia arriba de forma lenta y flemática.

Baley sentía que necesitaba ese tiempo. Sólo ganaba unos minutos como máximo, pero arriba en Dirección se encontraría violentamente arrojado a otra fase del problema y deseaba un descanso. Quería tiempo para pensar y orientarse. Por lento que se moviese, la motoespiral era demasiado rápida para lo que necesitaba.

—Parece, entonces —dijo R. Daneel—, que aún no vamos a interrogar a Clousarr.

—No se moverá de aquí —dijo Baley con irritación—. Averigüemos qué ha sucedido con R. Sammy. —En un murmullo, más para sí que para R. Daneel, añadió—: No puede ser independiente; debe existir alguna conexión.

—Es una pena —dijo R. Daneel—. Las cualidades cerebrales de Clousarr...

—¿Qué pasa con ellas?

—Han cambiado de forma extraña. ¿Qué fue lo que sucedió entre vosotros dos en la sala de pesos mientras yo estaba ausente?

—Lo único que hice fue predicarle —dijo Baley distraídamente—. Le comuniqué el evangelio según san Fastolfe.

—No te entiendo, Elijah.

Baley suspiró y dijo:

—Mira, le intenté explicar que la Tierra bien puede usar a los robots y llevar su exceso de población a otros planetas. Intenté sacarle de la cabeza la bazofia medievalista. Dios sabrá por qué. Nunca pensé que yo tuviera espíritu de misionero. En todo caso, eso es lo que sucedió.

—Ya veo. Bien, eso tiene sentido. Quizá pueda encajar. Dime, Elijah, ¿qué le dijiste sobre los robots?

—¿De verdad quieres saberlo? Le dije que los robots eran sólo máquinas. Ése era el evangelio según san Gerrigel. Hay una buena cantidad de evangelios, creo.

—¿Por casualidad le dijiste que se podía golpear a un robot sin miedo a que devolviera el golpe, de la misma forma en que se puede golpear a cualquier otro objeto mecánico?

—Excepto a un saco de boxeo, supongo. Sí. Pero ¿cómo lo has adivinado? —Baley miró con curiosidad al robot.

—Encaja con los cambios cerebrales —dijo R. Daneel—, y explica el golpe que me dio justo después de que saliésemos de la fábrica. Debía de estar pensando en lo que habías dicho, así que al mismo tiempo comprobó tu declaración, se desahogó de sus sentimientos agresivos, y tuvo el placer de verme en lo que le parecía una posición de inferioridad. Para que estuviera tan motivado y admitiendo que se produjeran variaciones delta... —Calló durante un largo rato y dijo—: Sí, es muy interesante, y ahora creo que tengo un conjunto de datos autoconsistentes.

El nivel de Dirección ya estaba cerca.

—¿Qué hora es? —dijo Baley.

Pensó malhumoradamente: Qué tontería, podría mirar mi reloj y me llevaría menos tiempo.

Pero sabía por qué le había preguntado, sin embargo. El motivo no era tan diferente al que tuvo Clousarr para darle un puñetazo a R. Daneel. Dar a un robot una orden trivial que debía cumplir enfatizaba su roboticidad y, por contraste, la humanidad de Baley.

Baley pensó: Todos somos hermanos. Bajo la piel, por encima, en todas partes. ¡Jehoshaphat!

—Las veinte y diez —dijo R. Daneel.

Se bajaron de la motoespiral y durante unos segundos Baley sintió la habitual sensación de extrañeza que acompañaba el necesario ajuste a la inmovilidad después de largos minutos de movimiento continuo.

—Y todavía no he comido —dijo—. Maldito sea este trabajo.

Baley vio y oyó al comisario Enderby a través de la puerta abierta de su despacho. La sala común estaba vacía, como si hubiera sido limpiada hasta la última mota de polvo, y la voz de Enderby resonaba por ella haciendo un eco desacostumbrado. Su rostro redondo parecía desnudo y débil sin las gafas, que tenía en la mano, mientras se limpiaba la frente con un pañuelo de papel.

Sus ojos vieron a Baley justo cuando éste entraba por la puerta, y su voz se alzó en un tono malhumorado de tenor:

—Buen Dios, Baley, ¿dónde diablos te habías metido?

Baley respondió con un encogimiento de hombros y dijo:

—¿Qué sucede? ¿Dónde está el turno de noche? —Y entonces vio a la segunda persona en el despacho del comisario.

—¡Doctor Gerrigel! —dijo sin comprender.

El robotista de cabellos grises devolvió el saludo involuntario asintiendo brevemente.

—Me alegra volver a verlo, señor Baley.

El comisario se volvió a colocar las gafas y miró a Baley a través de ellas.

—Todo el personal está siendo interrogado abajo. Firmando declaraciones. Me estaba volviendo loco intentando encontrarte. Parecía raro que tú no estuvieras aquí.

—¿Que yo no estuviera aquí? —gritó Baley enérgicamente.

—Que cualquiera no estuviera aquí. Alguien del Departamento es el responsable y por eso van a rodar cabezas. ¡Qué faena! ¡Qué maldita faena!

Alzó las manos como clamando al cielo y mientras lo hacía, sus ojos cayeron sobre R. Daneel.

Baley pensó sarcásticamente: Es la primera vez que miras a la cara a Daneel. ¡Echa un buen vistazo, Julius!

El comisario dijo, controlando la voz:

—Él también tendrá que firmar una declaración. Incluso yo he tenido que hacerlo. ¡Yo!

—Mire, comisario —dijo Baley—, ¿qué le hace estar tan seguro de que a R. Sammy no se le saltó simplemente una junta? ¿Qué hace que piense que su destrucción fue deliberada?

El comisario se dejó caer en su asiento pesadamente.

—Pregúntale a él —dijo, y señaló al doctor Gerrigel.

El doctor Gerrigel se aclaró la garganta.

—No sé muy bien cómo decirle esto, señor Baley. Entiendo por su expresión que se sorprende de verme.

—Moderadamente —admitió Baley.

—Bien, no tenía realmente prisa por volver a Washington y no visito Nueva York tan a menudo como para desear marcharme enseguida. Y lo que es más importante, tenía la sensación creciente de que sería imperdonable salir de la Ciudad sin haber hecho al menos otro esfuerzo para que se me permitiera analizar a su fascinante robot, a quien, por cierto —dijo con aire interesado—, veo que trae con usted.

Baley se agitó inquieto.

—Eso es imposible.

El robotista pareció decepcionado.

—Ahora sí. ¿Tal vez más tarde?

El rostro alargado de Baley permaneció inexpresivo y no ofreció respuesta.

—Lo llamé, pero no estaba aquí —continuó el doctor Gerrigel—, y nadie sabía dónde podía localizarle. Pregunté al comisario y él me pidió que viniese a la dirección y lo esperase aquí.

El comisario intervino rápidamente.

—Pensé que podía ser importante. Sabía que querías ver al doctor.

—Gracias. —Baley asintió con la cabeza.

—Desafortunadamente mi vara de guía estaba algo estropeada —dijo el doctor Gerrigel—, o quizá en mi entusiasmo confundí su temperatura. En cualquier caso giré donde no debía y me encontré en una pequeña habitación...

El comisario volvió a interrumpir:

—Uno de los almacenes fotográficos, Lije.

—Sí —dijo el doctor Gerrigel—. Y allí estaba la silueta postrada de lo que evidentemente era un robot. Tras un somero examen, se me hizo evidente que estaba irreversiblemente desactivado. O muerto, si prefiere la expresión. No fue muy difícil determinar la causa de la desactivación.

—¿Cuál era? —preguntó Baley.

—En el puño derecho del robot, parcialmente cerrado —dijo el doctor Gerrigel—, había un ovoide brillante de unos cinco centímetros de largo y dos centímetros de ancho con un orificio de mica en un extremo. El puño estaba en contacto con el cráneo como si el último acto del robot hubiera sido tocarse la cabeza. La cosa que tenía en las manos era un emisor alfa. ¿Sabe lo que son, supongo?

Baley asintió. No necesitaba ni un diccionario ni un manual para saber lo que era un emisor alfa. Había manejado algunos en sus clases de laboratorio de física: un revestimiento de aleación de plomo con un orificio que lo recorría a lo largo, en cuyo fondo se situaba un fragmento de plutonio. El orificio se tapaba con un trocito de mica, que era transparente a las partículas alfa. En esa única dirección, se emitía radiación dura.

Un emisor alfa tenía muchos usos, pero matar robots no era uno de ellos, al menos no legalmente.

—Entiendo que se lo puso contra la cabeza por el lado de la mica —dijo Baley.

—Sí, y los circuitos de su cerebro positrónico fueron inmediatamente aleatorizados —dijo el doctor Gerrigel—. Muerte instantánea, por así decirlo.

Baley se volvió hacia el comisario, que estaba pálido.

—¿No hay ningún error? ¿Realmente era un emisor alfa?

El comisario asintió, frunciendo sus labios regordetes.

—Absolutamente. Los detectores podían localizarlo a tres metros. La película fotográfica del almacén estaba velada. No hay lugar a dudas.

Pareció meditar tristemente sobre ello durante un momento, y luego dijo abruptamente:

—Doctor Gerrigel, me temo que tendrá que quedarse en la Ciudad uno o dos días hasta que podamos pasar sus pruebas a filme. Haré que le acompañen a su habitación. No le importará ser escoltado, espero.

El doctor Gerrigel dijo con nerviosismo:

—¿Cree que es necesario?

—Es más seguro.

El doctor Gerrigel, con aire abstraído, estrechó las manos de todos, incluso la de R. Daneel, y se fue.

El comisario emitió su suspiro.

—Ha sido uno de nosotros, Lije. Eso es lo que me molesta. Ningún desconocido entraría en el Departamento sólo para cargarse a un robot. Hay muchos de ellos fuera, donde es más fácil. Y tuvo que ser alguien que pudiera hacerse con un emisor alfa. Son difíciles de conseguir.

R. Daneel habló, con su voz fría y calmada que se abría paso entre las palabras llenas de agitación del comisario.

—Pero ¿cuál es el motivo de este asesinato?

El comisario miró a R. Daneel con evidente desagrado, y luego apartó la vista.

—Nosotros también somos humanos. Supongo que no se puede obligar a los policías a que les gusten los robots más de lo que se puede obligar a cualquiera. Ahora ha desaparecido y quizá sea un alivio para alguien. Lije, a ti te molestaba muchísimo, ¿recuerdas?

—Eso no es suficiente motivo para un asesinato —dijo R. Daneel.

—No —asintió Baley con decisión.

—No es un asesinato —dijo el comisario—. Es destrucción de propiedad. Usemos correctamente los términos legales. Lo que pasa es que se ha cometido dentro del Departamento. En cualquier otro lugar no sería nada. Nada. Ahora puede convertirse en un escándalo de los grandes. ¡Lije!

—¿Sí?

—¿Cuándo fue la última vez que viste a R. Sammy?

—R. Daneel habló con R. Sammy después de comer —dijo Baley—. Supongo que fue en torno a las 13.30. Pidió que nos dejase usar su despacho, comisario.

—¿Mi despacho? ¿Para qué?

—Quería repasar el caso con R. Daneel en relativa privacidad. Usted no estaba, así que su despacho era un lugar evidente.

—Ya veo. —El comisario parecía dudar, pero dejó correr el asunto—. ¿Tú no le viste?

—No, pero oí su voz quizá una hora después.

—¿Estás seguro de que era él?

—Perfectamente.

—¿Y eso sería a las 14.30?

—O un poco antes.

El comisario se mordió el labio inferior pensativamente.

—Bueno, eso aclara algo.

—¿Ah, sí?

—Sí. El chico, Vincent Barrett, estuvo aquí hoy. ¿Lo sabías?

—Sí. Pero, comisario, él no haría algo así.

El comisario levantó la mirada hacia la cara de Baley.

—¿Por qué no? R. Sammy lo dejó sin trabajo. Puedo entender cómo se siente. Tendría un sentimiento tremendo de injusticia. Querría vengarse. ¿No lo querrías tú? Pero el hecho es que salió del edificio a las 14.00 y tú escuchaste a R. Sammy vivo a las 14.30. Por supuesto, pudo haberle dado el emisor alfa a R. Sammy antes de salir y dejarle instrucciones de no usarlo durante una hora, pero, entonces, ¿de dónde sacó el emisor alfa? No resiste el mínimo examen. Volvamos a R. Sammy. Cuando hablaste con él a las 14.30, ¿qué dijo?

Baley dudó un momento, y luego dijo cuidadosamente:

—No lo recuerdo. Nos fuimos poco después.

—¿Adónde fuiste?

—A Barrio Levadura, al final. Quiero hablarle de eso, por cierto.

—Después. Después. —El comisario se frotó la barbilla—. Jessie vino hoy, según he sabido. Quiero decir que comprobamos a todos los visitantes de hoy y me encontré con su nombre.

—Sí, estuvo aquí —dijo Baley fríamente.

—¿Para qué?

—Asuntos familiares.

—Tendrá que ser interrogada. Pura formalidad.

—Entiendo el método policial, comisario. Por cierto, ¿qué me dice del propio emisor alfa? ¿Se sabe de dónde salió?

—Oh, sí. De una de las centrales eléctricas.

—¿Cómo explican que lo hayan perdido?

—No se lo explican. No tienen ni idea. Pero mira, Lije, salvo por las declaraciones de rutina, esto no tiene nada que ver contigo. Atente a tu caso. A la investigación del Enclave Espacial.

—¿Puedo entregar mi declaración de rutina más tarde, comisario? —dijo Baley—. La verdad es que aún no he comido.

Los ojos tras las gafas del comisario se volvieron directamente hacia Baley.

—Por supuesto, come algo. Pero quédate en el Departamento, ¿quieres? Tu compañero tiene razón, Lije. —Parecía evitar dirigirse a R. Daneel o usar su nombre—. Lo que necesitamos es el motivo. El motivo.

Baley se detuvo repentinamente.

Algo externo a él, algo completamente ajeno, tomó los hechos de ese día y el día anterior y comenzó a barajarlos. Una vez más, las piezas comenzaron a encajar; comenzó a formarse una pauta.

—¿De qué central eléctrica salió el emisor alfa, comisario? —dijo.

—La central de Williamsburg. ¿Por qué?

—Por nada. Por nada.

Las últimas palabras que Baley oyó murmurar al comisario mientras salía del despacho, con R. Daneel inmediatamente detrás, fueron:

—El motivo. El motivo.

Baley tomó una comida ligera en el pequeño comedor del Departamento, que raramente se usaba. Devoró el tomate relleno y la lechuga sin ser completamente consciente de su naturaleza, y durante un segundo o así después de haber engullido el último bocado su tenedor aún se deslizaba sin destino por el cartón encerado de su plato, buscando automáticamente algo que ya no estaba allí.

Se dio cuenta y dejó el tenedor con un «¡Jehoshaphat!» sofocado.

—¡Daneel! —dijo.

R. Daneel estaba sentado en otra mesa, como si deseease dejar en paz al obviamente preocupado Baley, o como si él mismo necesitase privacidad. A Baley ya le daba igual la razón.

Daneel se levantó, se acercó a la mesa de Baley y se volvió a sentar.

—¿Sí, compañero Elijah?

Baley no le miró.

—Daneel, voy a necesitar tu ayuda.

—¿De qué forma?

—Van a interrogarnos a Jessie y a mí. Eso es seguro. Déjame que responda a las preguntas a mi manera. ¿Entiendes?

—Entiendo lo que dices, por supuesto. Sin embargo, si me hacen una pregunta directa, ¿cómo podré decir algo diferente de lo que sé?

—Si te hacen una pregunta directa es otro asunto. Sólo te pido que no ofrezcas información sin que te pregunten. Puedes hacer eso, ¿verdad?

—Creo que sí, Elijah, mientras que no parezca que estoy dañando a un ser humano al permanecer callado.

—Me dañarás a mí si no lo haces —dijo Baley seriamente—. Te lo aseguro.

—No acabo de entender tu punto de vista, compañero Elijah. Supongo que el asunto de R. Sammy no te puede preocupar.

—¿No? Todo se centra en el motivo, ¿verdad? Tú mismo has preguntado por el motivo. El comisario también. Hasta yo lo hago. ¿Por qué querría nadie matar a R. Sammy? Atención, no es simplemente preguntarse quién querría destruir robots en general. Cualquier terrícola, prácticamente, querría hacerlo. La pregunta es: ¿quién querría destruir precisamente a R. Sammy? Vincent Barrett podría, pero el comisario dijo que no habría podido conseguir un emisor alfa, y tiene razón. Tenemos que buscar en otro lugar, y resulta que hay otra persona con un motivo. Es evidente. No hay forma de eludirlo. Clama al nivel más alto.

—¿Quién es esa persona, Elijah?

—Soy yo, Daneel —dijo Baley suavemente.

El rostro inexpresivo de R. Daneel no cambió con el impacto de la declaración. Sólo negó con la cabeza.

—No estás de acuerdo —dijo Baley—. Mi mujer vino hoy a la oficina. Eso ya lo saben. El comisario incluso tiene curiosidad. Si no fuera un amigo personal, no habría detenido su interrogatorio donde lo hizo. Ahora averiguarán por qué. Eso es seguro. Ella formaba parte de una conspiración; estúpida e inofensiva, pero conspiración de todas formas. Y un policía no puede permitirse que su mujer esté implicada en algo así. Yo tendría un interés evidente en que el asunto fuese enterrado.

»Bueno, ¿quién lo conocía? Tú y yo, por supuesto, y Jessie... y R. Sammy. Él la vio con un ataque de pánico. Cuando le dijo que habíamos dejado instrucciones de que no se nos molestase, ella debió de perder el control. Ya viste cómo estaba cuando entró.

—Es poco probable que ella le dijera nada incriminatorio —dijo R. Daneel.

—Eso puede ser. Pero estoy reconstruyendo el caso como lo harán ellos. Dirán que sí lo hizo. Ahí está mi motivo. Lo maté para que no hablase.

—No pensarán eso.

—Sí que lo pensarán. El asesinato fue preparado deliberadamente para hacerme parecer sospechoso. ¿Por qué usar un emisor alfa? Es un método arriesgado. Es complicado de obtener y puede saberse su procedencia. Creo que ésas fueron precisamente las razones por las que fue usado. El asesino incluso ordenó a R. Sammy que fuese al almacén fotográfico. Me parece evidente que la razón para ello era que el método del asesinato fuera inconfundible. Incluso si todo el mundo era tan torpe como para no reconocer inmediatamente un emisor alfa, alguien no tardaría en notar la película fotográfica velada.

—¿Cómo se relaciona todo eso contigo, Elijah?

Baley sonrió tensamente, con su rostro alargado completamente desprovisto de humor.

—Fácilmente. El emisor alfa fue robado de la central eléctrica de Williamsburg. Tú y yo pasamos por la central eléctrica de Williamsburg ayer. Fuimos vistos, y eso se sabrá. Eso me da la oportunidad de hacerme con el arma además de un motivo para el crimen. Y puede resultar que fuimos los últimos en ver u oír a R. Sammy vivo, salvo el auténtico asesino, por supuesto.

—Yo estaba contigo en la central eléctrica y puedo testificar que no tuviste la oportunidad de robar el emisor alfa.

—Gracias —dijo Baley con tristeza—, pero eres un robot y tu testimonio no será válido.

—El comisario es amigo tuyo. Te escuchará.

—El comisario quiere conservar su trabajo, y ya le pongo un poco incómodo. Sólo hay una oportunidad de salvarme de esta situación tan peliaguda.

—¿Sí?

—Me pregunto, ¿por qué me están tendiendo una trampa? Evidentemente, para librarse de mí. Pero ¿por qué? De nuevo, evidentemente porque soy peligroso para alguien. Estoy haciendo lo que puedo para resultar peligroso para la persona que asesinó al doctor Sarton en el Enclave Espacial. Eso puede apuntar a los medievalistas, por supuesto, o al menos al grupo interior. Sería este grupo interior el que sabría que pasé por la central eléctrica; al menos uno de ellos podría haberme seguido por las pistas hasta allí, aunque tú dijiste que los habíamos despistado.

»Así que es probable que si encuentro al asesino del doctor Sarton, encontraré al hombre o a los hombres que están intentando librarse de mí. Si lo pienso bien, si resuelvo el caso, con que sólo pueda resolverlo, estaré a salvo. Y Jessie también. No soportaría que ella... Pero no tengo mucho tiempo. —Su puño se cerró y abrió de modo espasmódico—. No tengo mucho tiempo.

Baley miró el rostro cincelado de R. Daneel con súbita y ardiente esperanza. Fuera lo que fuese esa criatura, era fuerte y fiel, sin ningún motivo egoísta. ¿Qué más podía pedirse de un amigo? Baley necesitaba un amigo y no estaba en condiciones de considerar que éste en particular tenía engranajes en lugar de venas.

Pero R. Daneel estaba negando con la cabeza.

—Lo siento, Elijah —dijo el robot, sin asomo de pena en su rostro, por supuesto—, pero no había previsto nada de esto. Quizá mi acción te ha causado daño. Lo siento si el bien mayor requiere eso.

—¿Qué bien mayor? —tartamudeó Baley.

—He estado en comunicación con el doctor Fastolfe.

—¡Jehoshaphat! ¿Cuándo?

—Mientras comías.

Baley apretó los labios.

—¿Y bien? —consiguió decir—. ¿Qué ha sucedido?

—Tendrás que librarte de la sospecha del asesinato de R. Sammy de alguna otra forma que no sea la investigación del asesinato de mi diseñador, el doctor Sarton. Nuestra gente en el Enclave Espacial, como resultado de mi información, ha decidido dar por terminada esa investigación desde hoy mismo, y comenzar a hacer planes para abandonar el Enclave Espacial y la Tierra.

17

La conclusión de un proyecto

Baley miró su reloj con cierto distanciamiento. Eran las 21.45. En dos horas y cuarto sería medianoche. Estaba despierto desde antes de las seis y había estado bajo tensión desde hacía ya dos días y medio. Una vaga sensación de irrealidad lo permeaba todo.

Mantuvo la voz firme haciendo un esfuerzo doloroso mientras se palpaba para sacar la pipa y el saquito con sus preciosos restos de tabaco.

—¿Qué es todo eso, Daneel? —dijo.

—¿No lo entiendes? ¿No es evidente? —dijo R. Daneel.

—No lo entiendo. No es evidente —dijo Baley con paciencia.

—Estamos aquí —dijo el robot—, y al decir estamos, me refiero a nuestra gente del Enclave Espacial, para romper el cascarón que rodea a la Tierra y forzar a su pueblo a una nueva expansión y colonización.

—Ya lo sé. Por favor, no desarrolles ese argumento.

—Debo hacerlo, puesto que es esencial. Si estábamos dispuestos a aplicar un castigo por el asesinato del doctor Sarton, no era porque al hacerlo esperásemos devolverle la vida, como puedes entender; era sólo que si no lo hacíamos reforzaríamos la posición de los políticos de nuestros planetas que se oponen a la misma idea del Enclave Espacial.

—Pero ahora —dijo Baley con súbita violencia— dices que os estáis preparando para volver a casa por vuestra propia voluntad. ¿Por qué? En nombre del cielo, ¿por qué? La respuesta al caso del doctor Sarton está cerca. Debe de estar cerca o no estarían intentando con tanto esfuerzo obligarme a abandonar la investigación. Tengo la intuición de que ya cuento con todos los hechos que necesito para averiguar la respuesta. Debe de estar en algún sitio, aquí dentro. —Se golpeó salvajemente la sien con los nudillos—. Una frase puede sacarla. Una sola palabra.

Cerró los ojos con fuerza, como si la temblorosa gelatina opaca de las últimas sesenta horas estuviera a punto de aclararse y volverse transparente. Pero no lo hizo. No lo hizo.

Baley aspiró temblorosamente y se sintió avergonzado. Estaba dando un pobre espectáculo ante una máquina fría e inmutable que sólo podía mirarle en silencio.

—Bueno, eso ya no importa. ¿Por qué se retiran los espaciales? —dijo con dureza.

—Nuestro proyecto ha concluido —dijo el robot—. Estamos seguros de que la Tierra colonizará.

—¿Ahora os habéis vuelto optimistas, entonces? —El detective aspiró la primera bocanada de humo de tabaco y sintió que el control sobre sus emociones volvía a él.

—Yo sí. Durante mucho tiempo, en el Enclave Espacial hemos intentado cambiar la Tierra cambiando su economía. Hemos intentado introducir nuestra propia cultura C/Fe. Vuestro gobierno planetario y varios gobiernos de las Ciudades han cooperado con nosotros porque no tenían más remedio. Aun así, en los últimos veinticinco años hemos fracasado. Cuando más lo intentábamos, más crecía el partido opuesto de los medievalistas.

—Ya lo sé —dijo Baley. Pensó: No sirve de nada. Tiene que contarme todo a su manera, como un disco. Chilló silenciosamente a R. Daneel: ¡Máquina!

—El doctor Sarton fue el primero en teorizar que debemos invertir nuestra táctica —continuó R. Daneel—. Debemos encontrar en primer lugar un segmento de la población de la Tierra que deseare lo que nosotros deseamos o que pudiera ser convencido de ello. Al apoyarlos y ayudarlos, convertiríamos el movimiento en nativo en lugar de extranjero. La dificultad residía en encontrar el elemento nativo más apropiado para nuestro propósito. Tú mismo, Elijah, has sido un experimento interesante.

—¿Yo? ¿Yo? ¿Qué quieres decir? —exigió Baley.

—Nos alegramos de que tu comisario te recomendase. Por tu perfil psíquico juzgamos que serías un sujeto útil. El análisis cerebral, que te apliqué en cuando te conocí, confirmó este juicio. Eres una persona práctica, Elijah. No te abstraes en el romántico pasado de la Tierra, a pesar de tu saludable interés en él. Ni abrazas tozudamente la cultura de las Ciudades del presente de la Tierra. Pensábamos que las personas como tú eran las que podían dirigir a los terrícolas hacia las estrellas una vez más. Ésa fue una de las razones por las que el doctor Fastolfe quiso verte ayer por la mañana.

»Por supuesto, tu naturaleza práctica era embarazosamente intensa. Te negaste a entender que el servicio fanático a un ideal, incluso a un ideal equivocado, podría conducir a un hombre a hacer cosas más allá de su capacidad normal, como, por ejemplo, caminar a campo traviesa de noche para destruir a alguien a quien se considera el archienemigo de la propia causa. No nos sorprendió demasiado, por tanto, que fueras tan tozudo y tan temerario para intentar demostrar que el asesinato era un engaño. En cierta forma, demostraba que eras el hombre que necesitábamos para nuestro experimento.

—Por el amor de Dios, ¿qué experimento? —Baley golpeó la mesa con el puño.

—El experimento de convencerte de que la colonización es la respuesta a los problemas de la Tierra.

—Bueno, me convencí de eso. Lo admito.

—Sí, bajo la influencia de la droga apropiada.

Los dientes de Baley soltaron involuntariamente su pipa. La cogió al vuelo. De nuevo, veía la escena en la cúpula del Enclave Espacial. Se vio a sí mismo cuando recobró la consciencia tras el shock de saber que después de todo R. Daneel era un robot; los suaves dedos de R. Daneel pellizcaron la piel de su brazo; una hipocápsula resaltó oscura sobre su piel y luego se desvaneció.

Con voz ahogada, dijo:

—¿Qué es lo que contenía la hipocápsula?

—Nada que deba alarmarte, Elijah. Era una droga suave con la que sólo pretendíamos volver tu mente más receptiva.

—De forma que creyera en lo que me dijeran. ¿No es así?

—No exactamente. No creerías nada que fuera ajeno al esquema básico de tus pensamientos. De hecho, los resultados del experimento fueron decepcionantes. El doctor Fastolfe había esperado que te convirtieras en un fanático obsesionado con ese tema. En lugar de eso le diste tu aprobación distante, y nada más. Tu naturaleza práctica impedía ir más allá. Nos dimos cuenta de que nuestra única esperanza, después de todo, estaba en los románticos, y que desafortunadamente los románticos son todos medievalistas, reales o potenciales.

Baley se sintió incongruentemente orgulloso de sí mismo, contento por su tozudez, y feliz de haberlos decepcionado. Que experimentasen con otro.

Sonrió salvajemente.

—¿Y ahora os habéis rendido y os volvéis a casa?

—No, no se trata de eso. Te dije hace un momento que estamos seguros de que la Tierra colonizará. Fuiste tú quien nos dio la respuesta.

—¿Yo os la di? ¿Cómo?

—Hablaste a Francis Clousarr de las ventajas de la colonización. Hablaste con cierto fervor, a mi parecer. Al menos nuestro experimento contigo tuvo ese resultado. Y las propiedades cerebrales de Clousarr cambiaron. Muy sutilmente, desde luego, pero cambiaron.

—¿Quieres decir que le convencí de que tenía razón? No me lo creo.

—No, la convicción no se consigue tan fácilmente. Pero los cambios cerebrales probaron definitivamente que la mente medievalista está abierta a ese tipo de convicción. Realicé más experimentos. Cuando nos fuimos de Barrio Levadura, adivinando qué es lo que podría haber sucedido entre vosotros gracias a sus cambios cerebrales, le hice la propuesta de la escuela de emigrantes como forma de asegurar el futuro de sus hijos. Lo rechazó, pero de nuevo su aura cambió, y me pareció bastante evidente que era el método de ataque adecuado. —R. Daneel hizo una pausa, y luego siguió hablando—. Eso que llaman medievalismo incluye un ansia de abrir caminos. Por supuesto, la dirección en la que ese ansia se vuelve es hacia la propia Tierra, que está cerca y que tiene el precedente de un gran pasado. Pero la visión de mundos más allá es algo parecido y un romántico puede aceptarla fácilmente, de la misma forma que Clousarr sintió su atractivo como resultado de una simple charla contigo.

»Así que ya ves, el Enclave Espacial ya había triunfado sin saberlo. Nosotros mismos, más que nada que estuviéramos intentando introducir, éramos el factor desestabilizante. Cristalizamos los impulsos románticos de la Tierra en el medievalismo y los indujimos a organizarse. Después de todo, son los medievalistas quienes desean romper con las tradiciones, no los funcionarios de la Ciudad que tienen más que ganar preservando el statu quo. Si abandonamos ahora el Enclave Espacial, si dejamos de irritar a los medievalistas con nuestra presencia de forma que se vuelvan hacia la Tierra, y sólo hacia la Tierra, sin posibilidad de cambiar de idea, si dejamos detrás de nosotros algunos individuos discretos o robots como yo que, junto a simpatizantes terrícolas como tú, puedan establecer las escuelas preparatorias para emigrantes de las que hablé, los medievalistas acabarán alejándose de la Tierra. Necesitarán robots y o bien los conseguirán de nosotros o bien construirán los suyos. Desarrollarán una cultura C/Fe a su medida. —Era un largo discurso para R. Daneel. Debió de darse cuenta de ello, porque, tras otra pausa, dijo—: Te cuento todo esto para explicarte por qué es necesario hacer algo que puede dañarte.

Baley pensó amargamente: Un robot no debe dañar a un ser humano, a menos que pueda pensar en una forma de demostrar que después de todo es por el bien último del ser humano.

—Un momento —dijo Baley—. Deja que aporte un elemento práctico. Volveréis a vuestros mundos y diréis que un terrícola mató a un espacial y ha quedado sin castigo. Los Mundos Exteriores pedirán una indemnización a la Tierra y, os prevengo, la Tierra ya no está dispuesta a soportar ese trato. Habrá problemas.

—No estoy seguro de que eso vaya a suceder, Elijah. Los elementos de nuestros planetas que están más interesados en forzar una indemnización serían también los más interesados en forzar el fin del Enclave Espacial. Podemos fácilmente ofrecer esto último como compensación por abandonar lo primero. Es lo que pensamos hacer, en todo caso. Dejaremos a la Tierra en paz.

Baley interrumpió, con la voz ronca de súbita desesperación:

—¿Y dónde me deja eso? El comisario abandonará enseguida la investigación del caso Sarton si el Enclave Espacial lo desea, pero lo de R. Sammy deberá continuar, ya que apunta a la corrupción del propio Departamento. Entrará en cualquier momento con una resma de pruebas contra mí. Lo sé. Ya está hecho. Seré descualificado, Daneel. Tengo que pensar en Jessie. Será tratada como una delincuente. Y Bentley...

—No debes pensar, Elijah —dijo R. Daneel—, que no entiendo la posición en la que te encuentras. Para servir al bien de la humanidad, deben tolerarse injusticias menores. El doctor Sarton tenía una mujer, dos hijos, padre, una hermana y muchos amigos. Todos deben lamentar su muerte y sentirse tristes al pensar que su asesino no ha sido encontrado y castigado.

—Entonces, ¿por qué no os quedáis y lo encontráis?

—Ya no es necesario.

—¿Por qué no admites que toda la investigación era una excusa para estudiarnos en condiciones naturales? —dijo Baley con amargura—. Nunca os importó quién mató al doctor Sarton.

—Nos habría gustado saberlo —dijo fríamente R. Daneel—, pero nunca nos engañamos respecto a qué era más importante, un individuo o la humanidad. Continuar la investigación ahora significaría interferir con una situación que encontramos satisfactoria. No podemos predecir el daño que podríamos causar.

—Quieres decir que el asesino puede resultar ser un medievalista importante y ahora mismo los espaciales no desean hacer nada que pueda enemistarles con sus nuevos amigos.

—No es así como yo lo diría, pero hay verdad en tus palabras.

—¿Dónde está tu circuito de justicia, Daneel? ¿Es esto justicia?

—Hay grados de justicia, Elijah. Cuando el menor es incompatible con el mayor, el menor debe ceder.

Era como si la mente de Baley estuviera dando vueltas en torno a la lógica inexpugnable del cerebro positrónico de R. Daneel, buscando un hueco, una debilidad.

—¿No tienes curiosidad personal, Daneel? —dijo—. Te has llamado detective. ¿Sabes lo que eso requiere? ¿Entiendes que una investigación es más que una tarea? Es un desafío. Tu mente se enfrenta a la del delincuente. Es un choque de intelectos. ¿Puedes abandonar la batalla y admitir la derrota?

—Si continuarla no sirve a ningún fin valioso, desde luego.

—¿No sentirías ninguna pérdida? ¿Ninguna duda? ¿No

habría siquiera una mota de insatisfacción? ¿De curiosidad frustrada?

Las esperanzas de Baley, que no eran grandes de entrada, se empequeñecieron según hablaba. La palabra «curiosidad», repetida dos veces, le recordó sus propios comentarios a Francis Clousarr cuatro horas antes. Había sabido muy bien las cualidades que distinguían al hombre de la máquina. La curiosidad tenía que ser una de ellas. Un gatito de seis semanas era curioso, pero ¿cómo podía ser curiosa una máquina, por muy humanoide que fuera?

R. Daneel se hizo eco de estos pensamientos al decir:

—¿Qué quieres decir con curiosidad?

Baley se preparó para hacer lo que pudiera.

—La curiosidad es el nombre que damos al deseo de aumentar el conocimiento que uno tiene.

—Ese deseo existe en mí, cuando el aumento del conocimiento es necesario para cumplir una determinada tarea.

—Sí —dijo Baley, sarcásticamente—, como cuando preguntas sobre las lentes de contacto de Bentley para saber más sobre las peculiares costumbres de la Tierra.

—Exactamente —dijo R. Daneel, sin dar signos de haber notado el sarcasmo—. El aumento del conocimiento sin propósito, sin embargo, que es a lo que creo que en realidad te refieres con la palabra curiosidad, es simplemente poco eficiente. He sido diseñado para evitar la ineficiencia.

Fue así como la «frase» que había estado esperando le llegó a Elijah Baley, y la gelatina opaca tembló y se asentó y se volvió luminosamente transparente.

Mientras R. Daneel hablaba, la boca de Baley se abrió y permaneció así.

No podía ser que hubiera aparecido de golpe en su mente. Las cosas no funcionan así. En alguna parte, enterrado en su inconsciente, había construido el caso, cuidadosamente y en detalle, pero le había detenido una sola inconsistencia. Una inconsistencia que no podía saltarse, enterrar ni apartar. Mientras existiera esa inconsistencia, el caso permanecía enterrado bajo sus pensamientos, más allá del alcance de su inspección consciente.

Pero la frase había llegado; la inconsistencia se había desvanecido; el caso era suyo.

El resplandor de luz mental parecía haber estimulado poderosamente a Baley. Al menos supo repentinamente cuál debía ser la debilidad de R. Daneel, la debilidad de cualquier máquina pensante. Pensó febrilmente, esperanzadamente: Esta cosa debe de pensar literalmente.

—Entonces el Proyecto Enclave Espacial ha concluido desde hoy mismo y con él la investigación del caso Sarton —dijo—. ¿Es así?

—Ésa es la decisión de nuestra gente en el Enclave Espacial —asintió R. Daneel con calma.

—Pero hoy aún no ha terminado. —Baley miró su reloj. Eran las 22.30—. Queda una hora y media hasta medianoche.

R. Daneel no dijo nada. Pareció pensarlo.

—Hasta medianoche, entonces —Baley habló rápidamente—, el proyecto continúa. Eres mi compañero y la investigación continúa. —En su prisa, empezaba a hablar de forma telegráfica—. Sigamos como hasta ahora. Permite que haga mi trabajo. No causará ningún daño a tu gente. Les proporcionará un gran bien. Te doy mi palabra. Si, a tu juicio, estoy causando daño, detenme. Sólo te pido una hora y media.

—Lo que dices es correcto —dijo R. Daneel—. Hoy no ha terminado. No había pensado en eso, compañero Elijah.

Baley era de nuevo «compañero Elijah». Sonrió y dijo:

—¿No mencionó Fastolfe una película del lugar del crimen cuando estuve en el Enclave Espacial?

—Sí —dijo R. Daneel.

—¿Puedes conseguir una copia de esa película? —dijo Baley.

—Sí, compañero Elijah.

—¡Quiero decir ahora! ¡Al instante!

—En diez minutos, si puedo usar el transmisor del Departamento.

El proceso llevó menos tiempo. Baley se quedó mirando el pequeño bloque de aluminio que sostenía en sus manos temblorosas. En su interior las fuerzas sutiles transmitidas desde el Enclave Espacial habían fijado férreamente cierta pauta atómica.

Y en ese momento, el comisario Julius Enderby apareció en la puerta. Vio a Baley y una cierta ansiedad atravesó su rostro redondo, dejando tras ella una mirada de furia inminente.

—Oye, Lije —dijo con inseguridad—, llevas una barbaridad de tiempo comiendo.

—Estaba muerto de cansancio, comisario. Siento haberle retrasado.

—No me importaría, pero... Será mejor que vengas a mi despacho.

Los ojos de Baley apuntaron a R. Daneel, pero éste no devolvió la mirada. Juntos salieron del comedor.

Julius Enderby andaba pesadamente ante su mesa, arriba y abajo, arriba y abajo. Baley le observaba, lejos él mismo de sentirse tranquilo. De vez en cuando, miraba su reloj.

22.45.

El comisario se subió las gafas a la frente y se frotó los ojos con el índice y el pulgar. Dejó unas manchas rojizas en la carne a su alrededor, y luego se volvió a poner las gafas, parpadeando a Baley desde detrás de ellas.

—Lije —dijo repentinamente—. ¿Cuándo fue la última vez que estuviste en la central eléctrica de Williamsburg?

—Ayer, después de salir de la oficina —dijo Baley—. Diría que a las dieciocho horas o poco después.

El comisario negó con la cabeza.

—¿Por qué no lo dijiste?

—Iba a hacerlo. No he realizado todavía ninguna declaración oficial.

—¿Qué estabas haciendo en ese sitio?

—Pasaba por allí de camino a nuestro dormitorio temporal.

El comisario se paró en seco, de pie ante Baley, y dijo:

—Eso no me sirve, Lije. Nadie pasa por una central eléctrica para ir a otra parte.

Baley se encogió de hombros. No tenía sentido contar toda la historia de los medievalistas que les perseguían, de la carrera por las pistas. Ya no.

—Si intenta insinuar que tuve la oportunidad de hacerme con el emisor alfa que se cargó a R. Sammy —dijo—, le recuerdo que Daneel estaba conmigo y testificará que atravesé la central sin detenerme y que no llevaba ningún emisor alfa conmigo cuando me fui.

Lentamente, el comisario se sentó. No miró en dirección a R. Daneel ni se ofreció a hablarle. Puso sus manos blancas y regordetas sobre la mesa ante él y las miró con aire de profunda tristeza.

—Lije, no sé qué decir ni qué pensar —dijo—. Y no sirve de nada que presentes a tu... tu compañero como coartada. No puede testificar.

—Aun así, niego que tomase el emisor alfa.

Los dedos del comisario se entrelazaron y se agitaron.

—Lije, ¿por qué vino a verte Jessie esta tarde? —dijo.

—Ya me lo preguntó antes, comisario. Sabe la respuesta. Asuntos familiares.

—Tengo información de Francis Clousarr, Lije.

—¿Qué tipo de información?

—Dice que una tal Jezebel Baley es miembro de una sociedad medievalista cuyo objetivo es derribar al gobierno por la fuerza.

—¿Está seguro de que habla de la misma persona? Hay muchos Baley.

—No hay muchas Jezebel Baley.

—Usó su nombre, ¿no?

—Dijo Jezebel. La oí, Lije. No te estoy contando nada de segunda mano.

—De acuerdo. Jessie era miembro de una organización inofensiva de lunáticos. Nunca hizo más que asistir a reuniones y sentirse perversa por ello.

—Eso no es lo que parecerá ante una junta de revisión, Lije.

—¿Quiere decir que voy a ser suspendido y arrestado como sospechoso de destruir propiedad gubernamental en forma de R. Sammy?

—Espero que no, Lije, pero esto no tiene buena pinta. Todo el mundo sabe que no te gustaba R. Sammy. Tu mujer fue vista hablando con él esta tarde. Estaba llorando y algunas de sus palabras fueron oídas. Por sí solas eran inofensivas, pero si sumamos dos y dos, Lije... Pudiste pensar que era peligroso dejarle en posición de hablar. Y tuviste la oportunidad de obtener el arma.

—Si estuviera eliminando las pruebas contra Jessie —le interrumpió Baley—, ¿habría detenido a Francis Clousarr? Él parece saber mucho más sobre ella de lo que R. Sammy habría podido saber. Y otra cosa. Pasé por la central eléctrica dieciocho horas antes de que R. Sammy hablase con Jessie. ¿Sabía con tanta antelación que tendría que destruirle y tomé un emisor alfa gracias a mi clarividencia?

—Son buenos argumentos —dijo el comisario—. Haré lo que pueda. Siento todo esto, Lije.

—¿Sí? ¿Realmente cree que yo no lo hice, comisario?

—No sé qué pensar, Lije —dijo el comisario lentamente—. Seré franco contigo.

—Entonces le diré qué debe pensar. Comisario, esto es todo una trampa cuidadosa y elaborada.

El comisario se estiró.

—Eh, espera, Lije. No golpees a ciegas. No conseguirás

ninguna simpatía con esa defensa. Demasiadas manzanas podridas la han usado.

—No busco simpatía. Estoy diciendo sólo la verdad. Me están retirando de la circulación para que evite averiguar los hechos acerca del asesinato de Sarton. Desafortunadamente para quien me ha tendido la trampa, es demasiado tarde para eso.

—¡Qué!

Baley miró su reloj. Las 23.00.

—Sé quién me ha tendido la trampa —dijo—, y sé cómo fue asesinado el doctor Sarton y por quién, y tengo una hora para contárselo, atrapar al culpable y finalizar la investigación.

18

El final de una investigación

Los ojos del comisario Enderby se estrecharon y se quedó mirando a Baley.

—¿Qué vas a hacer? Ya intentaste algo como esto ayer por la mañana en la cúpula de Fastolfe. Otra vez no. Por favor.

—Lo sé. —Baley asintió—. La primera vez estaba equivocado.

Pensó ferozmente: Y también la segunda. Pero no ahora, no esta vez, no...

El pensamiento se desvaneció, barboteando como una micropila bajo una sordina de positrones.

—Juzgue usted mismo, comisario —dijo—. Admita que las pruebas contra mí han sido falseadas. Concédame eso y vea adónde lo lleva. Pregúntese quién podría haber falseado esas pruebas. Evidentemente, sólo alguien que supiera que estuve en la central de Williamsburg ayer por la tarde.

—De acuerdo. ¿Quién puede ser?

—Me siguió al salir de la cocina un grupo medievalista —dijo Baley—. Los despisté, o eso pensé, pero evidentemente al menos uno me vio atravesar la central. Mi único propósito para hacerlo, como entenderá, era conseguir despistarlos.

El comisario se lo pensó.

—¿Clousarr? ¿Estaba entre ellos?

Baley asintió.

—De acuerdo, lo interrogaremos —dijo Enderby—. Si tiene algo que decir, se lo sacaremos. ¿Qué más puedo hacer, Lije?

—Espere, espere. No me deje ahora. ¿Comprende mi argumento?

—Bueno, veamos si lo entiendo. —El comisario unió sus manos—. Clousarr te vio entrar en la central eléctrica de Williamsburg, o si no alguien de su grupo lo hizo y le pasó la información. Decidió usar ese hecho para meterte en problemas y apartarte de la investigación. ¿Es eso lo que estás diciendo?

—Es algo parecido.

—Bien. —El comisario pareció tomarse la discusión con más interés—. Él sabía que tu mujer era miembro de su organización, naturalmente, así que sabía que no te gustaría que se investigase a fondo tu vida privada. Pensó que preferirías dimitir antes que enfrentarte a pruebas circunstanciales. Por cierto, Lije, ¿qué opinas de dimitir? Quiero decir, si las cosas se ponen realmente feas. Podríamos hacerlo discretamente...

—Ni lo sueñe, comisario.

Enderby se encogió de hombros.

—Bueno, ¿dónde estaba? Ah, sí, así que consiguió un emisor alfa, presumiblemente de un cómplice de la central, e hizo que otro cómplice se ocupase de destruir a R. Sammy. —Sus dedos tamborilearon sobre la mesa—. No sirve, Lije.

—¿Por qué no?

—Es demasiado traído por los pelos. Demasiados cómplices. Y tiene una coartada perfecta para la noche y la mañana del asesinato del Enclave Espacial, por cierto. Comprobamos eso enseguida, aunque yo fui el único que sabía la razón para comprobar esas horas.

—Yo nunca dije que fuera Clousarr, comisario. Lo dijo usted —dijo Baley—. Podría ser cualquiera en la organización medievalista. Clousarr es simplemente el poseedor de un rostro que Daneel pudo reconocer. Ni siquiera creo que sea muy importante dentro de la organización. Aunque hay algo raro en él.

—¿El qué? —preguntó Enderby con suspicacia.

—Sabía que Jessie era miembro. ¿Supone usted que conocerá a todos los miembros de la organización?

—No lo sé. Conocía a Jessie, en todo caso. Quizá ella era importante por ser la esposa de un policía. Quizá la recordó por esa razón.

—Dice usted que él le dijo directamente que Jezabel Baley era miembro. ¿Exactamente así? ¿Jezebel Baley?

Enderby asintió.

—Ya te lo he dicho, yo mismo le oí.

—Eso es lo curioso, comisario. Jessie no ha usado su nombre de pila completo desde antes de que Bentley naciera. Ni una sola vez. Lo sé con seguridad. Se unió a los medievalistas después de dejar de usar su nombre completo. Eso también lo sé con seguridad. ¿Cómo puede ser que Clousarr la conociera como Jezebel, entonces?

El comisario se ruborizó y dijo apresuradamente:

—Oh, bueno, si se trata de eso, probablemente dijo Jessie. Debo haberlo interpretado automáticamente y usado su nombre completo. De hecho, ahora estoy seguro. Dijo Jessie.

—Hasta ahora estaba usted seguro de que dijo Jezebel. Le pregunté varias veces.

—No estarás diciendo que miento, ¿verdad? —La voz del comisario se alzó.

—Sólo me estoy preguntando si Clousarr, quizá, no dijo nada en absoluto. Me estoy preguntando si se lo inventó usted. Usted conoce a Jessie desde hace veinte años, y sabía que su nombre era Jezebel.

—Estás loco, hombre.

—¿Lo estoy? ¿Dónde estaba usted hoy después de comer? Estuvo fuera de su despacho durante al menos dos horas.

—¿Me estás interrogando tú a mí?

—Y responderé por usted, también. Estaba en la central eléctrica de Williamsburg.

El comisario se levantó de su asiento. Su frente brillaba de humedad y tenía motas de saliva blancas y secas en las comisuras de los labios.

—¿Qué demonios estás intentando decir?

—¿No es cierto?

—Baley, estás suspendido. Entrégame tus credenciales.

—Aún no. Déjeme terminar.

—No estoy dispuesto. Eres culpable. Eres culpable como el diablo, y lo que me supera es tu intento barato de hacer que yo, ¡yo!, parezca que estoy conspirando contra ti. —Perdió la voz un momento, convertida en un chillido de indignación. Consiguió pronunciar ahogadamente—: De hecho, quedas arrestado.

—No —dijo Baley, tenso—. Aún no. Comisario, tengo un desintegrador. Está apuntando a usted y he quitado el seguro. No me provoque, por favor, porque estoy desesperado y voy a decir lo que tengo que decir. Después, puede hacer lo que le plazca.

Con los ojos como platos, Julius Enderby se quedó mirando el malévolo cañón en la mano de Baley.

—Veinte años por esto, Baley —tartamudeó—, en el nivel prisión más profundo de la Ciudad.

R. Daneel se movió de repente. Su mano cayó sobre la muñeca de Baley.

—No puedo permitir esto, compañero Elijah —dijo suavemente—. No debes hacer daño al comisario.

Por primera vez desde que R. Daneel había entrado en la Ciudad, el comisario le habló directamente:

—¡Cógelo! ¡Primera Ley!

—No tengo ninguna intención de hacerle daño, Daneel —dijo Baley rápidamente—, si tú evitas que me arreste. Dijiste que me ayudarías a aclarar todo esto. Tengo cuarenta y cinco minutos.

R. Daneel, sin soltar la muñeca de Baley, dijo:

—Comisario, creo que Elijah debería poder hablar. Estoy en comunicación con el doctor Fastolfe en este momento...

—¿Cómo? ¿Cómo? —preguntó el comisario alocadamente.

—Poseo una unidad subetérica autocontenida —le dijo R. Daneel. El comisario se lo quedó mirando—. Estoy en comunicación con el doctor Fastolfe —prosiguió el robot inexorablemente—, y causaría una mala impresión, comisario, si se negase usted a escuchar a Elijah. Podría dar lugar a interpretaciones perjudiciales.

El comisario se dejó caer en su silla, sin palabras.

—Estuvo usted hoy en la central eléctrica de Williamsburg, comisario —dijo Baley—, y obtuvo el emisor alfa y se lo dio a R. Sammy. Eligió deliberadamente la central eléctrica de Williamsburg para incriminarme. Incluso aprovechó la reaparición del doctor Gerrigel para invitarlo a pasar por el Departamento y le dio una vara de guía deliberadamente inexacta para llevarle al almacén fotográfico y permitirle encontrar los restos de R. Sammy. Contaba con que él daría un diagnóstico correcto. —Baley guardó su desintegrador—. Si quiere hacer que me arresten ahora, adelante, pero el Enclave Espacial no aceptará esa respuesta.

—El motivo —farfulló Enderby, sin aliento. Tenía las gafas empañadas y se las quitó, cobrando de nuevo un aire curiosamente vago e indefenso en su ausencia—. ¿Qué motivo podría tener para esto?

—Me metió usted en problemas, ¿no es cierto? Esto obstaculizará la investigación del caso Sarton, ¿verdad? Y dejando esto aparte, R. Sammy sabía demasiado.

—¿Sobre qué, en nombre del cielo?

—Sobre la forma en que un espacial fue asesinado hace cinco días y medio. Verá, comisario, usted asesinó al doctor Sarton del Enclave Espacial.

Fue R. Daneel quien habló. Enderby sólo podía aferrarse febrilmente los cabellos y negar con la cabeza.

—Compañero Elijah —dijo el robot—, me temo que esa teoría es insostenible. Como sabes, es imposible que el comisario Enderby haya asesinado al doctor Sarton.

—Escucha, entonces. Escúchame. Enderby me rogó a mí que me ocupase del caso, y no a otro policía de rango superior. Hizo esto por varias razones. En primer lugar, fuimos amigos en la universidad y pensaba que podía contar con que nunca se me ocurriría que mi viejo camarada y respetado superior pudiera ser un criminal. Contaba con mi bien conocida lealtad, como ves. En segundo lugar, sabía que Jessie era miembro de una organización clandestina y esperaba poder apartarme de la investigación o chantajearme para que me callase si me acercaba demasiado a la verdad. Y en realidad no estaba preocupado por eso. Desde el mismo comienzo hizo lo posible para que yo desconfiase de ti, Daneel, y para asegurarse que los dos trabajásemos en direcciones opuestas. Sabía que mi padre fue descualificado. Podía adivinar cómo reaccionaría. Verás, es una ventaja para el asesino estar al mando de la investigación del asesinato.

El comisario recuperó la voz. Dijo débilmente:

—¿Cómo podría saber lo de Jessie? —Se volvió hacia el robot—. ¡Tú! ¡Si estás transmitiendo esto al Enclave Espacial, diles que es mentira! ¡Todo mentira!

Baley lo interrumpió, alzando la voz durante un momento y luego bajándola a un tono extraño de calma tensa:

—Desde luego que sabía lo de Jessie. Usted es medievalista, y forma parte de la organización. ¡Sus gafas pasadas de moda! ¡Sus ventanas! Es obvio que su temperamento va en esa dirección. Pero hay mejores pruebas que ésas.

»¿Cómo averiguó Jessie que Daneel era un robot? En su momento me desconcertó. Por supuesto, ahora sabemos que lo averiguó a través de su organización medievalista, pero eso sólo desplaza el problema un paso hacia atrás. ¿Cómo lo supieron ellos? Usted, comisario, despachó esto con la teoría de que Daneel fue reconocido como robot durante el incidente de la zapatería. No me lo acabé de creer. No podía. Yo lo tomé por humano la primera vez que lo vi, y a mis ojos no les pasa nada.

»Ayer pedí al doctor Gerrigel que viniese de Washington. Más tarde decidí que le necesitaba por varios motivos, pero en el momento en el que lo llamé, mi único propósito era ver si reconocería lo que era Daneel sin ninguna sugerencia por mi parte.

»¡Comisario, no lo hizo! Le presenté a Daneel, le estrechó la mano, hablamos todos, y sólo cuando tocamos el tema de los robots humanoides se dio cuenta de repente. Y eso el doctor Gerrigel, el mayor experto terrícola en robots. ¿Quiere usted decir que unos cuantos perturbadores medievalistas pudieron hacerlo mejor que él en condiciones de confusión y tensión, y estar tan seguros de ello que pusieron en marcha a su organización entera basándose en la intuición de que Daneel era un robot?

»Ahora es evidente que los medievalistas deben de haber sabido que Daneel era un robot desde el principio. El incidente en la zapatería fue provocado deliberadamente para mostrarle a Daneel y, a través de él, al Enclave Espacial, el nivel de sentimiento antirrobot de la Ciudad. Fue un intento de confundir el tema, de pasar la sospecha de un individuo a la población en su conjunto.

»Entonces, si sabían la verdad sobre Daneel desde el principio, ¿quién se la contó? Yo no. En un determinado momento pensé que fue el propio Daneel, pero eso está descartado. El único otro terrícola que lo sabía era usted, comisario.

Enderby dijo, con sorprendente energía:

—También podría haber espías en el Departamento. Los medievalistas podrían tenernos plagados de ellos. Tu mujer lo era, y si no encuentras imposible que yo lo sea, ¿por qué no otros en el Departamento?

Las comisuras de los labios de Baley se retrajeron un poco.

—No metamos a más espías misteriosos en esto hasta que

veamos adónde nos lleva la solución más directa. Usted era el informador evidente y el auténtico.

»Es interesante, ahora que lo repaso, comisario, ver cómo su ánimo se elevaba y decaía de acuerdo con lo lejos o cerca que yo pareciera estar de la solución. De entrada, estaba usted nervioso. Cuando quise visitar el Enclave Espacial ayer por la mañana y no quise decirle la razón, usted prácticamente se derrumbó. ¿Pensaba que le tenía atrapado, comisario? ¿Que era una trampa para ponerlo en sus manos? Usted los odia, según me dijo. Estaba usted prácticamente llorando. Durante un tiempo, pensé que eso venía del recuerdo de las humillaciones sufridas en el Enclave Espacial cuando usted mismo fue sospechoso, pero entonces Daneel me dijo que su sensibilidad había sido tratada con miramientos. Nunca supo usted que era sospechoso. Su pánico se debía al miedo, no a la humillación.

»Entonces, cuando propuse mi solución completamente incorrecta, mientras usted escuchaba por el circuito tridimensional y veía cuán lejos, cuán inmensamente lejos de la verdad estaba, volvió a cobrar confianza. Incluso discutió usted conmigo, defendiendo a los espaciales. Después de eso, consiguió usted controlarse un tiempo, se mantuvo confiado. Me sorprendió en ese momento que perdonara usted tan fácilmente mi falsa acusación contra los espaciales, cuando previamente me había dado un discurso sobre su sensibilidad. Disfrutó de mi error.

»Luego llamé al doctor Gerrigel y usted quiso saber por qué, pero no se lo dije. Eso le hundió en el abismo de nuevo porque usted temía...

R. Daneel levantó repentinamente una mano.

—¡Compañero Elijah!

Baley miró su reloj. ¡23.42!

—¿Qué sucede? —dijo.

—Puede que se sintiera preocupado al pensar que ibas a averiguar sus conexiones medievalistas, si admitimos que existen —dijo R. Daneel—. Sin embargo, nada le conecta con el crimen. No puede haber tenido nada que ver con eso.

—Estas muy equivocado, Daneel —dijo Baley—. No sabía para qué quería yo ver al doctor Gerrigel, pero era bastante probable que se tratase de obtener una información relativa a los robots. Esto asustó al comisario, porque había un robot con una conexión íntima con su mayor crimen. ¿No es así, comisario?

Enderby negó con la cabeza.

—Cuando esto termine... —comenzó, pero su voz se ahogó y se hizo incoherente.

—¿Cómo se cometió el asesinato? —preguntó Baley con ira reprimida—. ¡C/Fe, maldita sea! ¡C/Fe! Uso tu propio término, Daneel. Estás inmerso en los beneficios de una cultura C/Fe, y sin embargo no ves cómo un terrícola podría haberla usado para conseguir al menos una ventaja temporal. Deja que te lo muestre.

»No hay ninguna dificultad en la idea de que un robot camine a campo traviesa. Incluso de noche. Incluso solo. El comisario puso un desintegrador en la mano de R. Sammy, le dijo adónde ir y cuándo. Él mismo entró en el Enclave Espacial a través del Personal y se le quitó su propio desintegrador. Recibió el otro de las manos de R. Sammy, mató al doctor Sarton, devolvió el desintegrador a R. Sammy, y éste lo llevó de vuelta a campo traviesa hasta la Ciudad de Nueva York. Y hoy destruyó a R. Sammy, cuyos conocimientos se habían vuelto peligrosos.

»Esto explica todo. La presencia del comisario, la ausencia del arma. Y hace innecesario suponer que un neoyorquino humano haya recorrido un kilómetro y medio a cielo abierto y de noche.

Pero al final del discurso de Baley, R. Daneel dijo:

—Siento decir, compañero Elijah, aunque me alegra por el comisario, que tu historia no explica nada. Te he dicho que las propiedades cerebrales del comisario son tales que es imposible que cometa un asesinato deliberado. No sé qué palabra inglesa podría aplicarse al hecho psicológico: cobardía, conciencia o compasión. Sé los significados del diccionario de las tres, pero no puedo juzgar. En cualquier caso, el comisario no asesinó.

—Gracias —murmuró Enderby. Su voz cobró fuerza y seguridad—. No sé cuáles son tus motivos, Baley, o por qué querrías verme caer de esta forma, pero llegaré hasta el fondo...

—Espere —dijo Baley—. No he acabado. Tengo esto.

Puso de golpe el cubo de aluminio en la mesa de Enderby, e intentó sentir la seguridad que esperaba estar transmitiendo. Durante media hora, había estado ocultándose a sí mismo un pequeño hecho: que no sabía lo que mostraba la película. Estaba apostando, pero era lo único que podía hacer.

Enderby se encogió ante la visión del pequeño objeto.

—¿Qué es esto?

—No es una bomba —dijo Baley sarcásticamente—. Sólo un microproyector normal.

—¿Y bien? ¿Qué va a demostrar?

—Vamos a verlo. —Con la uña tocó una de las ranuras del cubo, y una de las esquinas del despacho del comisario se oscureció, y luego se iluminó con una escena alienígena en tres dimensiones.

Ocupaba desde el suelo hasta el techo y se extendía más allá de las paredes de la habitación. Estaba inundada por una luz gris de un tipo que las lámparas de la Ciudad nunca emitían.

Baley pensó, con una punzada que mezclaba disgusto y atracción morbosa: Debe de ser ese amanecer del que hablan.

El lugar grabado era la cúpula del doctor Sarton. El cadáver del doctor Sarton, un resto roto y terrible, ocupaba el centro.

Los ojos de Enderby se salieron de las órbitas al verlo.

—Sé que el comisario no es un asesino —dijo Baley—. No necesito que me lo digas tú, Daneel. Si hubiera podido soslayar ese hecho antes, habría tenido ya la solución. En realidad, no le vi salida hasta hace una hora, cuando te dije sin pensarlo que cierta vez habías tenido curiosidad por las lentes de contacto de Bentley... Ése fue el momento, comisario. Se me ocurrió entonces que su miopía y sus gafas eran la clave. En los Mundos Exteriores no conocen la miopía, supongo, o habrían alcanzado la auténtica solución del asesinato casi inmediatamente. Comisario, ¿cuándo se le rompieron las gafas?

—¿Qué quieres decir? —dijo el comisario.

—Cuando hablé por primera vez con usted sobre este caso, me dijo que se había roto las gafas en el Enclave Espacial. Supuse que se las había roto en su agitación al conocer la noticia del asesinato, pero usted nunca dijo eso, y no tenía razón para hacer esa suposición. De hecho, si estaba entrando en el Enclave Espacial con un crimen en mente, ya estaba suficientemente nervioso para dejar caer y romper las gafas antes del asesinato. ¿No es así, y acaso no es eso lo que, de hecho, sucedió?

—No veo adónde quieres llegar, compañero Elijah —dijo R. Daneel.

Baley pensó: Soy el compañero Elijah durante diez minutos más. ¡Rápido! ¡Habla rápido! ¡Y piensa rápido!

Mientras hablaba, estaba manipulando la imagen de la cúpula de Sarton. Con torpeza, la amplió usando las uñas, inseguro ante la tensión que amenazaba con superarle. Lentamente, a sacudidas, el cadáver se ensanchó, se alargó, se hizo más alto, estuvo más cerca. Baley casi pudo oler su carne quemada. Su cabeza, sus hombros y uno de los brazos colgaban locamente, conectados a las caderas y a las piernas por un resto ennegrecido de columna vertebral del que sobresalían las costillas calcinadas.

Baley miró al comisario por el rabillo del ojo. Enderby había cerrado los ojos. Parecía mareado. Baley se sentía mareado también, pero tenía que mirar. Lentamente rotó la imagen tridimensional mediante los controles del transmisor, dando vueltas en círculos, mostrando todo el suelo alrededor del cadáver sucesivamente. Su uña se salió de la muesca y el suelo proyectado osciló repentinamente y se expandió hasta que el suelo y el cadáver formaron una mezcla brumosa e indistinta, más allá de la potencia de representación del transmisor. Redujo el aumento, y se alejó del cadáver.

Aún seguía hablando. Tenía que hacerlo. No podía parar hasta que encontrase lo que estaba buscando. Y si no lo hacía, todas sus palabras serían inútiles. Peor que inútiles. Su corazón latía con fuerza, y su cabeza también.

—El comisario no puede cometer un asesinato intencionadamente —dijo—. ¡Cierto! Intencionadamente. Pero cualquier persona puede matar por accidente. El comisario no fue al Enclave Espacial para matar al doctor Sarton. Fue para matarte a ti, Daneel, ¡a ti! ¿Hay algo en su análisis cerebral que diga que no es capaz de destruir una máquina? Eso no es asesinato, sino meramente sabotaje.

»Él es medievalista, y muy en serio. Trabajaba con el doctor Sarton y conocía el objetivo para el que estabas diseñado, Daneel. Temía que ese objetivo pudiera lograrse, que los terrestres fueran finalmente convencidos de abandonar la Tierra. Así que decidió destruirte, Daneel. Tú eras el único de tu clase construido hasta ahora, y tenía buenas razones para pensar que demostrar el nivel y la determinación del medievalismo en la Tierra haría que los espaciales se descorazonasen. Sabía que la opinión pública de los Mundos Exteriores presionaba con fuerza para terminar por completo con el Proyecto Enclave Espacial. El doctor Sarton se lo debió explicar. Ésta, pensó, será la última gota en la dirección correcta.

»No estoy diciendo que la idea de matarte, Daneel, fuera agradable. Habría hecho que se encargase R. Sammy, imagino, si no fuera porque pareces tan humano que un robot primitivo como Sammy no habría podido identificarte, y mucho menos entender la diferencia. La Primera Ley lo habría detenido. O el comisario habría hecho que se encargase otro humano, si no fuera por que él, él mismo, era el único que tenía acceso libre al Enclave Espacial en todo momento.

»Deja que reconstruya lo que el comisario debía haber planeado. Estoy haciendo suposiciones, lo admito, pero creo que me acerco a la realidad. Concertó la cita con el doctor Sarton, pero llegó deliberadamente pronto, al amanecer, de hecho. El doctor Sarton estaría durmiendo, me imagino, pero tú, Daneel, estarías despierto. Presumo, por cierto, que estabas viviendo con el doctor Sarton, Daneel.

—Así es, compañero Elijah —asintió el robot.

—Entonces permíteme continuar —dijo Baley—. Tú saldrías por la puerta de la cúpula, Daneel, recibirías un disparo de desintegrador en el torso o en la cabeza, y quedarías eliminado. El comisario se marcharía rápidamente, por las calles desiertas al amanecer del Enclave Espacial, volviendo hasta donde esperaba R. Sammy. Le daría el desintegrador, y luego caminaría despacio de vuelta hasta la cúpula del doctor Sarton. Si fuera necesario, él mismo «descubriría» el cadáver, aunque preferiría que lo hiciese alguna otra persona. Si le preguntaban por la razón de su llegada anticipada, podría decir, supongo que, había ido para advertir al doctor Sarton de los rumores sobre un ataque medievalista, para urgirle a adoptar precauciones secretas que evitasen un conflicto abierto entre los espaciales y los terrícolas. El robot muerto respaldaría sus palabras.

»Si le preguntaban sobre el largo intervalo entre su entrada en el Enclave Espacial, comisario, y su llegada a la cúpula del doctor Sarton, usted podría decir... veamos... que vio a alguien escabulléndose por las calles que se dirigía al campo abierto. Lo persiguió un rato. Eso los pondría sobre una falsa pista. En cuanto a R. Sammy, nadie lo vería. Un robot en las granjas mecanizadas del exterior de la Ciudad es sólo un robot más.

»¿Me voy acercando, comisario?

—Yo no... —se agitó Enderby.

—No —dijo Baley—, no mató usted a Daneel. Él está aquí, y en todo el tiempo que ha pasado en la Ciudad no ha sido usted capaz de mirarlo a la cara o dirigirse a él por su nombre. Mírelo ahora, comisario.

Enderby no pudo hacerlo. Se cubrió la cara con manos temblorosas.

Las manos temblorosas de Baley casi dejaron caer el transmisor. Lo había encontrado.

La imagen estaba ahora centrada en la puerta principal de la cúpula del doctor Sarton. La puerta estaba abierta; se había deslizado en el receptáculo de la pared sobre sus surcos de metal brillante. Abajo, dentro de ellos. ¡Allí! ¡Allí!

El centelleo era inconfundible.

—Le diré lo que pasó —dijo Baley—. Estaba en la cúpula cuando se le cayeron las gafas. Debía de estar usted nervioso, y le he visto cuando se pone nervioso. Se las quita; las limpia. Entonces hizo eso mismo. Pero sus manos temblaban y se le cayeron; quizá las pisó. En todo caso, se habían roto, y justo entonces la puerta se abrió y una figura que se parecía a Daneel estuvo ante usted.

»Usted le disparó, recogió los restos de sus gafas, y echó a correr. Ellos encontraron el cadáver, y no usted, y cuando fueron a buscarlo, usted descubrió que no era a Daneel, sino al doctor Sarton, que se había levantado temprano, a quien había matado. El doctor Sarton había diseñado a Daneel a su propia imagen, para su desgracia, y sin sus gafas en ese momento de tensión, usted no podía diferenciarlos.

»Y si quiere una prueba tangible, ¡aquí está! —La imagen de la cúpula de Sarton osciló y Baley puso el transmisor con cuidado sobre la mesa, aferrándolo sólidamente con una mano.

El rostro del comisario Enderby estaba distorsionado por el terror y el de Baley por la tensión.

El dedo de Baley apuntaba hacia un lugar.

—Ese brillo en los surcos de la puerta. ¿Qué era, Daneel?

—Dos pequeños fragmentos de cristal —dijo el robot desapasionadamente—. No nos parecieron importantes.

—Ahora lo serán. Son partes de una lente cóncava. Mide sus propiedades ópticas y compáralas con las de las gafas que Enderby usa ahora. ¡No se le ocurra romperlas, comisario!

Se abalanzó sobre el comisario y le arrancó las gafas de la mano. Se las entregó a R. Daneel, jadeando.

—Esto es prueba suficiente, creo, de que estaba en la cúpula antes de lo que se pensaba.

—Estoy convencido de ello —dijo R. Daneel—. Ahora puedo ver que me despistó completamente el análisis cerebral del comisario. Te felicito, compañero Elijah.

En el reloj de Baley eran las 24.00. Un nuevo día comenzaba.

Lentamente, la cabeza del comisario descendió sobre sus brazos. Sus palabras eran gemidos ahogados.

—Fue un error. Un error. Nunca quise matarlo. —Sin previo aviso, se salió de la silla y cayó al suelo.

R. Daneel estuvo inmediatamente a su lado, diciendo:

—Le has hecho daño, Elijah. Es una pena.

—No está muerto, ¿verdad?

—No. Pero sí inconsciente.

—Volverá en sí. Ha sido demasiado para él, supongo. Tenía que hacerlo, Daneel. No tenía pruebas que pudieran presentarse ante un tribunal, sólo suposiciones. Tenía que acosarlo una y otra vez y dejarle entender lo que sabía poco a poco, esperando que se viniera abajo. Lo hizo, Daneel. Oíste su confesión, ¿verdad?

—Sí.

—Bueno, te prometí que esto redundaría en beneficio del Proyecto del Enclave Espacial, así que... Espera, ya vuelve en sí.

El comisario gimió. Sus ojos parpadearon y se abrieron. Se los quedó mirando sin habla.

—Comisario, ¿puede oírme? —dijo Baley.

El comisario asintió, inquieto.

—De acuerdo. Escuche, los espaciales tienen más cosas en las que pensar que en juzgarle a usted. Si coopera usted con ellos...

—¿Qué? ¿Qué? —Había un atisbo de esperanza en los ojos del comisario.

—Debe de ser usted alguien importante en la organización medievalista de Nueva York, quizá incluso a nivel planetario. Manipúlelos para que se planteen colonizar el espacio. Puede ver ya la frase propagandística, ¿verdad? Podemos volver a la tierra... pero en otros planetas.

—No lo entiendo —musitó el comisario.

—Eso es lo que buscan los espaciales. Y que Dios me ayude, eso es lo que yo también busco, desde que tuve una pequeña charla con Fastolfe. Es lo que desean por encima de todo. Se arriesgan continuamente a morir por ese objetivo al venir a la Tierra y quedarse aquí. Si el asesinato del doctor Sarton hace posible que usted reorganice a los medievalistas para que reanuden la colonización galáctica, probablemente considerarán que el sacrificio merece la pena. ¿Lo entiende ahora?

—Elijah tiene razón —dijo R. Daneel—. Ayúdenos, comisario, y olvidaremos el pasado. Le hablo en nombre del doctor Fastolfe y de toda nuestra gente. Por supuesto, si accediese usted a ayudarnos y luego nos traicionase, siempre podríamos usar su culpabilidad contra usted. Espero que también entienda eso. Me duele tener que mencionarlo.

—¿No voy a ser juzgado? —preguntó el comisario.

—No si nos ayuda.

Sus ojos se llenaron de lágrimas.

—Lo haré. Fue un accidente. Explica eso. Un accidente. Hice lo que creí correcto.

—Si nos ayuda —dijo Baley—, estará haciendo lo correcto. La colonización del espacio es la única salvación posible de la Tierra. Usted mismo lo verá si piensa en ello sin prejuicios. Si nota que no puede, charle un poco con el doctor Fastolfe. Y ahora, puede empezar a ayudar cerrando el asunto de R. Sammy. Llámelo accidente o como quiera. ¡Acabe con él! —Baley se levantó—. Y recuerde, no soy el único que sabe la verdad, comisario. Si se deshace de mí, caerá. Todo el Enclave Espacial lo sabe. Lo entiende, ¿verdad?

—Es innecesario seguir hablando, Elijah —dijo R. Daneel—. Es sincero y nos ayudará. Lo sé por su análisis cerebral.

—De acuerdo. Entonces me iré a casa. Quiero ver a Jessie y a Bentley y recuperar mi vida normal. Y quiero dormir... Daneel, ¿te quedarás en la Tierra cuando se vayan los espaciales?

—No he sido informado de ello —dijo R. Daneel—. ¿Por qué lo preguntas?

Baley se mordió el labio, y luego dijo:

—Nunca pensé que diría algo como esto a alguien como tú, Daneel, pero confío en ti. Incluso... te admiro. Soy demasiado mayor para salir yo mismo de la Tierra, pero cuando se funden las escuelas para emigrantes, Bentley podrá hacerlo. Algún día, quizá, Bentley y tú, juntos...

—Quizá. —El rostro de R. Daneel no mostraba ninguna emoción.

El robot se volvió hacia Julius Enderby, que los estaba mirando con la cara floja, recuperando lentamente cierta vitalidad.

—He estado intentando, amigo Julius, comprender algunos comentarios que Elijah me hizo antes —dijo el robot—. Quizá comienzo a hacerlo, porque de repente me parece que la destrucción de lo que no debe ser, es decir, la destrucción de lo que llamáis el mal, es menos justa y deseable que la conversión de este mal en lo que llamáis bien.

Dudó un momento, y entonces, casi como si estuviera sorprendido por sus propias palabras, dijo:

—¡Ve y no peques más!

Baley, con una repentina sonrisa, tomó a R. Daneel por el brazo y salieron juntos por la puerta, lado a lado.

Índice

Completa la serie de los Robots de Isaac Asimov